जम्मू-कश्मीर
से
साक्षात्कार

(सन् 2000 तक)

जम्मू-कश्मीर से साक्षात्कार

(सन् 2000 तक)

इंद्रेश कुमार

प्रभात प्रकाशन, दिल्ली
ISO 9001:2008 प्रकाशक

प्रकाशक • **प्रभात प्रकाशन**
4/19 आसफ अली रोड,
नई दिल्ली-110002

संस्करण • प्रथम, 2017

JAMMU-KASHMIR SE SAKSHATKAR
by Indresh Kumar
Published by Prabhat Prakashan, 4/19 Asaf Ali Road, New Delhi-2
e-mail: prabhatbooks@gmail.com ISBN 978-93-5186-989-4

भूमिका

जम्मू-कश्मीर समस्या को लेकर पिछले छह दशकों में अनेक भाषाओं में ढेरों साहित्य लिखा गया है। लिखने वालों में विदेशी विद्वान् हैं और भारतीय भी। इन ग्रंथों में कश्मीर समस्या का विश्लेषण अलग-अलग दृष्टिकोणों से किया गया। जाहिर है, समाधान भी उसी दृष्टिकोण के अनुसार होगा। विदेशी विद्वानों के लिए यह समस्या विशुद्ध रूप से वैधानिक व तकनीकी है, जबकि भारत के लिए कश्मीर समस्या नहीं है, बल्कि विदेशी साम्राज्यवादी ताकतों द्वारा छोड़ा गया वह घाव है, जो अभी तक भरने का नाम नहीं ले रहा। जिन लोगों के हाथ में मरहम-पट्टी का काम था, उनकी लगाई गई मरहम ने घाव को खराब करने का काम किया, न कि ठीक करने का।

एक बात और ध्यान में रखनी होगी कि यह समस्या एक आयामी नहीं है बल्कि बहुआयामी है। इसका एक आयाम तो वह है, जैसा कि कभी पूर्व प्रधानमंत्री नरसिम्हा राव ने कहा था कि पाकिस्तान द्वारा अधिकृत जम्मू-कश्मीर राज्य के भूभाग को कैसे उसके पंजे से छुड़ाया जाए, यही कश्मीर समस्या है। इसका दूसरा आयाम धारा 370 से जुड़ा हुआ है और पाकिस्तान द्वारा आरोपित आतंकवाद इसका तीसरा आयाम है। इसका चौथा आयाम लद्दाख में मतांतरण को तेज करने, बौद्ध क्षेत्र बनाने का षड्यंत्र है, जो पिछले साठ साल से चल रहा है। दुर्भाग्य से समस्या के इस अंतिम आयाम की ओर कोई ध्यान नहीं देता।

तब प्रश्न है कि साहित्य के इस ढेर में हमें नई पुस्तक की क्या जरूरत है ? दुर्भाग्य से अभी तक कश्मीर को लेकर जो लिखा गया है, वह अकादमिक अध्ययन ज्यादा है, स्थानीय लोगों की संवेदनाओं का परिचायक कम। विदेशी विद्वानों द्वारा लिखे ग्रंथों की स्थिति वही है, जो संस्कृत न जानने वाले किसी विद्वान् द्वारा

वेदों पर विश्लेषणात्मक ग्रंथ लिखना और बाद में उसे सर्वाधिक प्रामाणिक घोषित करना। यह प्रयास इन दोनों कोटियों से भिन्न है। लगभग दो दशक जम्मू, लद्दाख और कश्मीर में रहने का अवसर मिला है। उस दौरान इस पूरे क्षेत्र का न जाने कितनी बार भ्रमण हुआ। सभी वर्गों के लोगों—डोगरों, लद्दाखियों, शिया समाज, कश्मीरी पंडितों, कश्मीरी मुसलमानों, गुज्जरों, बकरवालों—से सजीव संवाद हुआ। इस कालखंड में पूरा क्षेत्र, विशेषकर कश्मीर घाटी का क्षेत्र पाकिस्तान द्वारा प्रायोजित आतंकवाद का शिकार रहा है। कुछ सीमा तक इसमें कश्मीर घाटी के कुछ मुसलमानों की शमूलियत भी देखी गई।

कश्मीर समस्या को लेकर अनेक सार्वजनिक कार्यक्रमों, विचार-गोष्ठियों में अभिव्यक्ति का अवसर मिला। कश्मीर की त्रासदी को मैंने दूर से नहीं देखा, बल्कि नजदीक से अनुभव किया है। इस पूरे प्रकरण में मेरी भूमिका द्रष्टा की नहीं, बल्कि भोक्ता की रही है। इस पूरी समस्या में एक पक्ष जम्मू, लद्दाख और कश्मीर के लोगों का भी है, जिसे अभी तक विद्वानों द्वारा नजरअंदाज किया जाता रहा है। इस पक्ष का पक्ष रखने की बलवती इच्छा इस ग्रंथ की पृष्ठभूमि मानी जा सकती है। आतंकवाद से लड़ते हुए जिन राष्ट्रवादियों ने शहादत दे दी, उसका चलते-चलते मीडिया में कहीं उल्लेख हो गया तो अलग बात है, अन्यथा उन्हें भुला दिया गया। सरकार की दृष्टि में इस क्षेत्र के लोगों की यह लड़ाई है ही अप्रासंगिक!

इस पुस्तक की आधारभूत सामग्री सन् 2001 तक मेरे अलग-अलग स्थानों एवं अवसरों पर दिए गए उद्बोधन एवं आलेख हैं। जाहिर है, उद्बोधनों में पुनरावृत्ति का खतरा विद्यमान रहता है, अत: भाषा को पुन: संयोजित किया गया है। उसके बावजूद हो सकता है कहीं पुनरावृत्ति दोष रहे, लेकिन यह इस प्रकार के ग्रंथों की विवशता ही मानी जानी चाहिए, क्योंकि ग्रंथ में 2001 तक के आलेखों का ही समावेश है, इसलिए जाहिर है, अलग-अलग स्थानों पर दिए आँकड़े भी उसी काल तक के हैं, लेकिन जैसा कि समाज-विज्ञानी कहते हैं, आँकड़े जड़ होते हैं, चेतन होते हैं उसके पीछे के मानवीय सरोकार। जम्मू-कश्मीर को लेकर वे सरोकार आज भी उतने ही प्रासंगिक हैं।

—इंद्रेश कुमार

अनुक्रम

खंड-1

जम्मू-कश्मीर में इसलामी आतंकवाद

14 सितंबर, 1989 को एक तरह से कश्मीर में जारी आतंकवाद का आरंभिक दिन माना जाता है। इस दिन शांत श्रीनगर में सुबह 9.30 बजे श्री टीकालाल टपलू की हत्या उन्हीं के निवास स्थान के बाहर हुई और हिंसाचार का आरंभ हुआ। नवंबर, 2000 में कश्मीर विधानसभा में सरकार द्वारा दिए गए आँकड़ों के अनुसार पिछले 11-12 वर्षों में 28,000 से भी अधिक लोगों की हत्या हुई। इनमें 12,500 से 23,000 तक नागरिक, 3000 के आसपास सैनिक व पुलिस जवान तथा 13,000 से अधिक आतंकवादी मारे गए हैं। केवल कश्मीर घाटी में आज 8,000 विधवाएँ और 17,000 अनाथ बच्चे हैं। 1990 से कश्मीर से विस्थापितों की भीड़ जम्मू और दिल्ली की निर्वासित छावनियों में बढ़ने लगी। तब से करीब तीन लाख नागरिक अपने ही देश में निर्वासितों का जीवन जी रहे हैं। 1994 से ही राजौरी, पुंछ और डोडा कश्मीर घाटी से बाहर के इन जिलों में आतंकवाद जड़ जमा रहा है। इन जिलों से बेघर लोगों की संख्या 50,000 से भी अधिक हो चुकी है। इन सभी विस्थापितों को अपने ही देश में 14 × 14 फुट के तंबू में, टिन के छप्परों में जीवन जीना पड़ रहा है। यह है पिछले बारह वर्षों में आतंकवाद की भारत को देन!

पाक व कश्मीर के प्रमुख आतंकवादी संगठन

1. हरकत अंसार — हिजबुल मुजाहिदीन
2. तालिबान — तहरीक जिहाद
3. लश्करे-तय्यबा — कश्मीर लिबरेशन फ्रंट
4. अल् फेरॉन — अल् बदर

5. कश्मीर जिहाद फोर्स — अल् जिहाद
6. मोहाने-आजादी — स्टूडेंट इसलामिक फ्रंट
7. इसलामिक स्टूडेंट लीग — सिपाहे-साहेबा
8. मुसलिम कॉन्फ्रेंस — अल्लाह टायगर
9. जम्मू-कश्मीर लिबरेशन फ्रंट
10. जम्मू-कश्मीर लिबरेशन आर्मी

इसके अलावा छोटे-बड़े तकरीबन 156 गुट कार्यरत हैं।

आज कश्मीर में जितने भी प्रभावी आतंकवादी संगठन हैं, उन सभी के केंद्र पाकिस्तान, अफगानिस्तान या सूडान में हैं। इनमें से किसी भी गुट का प्रमुख, सरदार या चीफ कमांडेंट कश्मीरी नहीं है। इन संगठनों में जितने आतंकवादी युवक शामिल होते हैं, उन सभी को पाकिस्तान या पाक अधिकृत कश्मीर में प्रशिक्षण दिया जाता है।

वैसे तो स्वतंत्रता के बाद से ही कश्मीर के भाग्य में आक्रमण का ग्रहण लगा है। महाराजा हरिसिंह ने कश्मीर रियासत का भारत में विलय किया। उसके बाद केवल दो ही महीनों में 22 अक्तूबर, 1947 के दिन पाकिस्तान ने कबाइलियों के वेश में आक्रमण शुरू कर दिया। भारतीय सेना पूर्णरूप से उसका प्रतिसाद कर पाती, इससे पहले ही तत्कालीन प्रधानमंत्री पं. नेहरू ने 1 जनवरी, 1949 को इकतरफा युद्धविराम घोषित किया और यह मामला 'यूएनओ' में ले गए। 1950 में पाकिस्तान व भारत के बीच इस मसले पर 'कराची समझौता' हुआ। उसके अनुसार कश्मीर की पहले की सीमा रेखा के बजाय वर्तमान युद्धविराम रेखा को मान्य करना तय हुआ और पहले के कश्मीर का 1/3 हिस्सा पाक अधिकृत कश्मीर बन गया। उसके बाद पाकिस्तान से 1965 और 1971 में तथा 1999 में करगिल युद्ध हुआ, साथ ही 1962 में चीन से हुई लड़ाई को लेते हुए पिछले 54 वर्षों में भारत को 5 युद्धों का सामना करना पड़ा है। इनमें हर युद्ध जिस राज्य की भूमि पर लड़ा गया, वह राज्य है कश्मीर। हर युद्ध के बाद कश्मीर का नक्शा बदला। हर युद्ध के बाद पाकिस्तान से समझौते हुए। कश्मीर समस्या के समाधान के लिए गैरसरकारी स्तर पर काम करने वाली सद्भावना मिशन जैसी कुछ संस्थाएँ तथा कुछ स्वयंसेवी संस्थाएँ इस देश में कार्यरत हैं। उन्होंने अभी तक अपनी-

अपनी क्षमता अनुसार काम किए हैं। भारत-पाकिस्तान के बीच हुए चार समझौते, 23 सद्भावना यात्राएँ, समझौता एक्सप्रेस गाड़ी, लाहौर बस यात्रा और लाहौर घोषणापत्र तक के संपूर्ण परिदृश्य के बाद कश्मीर और भारत ने क्या खोया है, यह सबके सामने ही है।

आतंकवादियों को प्रशिक्षण

भारत के पूर्व सेनाध्यक्ष जनरल वी.एन. मलिक ने सेवानिवृत्ति से पहले दिए एक साक्षात्कार में कहा था कि इन तीन देशों में आतंकवादियों को प्रशिक्षण देनेवाले कुल 122 केंद्रों का पता चला है। इन सारे प्रशिक्षण केंद्रों में किस तरह से प्रशिक्षण दिया जाता है, इसकी जानकारी दो-तीन स्रोतों से उपलब्ध होती है। पाकिस्तान में जिस तरह 'जिहाद' के लिए खुला आह्वान करनेवाली संस्थाएँ व उनके कार्यालय हैं, उसी प्रकार से इस प्रशिक्षण का ब्योरा देनेवाले लेख भी छपते रहते हैं। 'बी.बी.सी' जैसे स्वतंत्र चैनल इस तरह का प्रशिक्षण लेनेवालों के साक्षात्कार लेते हैं और सबसे महत्त्वपूर्ण यह है कि आत्मसमर्पण करनेवाले या सेना द्वारा पकड़े गए आतंकवादियों के बयान इस सारी प्रशिक्षण प्रक्रिया पर प्रकाश डालते हैं। इन अधिकांश केंद्रों पर अफगानिस्तान और भारत से हुए युद्ध का अनुभव ले चुके पूर्व सेनाधिकारी प्रशिक्षक के रूप में कार्यरत हैं।

शुरुआत में जिहाद के लिए प्रशिक्षार्थी को मानसिक रूप से तैयार करना पड़ता है। इसके लिए उन्हें इसलामी साहित्य पढ़ने के लिए दिया जाता है। वीरगाथाओं का अध्ययन कराया जाता है कि इसलाम का प्रसार कैसे हुआ, पूर्वकाल में धर्मयुद्ध कैसे लड़े गए, किसने लड़े।

उसके बाद प्रशिक्षण शुरू होता है। पहले उन्हें यह सिखाया जाता है कि रात के अँधेरे में पहाड़ पर कैसे चढ़ना और उतरना चाहिए। यह गतिविधि उन्हें तीस किलो वजन लेकर करनी पड़ती है। रात की यह पदयात्रा सभी सहन कर सकते हैं, ऐसा नहीं है। कुछ लोगों को प्रशिक्षण से हटाकर वापस भेज दिया जाता है, लेकिन उनसे संपर्क न तोड़ते हुए उन्हें भरती के काम में लगाया जाता है।

पहली निशाचर यात्रा में निपुण हो जानेवालों को आगे का प्रशिक्षण दिया

जाता है। इस अगले सत्र में मशीनगन, पिस्तौल, रॉकेट लांचर्स, बम और रॉकेट बम इत्यादि शस्त्र चलाने का प्रशिक्षण दिया जाता है। इसमें शस्त्रों के पुर्जे अलग करना व जोड़ना भी सिखाया जाता है।

इसके साथ ही उन्हें योजना बनाने, नक्शा प्राप्त करने या तैयार करने, संपर्क माध्यमों का उपयोग करने, सांकेतिक भाषा तैयार करने और उसका उपयोग करने इत्यादि विषयों का प्रशिक्षण दिया जाता है। प्राथमिक और विशेष प्रशिक्षण के लिए कुल चार से छह महीनों का समय लगता है।

इन दोनों सत्रों में तैयार हुए युवकों में से खास कौशल रखनेवाले प्रशिक्षार्थियों को तीन महीनों तक कमांडो प्रशिक्षण दिया जाता है। साथ-ही-साथ यह भी सिखाया जाता है कि लंबे समय तक जंगल में रहकर झाड़-पत्ते और साँप खाकर पेट कैसे भरा जाता है।

इन आतंकवादियों को क्या चाहिए? भारत के कुछ तथाकथित सेकूलर लोगों की तरह उन्हें कश्मीर की अस्मिता, कश्मीरियत की लड़ाई नहीं चाहिए। आज कश्मीर में आतंकवादियों के तीन नारे प्रचलित हैं। उनमें से पहला नारा है, 'हिंदुस्तानी कुत्तो वापस जाओ', दूसरा है, 'यहाँ क्या चलेगा? निजाम-ए-मुस्तफा' (कश्मीरियत नहीं)। तीसरा नारा है, 'कश्मीर बनेगा जन्नत, हिंदू मर्दों के बिना, हिंदू औरतों के साथ।' भारत-द्वेष, इसलाम-प्रेम और हिंदू समाज के प्रति घृणित दृष्टिकोण, इसमें कैसी कश्मीरियत है, कहाँ की कश्मीरी संस्कृति है, यह तो सेकूलर लोग ही जानें।

क्रूरता की पराकाष्ठा

पिछले अनेक वर्षों से आतंकवादी जम्मू-कश्मीर में खून की होली खेल रहे हैं। लाशों के अंबार (ढेर) लगाए जा रहे हैं। नारी की इज्जत को सरेआम लूटा जा रहा है। मानवता का गला घोंटा जा रहा है। कश्मीर घाटी से 3 लाख से अधिक लोग विस्थापित होकर टैंटों, कैंपों (एक कमरे का घर), किराए के मकानों में व्यतीत करते हुए एक घुटन भरी व उजड़ी हुई जिंदगी जी रहे हैं। डोडा व ऊधमपुर जिलों के ऊँचे पहाड़ी क्षेत्रों से हिंदुओं को आतंकित कर लूटा जा रहा है, कत्ल किया जा रहा है। गाँव के गाँव खाली हो रहे हैं। इन क्षेत्रों में

दहशत भरा माहौल बना हुआ है। आतंकवादियों के हौसले इतने बुलंद हैं कि स्थान-स्थान पर पड़ी सेना की वे परवाह नहीं करते, बल्कि सेना पर प्रतिदिन हमले हो रहे हैं। अभी तक बहुत बड़ी संख्या में सैनिक, अर्ध सैनिक एवं पुलिस जवान मारे जा चुके हैं।

पाकिस्तान का जन्म सन् 1947 में भारी खून-खराबे के बीच से हुआ। जन्म से ही पाकिस्तानी नेताओं का नारा था—'हँसकर लिया है पाकिस्तान, लड़कर लेंगे हिंदुस्तान'। पिछले 40-50 वर्षों से पाकिस्तान ने जम्मू-कश्मीर में लोगों को भारी मात्रा में हथियार एवं हथियारों का प्रशिक्षण देकर हिंदुस्तान को बरबाद करने का प्रण किया हुआ है। अब पाकिस्तान का नारा है—'कश्मीर को आजाद करो, भारत को बरबाद करो' (To ruin India, have a independent J & K) तथा दूसरा नारा है—'यहाँ (कश्मीर) क्या चलेगा—'निजामे मुस्तफा'। एक नए मजहबी राज्य के निर्माण में अमरीकी धन एवं अमरीकी खुफिया एजेंसियों की भी पूरी-पूरी मदद है।

सन् 1949 से 1953 तक जम्मू-कश्मीर के तत्कालीन प्रधानमंत्री (वजीरे-आजम) शेख अब्दुल्ला ने अमरीकन मि. फिल्म एडमंस, मि. स्टीवनसंस तथा डॉ. फेंक बुकमेन से मिलकर 'आजादी' (भारत विभाजन) का षड्यंत्र रचा। उन्होंने परमिट सिस्टम, कस्टम, अलग प्रधान, अलग निशान, अलग संविधान, धारा 370 आदि लागू करवाकर ऐसी स्थिति बना ली थी कि कांग्रेस की कोख से पुनः नए मुसलिम देश का जन्म होना मजबूरी बन गई थी, परंतु संघ के देशभक्त स्वयंसेवकों द्वारा प्रजा परिषद् के रूप में उग्र एवं भारी आंदोलन शुरू किया गया। स्थान-स्थान पर 18 (अठारह) लोग राष्ट्रीय ध्वज (तिरंगा झंडा) व संविधान की रक्षा करते-करते शेख अब्दुल्ला की गोलियों के शिकार हुए। 5,000 सत्याग्रहियों ने यातना भरी अनेकों महीने की जेल-जिंदगी काटी। घंटों प्रतिदिन सत्याग्रहियों को सर्दी में बर्फ की सिल्लियों पर लिटाया जाता था, जिसके कारण शरीर नीले पड़कर अकड़ जाते थे। रेत व कंकड़ मिली रोटियाँ खाने से उनके पेट खराब होकर शरीर जर्जर हो गए थे। कोड़ों की मार से उभरे नील व खून की धाराएँ उस समय सत्याग्रहियों पर हुए अत्याचारों की कहानियाँ कह रही हैं। देश के सपूत डॉ. श्यामा प्रसाद मुखर्जी के बलिदान ने गहरी नींद में

सोए, तुष्टीकरण के चश्मे को चढ़ाए पं. नेहरू (तत्कालीन प्रधानमंत्री) व कांग्रेस पार्टी को झकझोरकर रख दिया। 1953 में शेख अब्दुल्ला को बंदी बनाकर जेल में डाला गया। इसके पश्चात् तिरंगा झंडा जम्मू-कश्मीर में लहराने लगा। परमिट सिस्टम खत्म हुआ तथा भारतीय संविधान लागू हुआ।

पाकिस्तान व कश्मीरी षड्यंत्रकारी नेताओं को यह अनुभव हुआ कि अगर जम्मू-कश्मीर को भारत से अलग करना है तो व्यापक तैयारी करनी होगी। 1953 से 1986 तक इस विद्रोह की तैयारियाँ करने में पाकिस्तान व अलगावादी ताकतें जुटी रहीं। इन तैयारियों का जायजा लेने के लिए कश्मीर घाटी में सन् 1986 में अनेक मंदिर तोड़े गए, सैकड़ों हिंदू घर जलाए व लूटे गए, जिससे बाध्य होकर हजारों लोगों को बेघर होना पड़ा। भारत सरकार सोई ही नहीं रही बल्कि वोट वैंक के गणित एवं नेताओं की दिशाहीनता के कारण इस षड्यंत्र में भागीदार विद्रोहियों के खिलाफ किसी प्रकार की काररवाई नहीं की गई। कश्मीर घाटी में उस समय सेना को मूकदर्शक बनाए रखने से आतंकवादियों के हौसले बढ़ गए। आतंकवादियों को लगा कि सेना तो प्रशासन की आज्ञा की गुलाम है। राष्ट्रीय स्वयंसेवक संघ द्वारा दिए गए सत्य विवरण (Reports) एवं भा.ज.पा., अ.भा. विद्यार्थी परिषद्, हिंदू रक्षा समिति, राष्ट्र सेविका समिति आदि संस्थाओं द्वारा धरने, जलसे, जुलूसों को छद्म धर्मनिरपेक्षता एवं अमरीका के दबाव में अनदेखा करने का परिणाम यह निकला कि पाकिस्तान व कश्मीरी आतंकवादियों को विद्रोह की सफलता का विश्वास हो गया।

1986 में मिली सफलता के कारण 1989 में भारत विभाजन के लिए पाकिस्तानी आतंकवादियों ने परोक्ष युद्ध (Proxy war) शुरू किया। अनेक महत्त्वपूर्ण कश्मीरी हिंदू नागरिक सर्वश्री टीकालाल, नीलकंठ गंजू, प्रेमनाथ भट्ट, सर्वानंद प्रेमी, प्रो. के.एल. गंजू, लसा कौल, गिरजा तिक्कू, सरला भट्ट आदि की हत्या पर सरकार द्वारा कोई काररवाई न करने से आतंकवादियों के हौसले इतने बुलंद हो गए कि कश्मीर घाटी हिंदूविहीन कर दी गई। ऐसे कठिन दौर में राष्ट्रीय स्वयंसेवक संघ एवं संबंधित अनेक संस्थाओं के भारी दबाव, भारतीय खुफिया एजेंसियों की रिपोर्टों एवं भा.ज.पा. के सहयोग से बनी उस समय की जनता दल की केंद्रीय सरकार ने कमजोर राज्यपाल श्री के.वी. कृष्णराव

को वापस बुला लिया। उनके स्थान पर अत्यंत कुशल, देशभक्त, निडर एवं दिशादर्शी प्रशासक श्री जगमोहन को राज्यपाल बनाकर जम्मू-कश्मीर भेज दिया गया। 26 जनवरी, 1990 को आजादी के स्वप्न को साकार करने के देशद्रोहियों के षड्यंत्र को श्री जगमोहन ने सख्ती से कुचला ही नहीं, बल्कि उचित एवं प्रभावी कदम उठाए, जिसके कारण 'आजादी' (भारत विभाजन) का षड्यंत्र सदियों पीछे धकेल दिया गया। विश्व की पूरी इसलामिक कट्टरवादी शक्तियाँ एवं अमरीकन खुफिया ताकतें इस बात के लिए एकजुट हो गईं, ताकि जगमोहन जम्मू-कश्मीर के राज्यपाल पद से हटा दिए जाएँ। बेनजीर भुट्टो ने तो सार्वजनिक रूप से भाषण दिए कि जल्दी ही जगमोहन को भागमोहन बना दिया जाएगा। दुर्भाग्य से भा.ज.पा. समर्थित केंद्र सरकार गिर गई और नई सरकार ने जगमोहन को वापस बुलाकर पाकिस्तान व अमरीका की इच्छा को पूरा कर आतंकवादी आंदोलन को ताकत प्रदान की, जिसका परिणाम बहुत ही भयंकर निकला। सरकारी पदों पर बैठे सरकारी अफसरों तथा कर्मचारियों में 5,500 से अधिक अफसर आतंकवादी हैं या आतंकवादियों की मदद करते हैं, ऐसा केंद्रीय गृह विभाग का कथन है।

आज जम्मू-कश्मीर की धरती एवं जनता का सौदा हो रहा है। बंदूक उठाए आतंकवादी दल व उनके नेताओं की माँग है 'आजादी'। देश के तथाकथित धर्मनिरपेक्ष नेता व भारत के वर्तमान प्रधानमंत्री श्री नरसिम्हा राव कहते हैं, नहीं भई, आजादी नहीं देंगे, परंतु आजादी से कुछ कम (short of Indenpendence) दे सकते हैं। देश के प्रधानमंत्री ने तो देश की एकता व अखंडता को ही दाँव पर लगाते हुए एक अनजान देश 'बारकीनो फासो' में 'पैकेज-95' की घोषणा कर दी, जिसमें सदरे-रियासत एवं वजीरे-आजम पदों के लिए उन्होंने सहमति व्यक्त की है। प्रधानमंत्री के झुकते व कमजोर रवैये को देख डॉ. फारुख पाँच-छह वर्षों से यूरोप में ही क्यों रह रहे हैं? अमरीका व अमरीकन नेता सुश्री रोबिन राफेल के गुण क्यों गा रहे हैं?

विमान अपहरण करने वाले आतंकवादी मकबूल भट्ट को फाँसी की सजा सुनानेवाले न्यायमूर्ति नीलकंठ सेवानिवृत्त होने के बाद श्रीनगर के महाराज बाजार में खरीददारी के लिए गए थे। अपराह्न साढ़े चार बजे थे। यह घटना

नवंबर, 1989 की है। अचानक उन्हें आतंकवादियों ने घेर लिया। भरे बाजार में, खुली दुकानों के बीच छह आतंकवादियों ने उन्हें पकड़ा। उन पर दो गालियाँ चलाईं, वे नीचे गिर पड़े। हत्यारे उनके चारों ओर नाचने लगे। वे दर्द से चिल्लाते रहे। एक देशभक्त को इतनी भयानक मौत दी गई। इन आतंकवादी गुटों (विदेशी) का चेहरा बहुत ही क्रूर है। बहन गिरिजा के साथ बलात्कार करने के बाद धारदार हथियार से उसकी हत्या कर देना, किश्तवाड़ के चैरजी गाँव में रमेश और राकेश नामक दो हरिजन बंधुओं के चेहरे का मांस नोचकर हृदय फाड़कर उसमें भरना, सर्वानंद प्रेमी कौल के माथे पर तिलक लगाने की जगह को छेनी-हथौड़ी से फोड़ देना, डोडा में मोहनसिंह का शरीर क्षत-विक्षत कर देना; पुंछ राजौरी में भारत के हित में काम करने के कारण वहाँ के अनेक गुर्जर (मुसलमान) लोगों की सजा के रूप में आँखें निकाल लेना, नाक-कान काटना, बम विस्फोट से शरीर की धज्जियाँ उड़ा देना—ऐसी सैकड़ों नहीं, बल्कि हजारों हिंसक घटनाओं से यह रक्तरंजित इतिहास भरा है।

(1) विश्व में अनेक आतंकवादी आंदोलन जन्म लेते रहे हैं और आज भी चल रहे हैं। अनेक आतंकवादी आंदोलन जन्मे, भड़के, असुरक्षा, अशांति निर्माण की, अपने हाथ खून से रँगकर एक दिन बिना उद्देश्य प्राप्त किए समाप्त हो गए। आतंकवादी आंदोलनों के उद्देश्य एवं उद्देश्य प्राप्ति में पवित्रता रही तो उन आंदोलनों को जनसमर्थन भी मिला तथा इतिहास में वे स्वर्णिम अक्षरों में लिखे गए। उद्देश्यों में अपवित्रता तथा स्वार्थ रहा और इन सभी की पूर्ति के लिए ही रक्त बहता रहा तो आतंकवादी आंदोलनों के हाथ व चेहरे खूनखराबे, भ्रष्टाचार तथा अनैतिकता से रँग जाते हैं। स्वतंत्रता के 38 वर्षों के कालखंड में हिंदुस्तान में भी अनेक हिंसक आंदोलनों ने जन्म लिया और इनमें से अनेक आंदोलन तो विदेश प्रेरित व नियंत्रित थे। जैसे बिहार व आंध्र में नक्सलवाद, मिजोरम में एम.एन.एल.एफ., त्रिपुरा में एन.एल.एफ.टी., असम में उल्फा, नागालैंड में कुकीनागा विद्रोह, पंजाब में खालिस्तान और आज जम्मू-कश्मीर में इसलाम के नाम पर निजामे मुस्तफा अर्थात् ला-इल्ला-इल्ललाह आदि। ये सभी आंदोलन भावनाओं, विचार एवं व्यवहार से उस प्रांत व संपूर्ण देश की एकता व अखंडता की रक्षा करने के बजाय एकता व अखंडता के

लिए खतरा बने। अनेक आतंकवादी आंदोलनों ने तो देश-विभाजन जैसी माँग भी उठाई है। हर आतंकवादी आंदोलन का जब विश्लेषण (चीर-फाड़) करते हैं तो उनकी बातें साझा दिखाई देती हैं। इस लेख में जम्मू-कश्मीर में पिछले 12 वर्षों से चल रहे आतंकवाद का विश्लेषण करेंगे। इसकी जड़ें बड़ी गहरी हैं। धीरे-धीरे पूरे प्रदेश को इसने अपनी गिरफ्त में ले लिया है। लद्दाख में 11 जुलाई, 2000 को तीन लामाओं की हत्या, पहलगाम (अनंतनाग) में अमरनाथ तीर्थयात्रियों की हत्या के साथ ही उसी दिन 1-2 अगस्त, 2000 को जम्मू क्षेत्र में क्या (किश्तवाड़), गुर्जर बहस तथा पोगल (रामबन) में दिन-दहाड़े हत्याएँ हुईं। कुल मिलाकर एक सौ से अधिक लोगों का कत्ल इसके ताजा उदाहरण हैं।

(2) मजहबी उन्माद के कारण हिंदू विस्थापित

फरवरी, सन् 1986 में जब अल्पसंख्यक हिंदू समाज को निशाना बनाकर इसलाम मतावलंबियों की भीड़ ने अनेक स्थानों पर 50 से अधिक हिंदुओं के पूजा एवं श्रद्धास्थल तोड़े व भ्रष्ट किए, उस समय कश्मीर घाटी में रह रहा 4-5 प्रतिशत हिंदू समाज भयभीत होकर पलायन करने पर मजबूर हुआ था। कहते हैं कि वह वर्तमान आतंकवाद का ट्रेलर मात्र था। 14 सितंबर, 1989 को कश्मीर घाटी के एक वीर टीकालाल टपलू (वकील) की दिन-दहाड़े हत्या से वर्तमान आतंकवाद की शुरुआत हुई, ऐसा माना जाता है। कश्मीर घाटी का क्षेत्रफल लगभग 16,000 वर्ग कि.मी. तथा जनसंख्या लगभग 43-44 लाख है। इस में ढाई लाख कश्मीरी पंडित, सिख, डोगरा हैं तथा 41 लाख के लगभग मुसलिम हैं, 41 लाख मुसलिम में 8 लाख से अधिक पिछड़ा मुसलिम वर्ग है। जिसमें गुर्जर, बकरवाल, नाई, पोठवारी, चमार, धोबी, बढ़ई, लुहार आदि आते हैं। 4-5 लाख के लगभग शिया हैं।

इसी प्रकार से जम्मू सूबे में 44 लाख जनसंख्या है, जिसमें 32 लाख हिंदू (सिख मिलाकर) हैं। 12 लाख मुसलिम हैं। इन 12 लाख मुसलिम में 8-9 लाख पिछड़ा मुसलिम वर्ग है। जैसे गुर्जर, बकरवाल, तेली, नाई, पोठवारी, मोची, धोबी, बढ़ई, लुहार, आदि-आदि। लद्दाख की जनसंख्या 3 लाख है। इसमें 1 लाख 60 हजार बौद्ध व हिंदू हैं। 1 लाख 40 हजार मुसलिम हैं।

अधिकांश शिया हैं। इसमें कुछ हजार जनसंख्या पोठवारी, दराड़ी आदि पिछड़े मुसलिम की है। प्रदेश की कुल जनसंख्या 90 लाख में 54-55 लाख मुसलिम हैं, जिसमें से 18-19 लाख मुसलिम पिछड़ी जाति के हैं।। वर्तमान आतंकवाद व सीमापार की गोलीबारी के कारण 4 लाख से अधिक हिंदू जनसंख्या विस्थापितों की जिंदगी जी रही है। कश्मीर घाटी से ढाई लाख से अधिक, राजौरी, पुंछ व डोडा जिलों से 50 हजार से अधिक तथा करगिल युद्ध के समय और उसके पश्चात् विशेष रूप से जम्मू जिले के सीमावर्ती इलाकों से 75 हजार से अधिक लोग उजड़े हैं। जम्मू क्षेत्र में अनेक स्थानों पर विस्थापितों के टैंट अथवा एक-एक कमरे (पक्का) के 10-15 बड़े शिविर लगे हैं, जहाँ ये लोग अपने ही देश में (घर में) रिफ्यूजी की कष्टपूर्ण, दर्दनाक जिंदगी जीने को मजबूर हैं। आतंकवाद के कारण हिंदू ही पलायनकर्ता क्यों बना? उसी को धमकी भरे पत्र क्यों आए? अधिकांश सामूहिक नरसंहारों में हिंदू ही क्यों मारा गया? ऐसे अनेक प्रश्न मुँह बाए खड़े हैं।

(3) भारत के सभी शांति प्रयास असफल

स्वतंत्रता के 50-52 वर्षों में हिंदुस्तान पर 5 आक्रमण क्रमशः 1947, 1962, 1965, 1971 व 1999 में हुए और इन पाँचों युद्धों की रणभूमि जम्मू-कश्मीर प्रदेश बना। इन 50-52 वर्षों में 600 से अधिक मास बनते हैं, परंतु एक भी मास ऐसा नहीं है, जब सीमा पार से गोलाबारी अथवा घुसपैठ न हुई हो। 2600 से अधिक सप्ताह बनते हैं, संभवतया ऐसे कुछ ही सप्ताह मिल सकते हैं, जब सीमापार से गोलाबारी अथवा घुसपैठ न हुई हो, परंतु लगता तो यह है कि कोई ऐसा सप्ताह नहीं, जब सीमापार (पाक) की ओर से गोलाबारी अथवा घुसपैठ न हुई हो। कितने ही शांति प्रयास सरकार व जनता की तरफ से हुए, जैसे रान्नी-समझौता, ताशकंद-समझौता, शिमला-समझौता, ट्रेन व बस यात्रा, अनेक सद्भावना एवं शांति मिशन (सीमा पर मोमबत्ती जलाना आदि), परंतु सभी असफल हुए हैं। मार्च, 2000 में जम्मू-कश्मीर की विधानसभा में राज्य सरकार के गृहमंत्री ने एक प्रश्न के उत्तर में बताया कि अब तक आतंकवाद व सीमापार की गोलाबारी में मृतकों की संख्या नागरिक 10836, सुरक्षाकर्मी

2153, आतंकवादी 10999 है। 8 हजार से अधिक महिलाएँ विधवा हुई हैं। 15 हजार से अधिक बालक/बालिकाएँ अनाथ हुए हैं। इस आतंकवाद को पाक द्वारा अघोषित युद्ध और हमारे द्वारा छद्मयुद्ध कहा जा रहा है। इस युद्ध को पाक सेना ही नहीं, बल्कि प्रशिक्षित आतंकवादी लड़ रहे हैं और ये आतंकवादी न केवल हिंसक हैं, खून के प्यासे हैं, औरत के आदी हैं, पैसे के लालची हैं, शराब उनकी कमजोरी है। तथाकथित आजादी अर्थात् जम्मू-कश्मीर को दारुल इसलाम बनाने का जुनून उनके सिर पर सवार है।

(4) इसलामी आतंकवाद चाहता है विभाजन

प्रश्न खड़ा होता है कि आतंकवाद रूपी फल देने वाले पेड़ कौन सी जमीन में उगते हैं? सामान्य नागरिक के घर के उदाहरण से इस प्रश्न का समाधान खोजते हैं। एक परिवार है, अपना सुंदर एवं सुविधायुक्त मकान है। माता-पिता अपने चार-पाँच बेटे-बेटियों के साथ रहते हैं। एक-दो बेटों की शादियाँ करके दुलहनें भी घर में आकर बस गई हैं, परंतु अकस्मात् इस सुख से ओत-प्रोत परिवार में एक तूफान आता है और मैं (यानी कोई भी बेटा) घर से अलग होने की माँग कर बैठता है। कहता है कि मुझे तो अलग रहना है, अब इस घर में दम घुटता है, घर में मेरी कोई कदर नहीं, मेरा हक दो ताकि अलग रहने लगूँ। सब समझाते हैं, बुजुर्गों के, खानदानी परंपरा के, घर की इज्जत के सवाल खड़े कर समझाते हैं, परंतु वह तो अलग होने की जिद पर अड़ा रहता है। जब उसकी अलग होने की इच्छा सामान्य प्रयत्नों से पूरी नहीं होती, तब धीरे-धीरे वह युवक ऊँचा बोलना, बात-बात में झगड़ा करना, मारपीट करना, सच-झूठ बोल आपसी तनाव पैदा करता है अर्थात् उस अलगाववाद की भावना में हिंसा का प्रवेश होता है और धीरे-धीरे वह हिंसा ऐसा रूप धारण कर लेती है कि घर की शांति, भाईचारा, एकता सब चरमराने लगता है और परिणाम निकलता है, घर का विभाजन करना पड़ता है।

इसी प्रकार से प्रत्येक आतंकवादी आंदोलन को प्रारंभ करनेवाले लोगों (नेताओं) में भी मूल रूप से अलग होने की भावना जन्मती है। अलगाववाद की भावना का पनपना अर्थात् आतंकवाद रूपी फल देनेवाले पेड़ को उगाने के

लिए जमीन उपलब्ध होना। जम्मू-कश्मीर में प्रत्येक मुसलमान आतंकवादी नहीं है, परंतु प्रत्येक आतंकवादी इसलाम मतावलंबी ही क्यों है? इस आंदोलन को उन्होंने जेहाद का नाम दिया है, परंतु जेहाद में नौकरी दो, रोजगार दो, मकान दो, भ्रष्टाचार खत्म करो आदि नारे नहीं हैं, बल्कि नारे तो निजामे मुस्तफा, आजादी-आजादी, हिंदुस्तानी कुत्तो वापस जाओ, मतलब कश्मीरी मुसलिम हिंदुस्तानी नहीं है। मुसलमान का रिश्ता हिंदुस्तान से नहीं है, भारतीय संस्कृति से नहीं है। वह कौम से, मजहब से, जुबान से, रीति-रिवाज से, देश से अलग है, यह भावना प्रमुख रूप से आज क़श्मीर के मुसलिम में भरी जा रही है।

(5) इसलाम के नाम पर सत्य का गला घोंटा जा रहा है

इस अलगाववादी जमीन पर आतंकवादी फल प्राप्त हो, इसके लिए बीज डालना जरूरी है। वह बीज है यानी मजहबी उन्माद से ओत-प्रोत मन, बुद्धि। ऐसे अलगाववादी मनोवृत्ति के कट्टरपंथी, मजहबी, धार्मिक एवं राजनीतिक नेता आम युवक-युवतियों में एक मजहबी उन्माद तथा हिंदुस्तान से अलग होने की भावना पैदा करते हैं। हिंदुस्तान की प्रत्येक बात के प्रति नफरत पैदा की जाती है। तथ्यों को तोड़-मरोड़कर पेश किया जाता है। प्रत्येक़ घटना को अत्याचार के रूप में प्रस्तुत करते हैं। अन्य सभी जातियों एवं मजहबों के प्रति गलत एवं गंदा बोला जाता है। 'पहचान' को खतरे का नारा बुलंद किया जाता है। हर बात के लिए सत्ताधारियों को जिम्मेवार ठहराते हुए उनके प्रति आक्रोश निर्माण किया जाता है। देश के बहुमत (हिंदुओं) के द्वारा अल्पसंख्यक (मुसलमान) को कुचलने तथा खत्म करने का कैसा षड्यंत्र रचा जा रहा है, इसका काल्पनिक चित्र प्रस्तुत कर बगावत के बीज बोए जाते हैं। मुझे अप्रैल, 1990 (जब आतंकवाद की शुरुआत थी और शुरुआत का खिलता यौवन था) को कश्मीर घाटी के तीन-चार दिवसीय प्रवास की घटना स्मरण आती है। मैं तथा एक अन्य बंधु अपने प्राइवेट वाहन से कश्मीर गए। मैं चाचा के रूप में तथा युवक भतीजे के रूप में। हम मायसूमा बाजार की मसजिद में थे। पठानी वेष तथा सिर पर गोल सफेद टोपी पहनी हुई थी। मैं गूँगा चाचा बना, क्योंकि

मुझे कश्मीरी बोलनी आती नहीं थी। उपचार के लिए कश्मीर से दिल्ली जा रहे हैं। इसलिए नमाज अदा कर, अल्ला से फरयाद (गुहार) कर उपचार के लिए जाएँगे।

मसजिद में 10-15 मिनट रहने का अवसर मिला। उस समय नेताओं एवं मौलवियों के भाषण हो रहे थे। उस भाषण में उन्होंने स्वेटर, पानी गरम करने की रॉड तथा एक-दो वस्तुएँ उठाकर जनता को दिखाते हुए कहा कि हिंदुस्तान की सरकार दिल्ली के चाँदनी चौक में हिंदुओं को ये चीजें 50 रुपए, 150 रुपए में बिक्री करती है, जबकि कश्मीर के लाल चौक में मुसलमानों को ये चीजें 200 रुपए, 500 रुपए में मिलती है। ऐसा बताते ही जोर-जोर से नारे लगने लगे—हम क्या चाहते हैं—आजादी-आजादी। उसी समय मौलवी साहब ने आगे कहा कि इतना ही नहीं, दिल्ली में हिंदुओं की सरकार ने हुकुम दिया है कि इस बार ईद पर बकरा नहीं काटने दिया जाएगा आदि, कुछ और भी बातें बोलीं, जिनका अर्थ निकलता था कि इसलाम खतरे में है। बस सामने बैठी भीड़ के सिर पर जुनून सवार हो गया। सभी एक स्वर में चिल्लाए—'हिंदुस्तानी कुत्तो वापस जाओ', यहाँ क्या चलेगा—'ला-इल्लाही-लिल्लाह'। वातावरण में तनाव बढ़ रहा था। हम बाहर निकल आए और तेजी से अपने गंतव्य की ओर बढ़ चले। अलगाववाद-रूपी जमीन को जैसे-जैसे मजहबी उन्माद रूपी बीज का संपर्क मिलता है, उसमें आतंकवाद रूपी फल देनेवाले का वातावरण तैयार हो जाता है। कोई न तो तथ्यों को जाँचता है और अगर किसी ने यह कहने का साहस भी किया कि गलत ढंग से नफरत फैलाकर भड़काया जा रहा है, उस समय के वातावरण में संभवतया ऐसे आदमी को मारा-पीटा जाए, यह भी हो सकता है कि उसकी हत्या हो जाए। इस उन्माद को जेहाद का नाम दिया जाता है। इस बगावत को जन्नत का मार्ग बताया जाता है। जीते और जिंदा रहे तो राज करेंगे, मर गए तो जन्नत मिलेगी, जहाँ हूरें-ही-हूरें होंगी, कौम के शहीद कहलाएँगे।

(6) विदेशों में चल रहे आतंकवादी प्रशिक्षण केंद्र

इस मजहबी आक्रोश रूपी बीज को खाद के रूप में मिलता है शस्त्रों का

प्रशिक्षण और प्रशिक्षण के साथ-साथ शस्त्र और धन भी। धन के लालच में नवयुवक, नवयुवतियाँ जान हथेली पर रख प्रशिक्षण लेने के लिए ऐसे कट्टरपंथी, मजहबी नेताओं की चाल का शिकार बन घर-बार छोड़ देते हैं। शस्त्रों का प्रशिक्षण और हाथ में शस्त्र मनुष्य को हिंसक पशु बना देता है। इसी प्रशिक्षण के दौरान उससे कुछ खून भी करवा देते हैं। एक बार खून मुँह लगा तो उसमें मजा आने लगता है तथा वह एक अपराधी की श्रेणी में प्रवेश कर जाता है। सरकार, प्रशासन, पुलिस से अपनी जान बचाने के लिए वह छुपता, भागता फिरता है तथा निर्दोषों की हत्याओं पर हत्याएँ करता चला जाता है। उद्‌देश्य से भटका, धन का लालची, जन्नत की प्राप्ति का भ्रम, अपना राज होगा का नशा कुल मिलाकर नवयुवक आतंकवाद की ओर बढ़ता चला जाता है। जम्मू-कश्मीर में पिछले 12 वर्षों से 150 के लगभग आतंकवादी गिरोह काम कर रहे हैं। भारत के एक बड़े सेना अफसर के अनुसार इसके लिए स्थान-स्थान पर प्रशिक्षण केंद्र खोले गए हैं। ये सभी प्रशिक्षण केंद्र वर्तमान में 122 की संख्या में अफगानिस्तान, पाकिस्तान तथा पाक अधिकृत कश्मीर (POK) में चल रहे हैं। इनमें से कुछ प्रमुख आतंकवादी संगठनों एवं प्रशिक्षण केंद्रों के नाम निम्नलिखित हैं—

आतंकवादी संगठन (कुछ नाम)	*प्रशिक्षण केंद्र (कुछ नाम)*	
• जम्मू-कश्मीर लिबरेशन फ्रंट (JKLF)	• बाला कोट	• गद्‌दी दुपट्टा
• हिजबुल मुजाहिदीन (HM)	• कोटली	• कोटली
• लश्कर-ए-तय्यबा (LET)	• मुजफ्फराबाद	• अटोक
• हरकत-उल-अंसार/ हरकत-उल-मुलाहिद्‌दीन (HUA+HUM)	• सेयर	• खोजाबंडी
• अल वर्क	• एबटाबाद	• बाटापुरा
• अल बदर	• मीरपुर	• गिरगिल
• तहरीके-उल-जेहादी (TJU)	• गढ़ी हबीबुल्ला	• हिप्पा वैल्ली
• जैश-ए-मोहम्मद	• पेशावर	• हाजीपीर
• दु:खतराने मिल्लत अल्लाह टाइगर्ज	• भिंबर	• रावलकोट

(7) भ्रष्टाचार घी का काम कर रहा है

आतंकवाद के मार्ग पर चलने वाले उन्मादी युवक, युवतियाँ अधिकाधिक संख्या में मिलें, यह जरूरी है। इसके लिए सबसे सरलता से उपलब्ध हैं बेरोजगार (बेकार), गरीब तथा राजनेताओं एवं परिवार से सताया नौजवान। गरीब है, बेरोजगार है, उसको धन मिला, स्त्री शरीर को लगा दी, नशे के लिए बोतल साथ है, बस फिर कुछ नहीं सूझता, एक ही बात 'खून'। इसलिए कहते हैं कि अलगाववाद रूपी जमीन पर मजहबी उन्मादी बीज अधिकाधिक मिले तथा ऐसे बीज को शस्त्र प्रशिक्षण रूपी खाद मिलने के कारण यह बीज फले-फूले, इसके लिए रोशनी, हवा, पानी भी चाहिए। भ्रष्टाचार इस पेड़ की रोशनी है, पानी है, हवा है।

आज भ्रष्टाचार कितना व्यापक एवं गहरा है, अब तक देश के 12 प्रधानमंत्री हो चुके हैं। इनमें से दो प्रधानमंत्री राजीव गांधी एवं नरसिम्हाराव पर खुले भ्रष्टाचार के आरोप लग चुके हैं, परंतु जम्मू-कश्मीर का तो बाबा आदम ही निराला है। सन् 1971 को छोड़कर कश्मीर घाटी में कोई भी चुनाव निष्पक्ष नहीं हुआ। सन् 1996 में डॉ. फारुख की पार्टी 8-10 प्रतिशत मत लेकर सत्ता में आई। सन् 1999 के लोकसभा चुनाव में संभवतया 15 प्रतिशत ही मतदान हुआ। अब तक के राजनीतिक परिदृश्य में ऐसा लगता है कि शेख अब्दुल्ला, फारुख खानदान को ही केंद्र सरकार प्रधानता देती रहती है। इसलिए जनता में एक ही खानदान के राज के प्रति नाराजगी है। पिछले 50-52 वर्षों का लेखा-जोखा करने पर ध्यान आता है कि केंद्र सरकार द्वारा देश के अन्य प्रांतों से बहुत अधिक सहायता दी गई है, परंतु विकास के नाम पर कम खर्च हुआ। अधिकांश धन कुछ राजनीतिक नेता और कुछ इनके रिश्तेदार तथा बड़े सरकारी अफसरों के घर भरने के काम आता रहा है। प्रत्येक सरकारी कार्यालय में हर छोटे से काम के लिए पैसा देना पड़ता है और आज इस घूस को 'सुविधा शुल्क' बोला जाता है, इनाम बोला जाता है। Talent पिछड़ रहा है। ईमानदारी पिस रही है। नैतिकता को घुन लगा है। देशभक्ति मजाक बन गई है। स्वदेशी का नामोनिशान मिट गया है। मेहनत करने पर भी उन्नति का मार्ग बंद नजर आता है। सिफारिश के बिना हक नहीं मिलेगा। बहू-बेटी की इज्जत लुटेगी। इनसान का कत्ल होगा, परंतु अपराधी को

सजा नहीं। आदमी की जिंदगी तथा औरत की इज्जत सस्ती हुई है। नशे की बढ़ती प्रवृत्ति के कारण एक उन्नत समाज तैयार हो रहा है। खाने की चीज शुद्ध नहीं, बल्कि मिलावट का बोलबाला है। महँगाई अनाप-शनाप बढ़ रही है। बिचौलियों का लाभ का अनुपात काफी अधिक हो गया है। चारों ओर आर्थिक, सामाजिक, राजनीतिक, धार्मिक; सभी स्तरों पर व्याप्त भ्रष्टाचार में डूबा समाज नजर आता है। ऐसे में अपने भविष्य के लिए भटकती युवा पीढ़ी, परेशान होकर जब अलगाववादी, उन्मादी, हिंसक नेताओं के संपर्क में आती है, तब वह आतंकवादी फल में बदल जाती है। हिंसा, हत्या में मजा आने लगता है और इसी में वे अपने भविष्य के सपने ढूँढ़ने लगते हैं।

(8) लोकतंत्र की आड़ में बाड़ ही खेत को खा रही है

इन आतंकवादी फल देनेवाले पेड़ों के बगीचे का माली कौन है ? ऊपर वर्णित बातों से स्पष्ट है कि माली है आतंकवादी संस्था का प्रमुख व समाज में खुलेआम नैतिकता व धार्मिकता का लबादा ओढ़े मजहबी व राजनीतिक नेता। इस फल को देनेवाले पेड़ का बीज व खाद तैयार होता है मसजिदों, मकतबों एवं मदरसों में। केवल कश्मीर घाटी में ही जमात-ए-इसलामी व मुसलिम लीग द्वारा संचालित 1200 से अधिक मदरसे चल रहे हैं, जिनमें मानवतावाद अथवा सच्चे इसलाम की शिक्षा न देकर कट्टरपंथी तैयार किए जाते हैं। राजनीतिक नेता मुल्ला-मौलवी, पुलिस व प्रशासनिक अधिकारियों के घर पर इन सभी प्रकार के आतंकवादियों के डेरे हैं, दफ्तर हैं। शस्त्रों को छुपाने तथा आतंकवादियों को छुपाने के अड्डे सैकड़ों की संख्या में स्थान-स्थान पर मिलते हैं।

डॉ. फारुख स्वयं जम्मू-कश्मीर लिबरेशन फ्रंट के संस्थापक सदस्य हैं। 1988-89 में सबसे पहले डॉ. फारुख ने ही नेशनल कॉन्फ्रेंस के 250 के लगभग चुने हुए कार्यकर्ताओं को बाकायदा लाइसेंसशुदा रिवॉल्वर देकर सीमापार शस्त्र प्रशिक्षण हेतु भेजा था और यह बात डॉ. फारुख ने सार्वजनिक रूप से स्वीकार की है। डॉ. फारुख जुबान से पाकविरोधी, दिल-दिमाग से भारतविरोधी हैं। अब राजनीतिक तौर पर स्वायत्तता अर्थात् 1953 से पूर्व की स्थिति का नारा लगा जम्मू-कश्मीर को हिंदुस्तान से अलग करने का खेल (जैसे 1940 में

जिन्ना ने अलग पाक का नारा लगाकर शुरू किया था) खेलना शुरू किया है। स्वायत्तता अर्थात् प्री-1953 राष्ट्रपति पद, प्रधानमंत्री पद, अलग सुप्रीम कोर्ट, अलग झंडा, अलग विधान, स्वतंत्र ऑडीटर जनरल, ऑफिस, भारत का नियंत्रण केवल सुरक्षा, दूरसंचार एवं विदेश नीति का रहे, शेष मामलों में पूर्ण स्वायत्तता हो, मौलिक अधिकार भी नहीं। देश भर के उच्च प्रशासनिक अधिकारी (IAS, IPS, IFS, IES आदि) जम्मू-कश्मीर में न आएँ। जम्मू-कश्मीर को आठ सूबों में बाँटा जाएगा, जो कि पूर्णतया मजहबी आधार पर होगा। इसमें एक बौद्ध बहुल लेह, दूसरा हिंदू बहुल जम्मू तथा शेष छह मुसलिम बहुल होंगे। डॉ. फारुख के मंत्रिमंडल में मोहम्मद अलीसागर थे सन् 1990 में, इनके निवास स्थान से आतंकवादी पकड़ा गया। मो. शफ्फी का संबंधी, गुलाम रसूल कार (तत्कालीन कांग्रेस अध्यक्ष) ने अपने आतंकवादी बेटे को फारगति दी, मुफ्ती की बेटी, डॉ. रूबिया, किचलू (किश्तवाड़) का बेटा शस्त्रों का व्यापारी। अनेक प्रशासनिक अधिकारियों ने जम्मू-कश्मीर के मामले को यू.एन.ओ. में ले जाने के लिए हस्ताक्षर किए। डॉ. फारुख के मुख्यमंत्री बनने से पूर्व 5 सामूहिक नरसंहार हुए और उसके पश्चात् 25 के लगभग सामूहिक नरसंहार हुए। आतंकवाद को कुचलने के लिए आज तक कोई कदम नहीं उठाया गया। शेख मो. अब्दुल्ला जब 1975 में पुन: मुख्यमंत्री बने तो निजी बातचीत में कहा करते थे—'I will create a Army against Indian Army i.e. Jammu Kashmir Armed Police.'

(9) आतंकवाद के आका विदेशी हैं, विदेशियों के भारतीय एजेंट हैं ये कथित सेक्यूलरिस्ट

आज सेक्यूलरिस्ट और मानवाधिकारों की रक्षा का अर्थ है हिंदू का उत्पीड़न, मुसलिम व ईसाई का गैरकानूनी एवं अनैतिक रूप से संरक्षण। दिल्ली के इमाम ने कहा, मैं आई.एस.आई. का एजेंट हूँ, पकड़कर दिखाओ, परंतु कोई आलोचना नहीं, कोई सख्त काररवाई नहीं। उत्तर प्रदेश के एक मुसलिम नेता ने कहा, 'भारत माता डायन है'। कोई बावेला नहीं मचा, कोई सजा नहीं। ऐसा क्यों? मुसलिम-ईसाई के साथ कुछ हुआ, देश में ये सब भी तुरंत कोहराम मचाएँगे, विशेष रूप से अंग्रेजी मीडिया चिल्लाएगा—जुल्म, घोर जुल्म। हिंदू

मरा, कोई खास बात नहीं, गाय कटी, मंदिर टूटा, जैसे अपराध ही नहीं। हिंदू पर जुल्म, कुत्ते ने आदमी को काटा No News, मुसलिम, ईसाई को कुछ हो गया, आदमी ने कुत्ते को काटा, It is very serious news. आतंकवादियों ने मारा, मानवाधिकारी एवं सेक्यूलरिस्ट आलोचना करते हुए घबराते हैं, क्योंकि आका नाराज हो जाएँगे, मार दिए जाएँगे। 'आका' कौन यह समझाना और जानना जरूरी है। आतंकवादियों के पालक-पोषक एवं नियंत्रक हैं Panislamic movement को चलानेवाले विश्व के बड़े-बड़े मुसलिम राजघराने, मौलवी, इसलाम मतावलंबी उद्योगपति, जो इन मानवाधिकारवादियों व सेक्यूलरिस्टों को भी फाइनांस करते हैं। विश्व के किसी भी मुसलिम देश ने भारत में चल रहे आतंकवाद की निंदा नहीं की और न ही निर्दोष को मारना इसलाम में जेहाद अपराध है, ऐसा फतवा किसी मौलवी अथवा इमाम ने दिया। आज अमरीका भी यही चाहता है कि हिंदुस्तान पाकिस्तान लड़ते रहें, हिंदुस्तान में अंदरूनी आतंकवाद चलता रहे। कारण—दैनिक उपयोग का बहुराष्ट्रीय कंपनियों का माल बिकता रहेगा, हथियारों की बिक्री हेतु मंडी बनी रहेगी तथा धीरे-धीरे कश्मीर एक अमरीकन कॉलोनी के रूप में, चीन हिंदुस्तान व पाक को नियंत्रित करने के लिए काम आता रहेगा। अमेरिका दादा बनकर बिचौलिए की भूमिका निभाते हुए न्याय का तराजू अपने हाथ में रखना चाहता है, ताकि दुनिया में कोई ऐसी ताकत न खड़ी हो सके, जो अमरीका (ईसाइयत) को चुनौती दे सके। इस संदर्भ में पोप जान पॉल की घोषणा कि अगली शताब्दी व सहस्राब्दी का टारगेट एशिया अर्थात् भारत है, को गंभीर रूप में लेना चाहिए।

अमेरिका भी इन तथाकथित मानवतावादी एवं सेक्यूलरिस्टों का फाइनांसर अर्थात् नियंत्रक है। हिंदुस्तान के ईसाइयों ने कभी भी कश्मीर में चल रहे आतंकवाद की निंदा नहीं की, न ही कभी मृतकों को श्रद्धांजलि देने हेतु शोक सभा की, न ही कभी कोई सर्वधर्म (मत) समभाव सभा बुलाई, जिसमें आतंकवाद के चेहरे को नंगा किया जाता। ईसाई संस्थाओं के द्वारा विस्थापितों को मदद न देने से ही तो आका के निर्देशों का पालन हो रहा है। चीन भी यही चाहता है कि भारत कभी भी ताकतवर न बने। तिब्बत पर चीन का कब्जा पक्का हो जाए। इसलिए भारत-पाक का लड़ते रहना जरूरी है। मुसलिम देश, अमरीका

व चीन के अपने-अपने मकसद हैं। दुनिया के किसी भी देश ने पाक को आतंकवादी देश घोषित नहीं किया है। कैसा विचित्र है सबकुछ! सुरक्षा अथवा अर्द्धसुरक्षा बलों ने आतंकवादियों के खिलाफ काररवाई की, ये तथाकथित मानवीय संस्थाएँ, सेक्यूलरिस्ट तुरंत सक्रिय हो जाएँगे, सुरक्षाकर्मियों पर मुकदमे चलने शुरू हो जाएँगे। आतंकवादियों के मददगार निर्दोष साबित होने लगेंगे, परंतु आतंकवादियों ने हिंदुओं को मारा, इसकी आलोचना ये लोग और संस्थाएँ कभी नहीं करेंगी। वर्तमान आतंकवाद का कारण पाकिस्तान के ये नारे भी हैं : 'हँसकर लिया है पाकिस्तान, लड़कर लेंगे हिंदुस्तान' तथा 'जम्मू-कश्मीर के बिना पाकिस्तान अधूरा है।' 'हिंदुस्तान को दारुल हरब से दारुल इसलाम में बदलना है।'

(10) जम्मू-कश्मीर व उसकी सीमाएँ घुसपैठियों के लिए सैरगाह

जम्मू-कश्मीर के आतंकवाद का एक और दृष्टि से भी अध्ययन करना आवश्यक हो जाता है और वह है सीमाओं पर से विदेशी आतंकवादियों की घुसपैठ। सीमाओं से घुसपैठ चाहे विदेशी अर्थात् अफगानी, सूडानी, पाकिस्तानी आदि हों या हिंदुस्तानी कश्मीरी मुसलिम हों, चाहे शस्त्र-अस्त्र हों या दवाई अथवा सोने की तस्करी, पूरी सीमा पर नजर दौड़ाएँ, चाहे थल, नभ या जल हो, लगता है घुसपैठ के मार्ग निश्चित हैं, नए-नए मार्ग बनते रहते हैं। अड्डे निर्माण होते रहते हैं। मदद करनेवाले, सूचनाएँ देनेवाले लोग हैं, नए-नए लोग मिलते रहते हैं। धन का लालच, मजहबी भावना, धर्म व देश के प्रति वफादारी की भावना का कमजोर होना, गरीबी तथा बेरोजगारी—इन सभी का फायदा उठाकर विदेशी ताकतें बेरोकटोक घुसपैठ करती चली जा रही हैं।

आज आतंकवाद की कमान कश्मीरी मुसलिमों के बजाय विदेशियों के हाथ में है। 50 वर्षों में भी हम अपनी सीमाओं को सुरक्षित करने तथा घुसपैठ रोकने में सफल नहीं हो पाए हैं। अब तो सरेआम आरोप लगते हैं कि अर्द्धसुरक्षा बल, प्रशासन व पुलिस के अधिकारी भी बिके हुए हैं। Highly sensitive and secured जेल कोट बलवाल, जम्मू से दो बार इससे पूर्व भी आतंकवादी फरार हुए तथा एक बार 14-5 जून, 1999 को लंबी सुरंग खोदकर निकलने

का प्रयास करते हुए आतंकवादी सज्जाद मारा गया तथा अन्य पकड़े गए। 1989-90 में श्रीनगर जेल से सात आतंकवादी भागने में सफल हुए। इससे पता चलता है कि हमारी सुरक्षा एवं सतर्कता व्यवस्था कितनी कमजोर है। जम्मू-कश्मीर प्रदेश का भूगोल भी सीमाओं पर नजर रखने में बाधक है। अनेक स्थान सदा बर्फ से ढके रहते हैं तथा इतने दुर्गम है कि संभवतया नजर रखने में बहुत भारी व्यय करने पर भी कमी रह जाती है। अनेक किलोमीटर लंबी सीमा भी है, जहाँ भारत के प्रति वफादारी रखनेवाली जनता का प्रतिशत भी बहुत कम है। अनेक मुसलिम देशों के घुसपैठिए तथा पाक को शामिल करने की माँग भी यह सिद्ध करते हैं कि यह आतंकवाद Pan-Islamic Movement का हिस्सा है। हुर्रियत, हिजबुल द्वारा वार्त्ता का शुरू करना तथा टूटना भी यही सिद्ध करता है कि आतंकवाद के नियंत्रक विदेशी हैं।

(11) आतंकवादियों (घुसपैठियों) से पकड़े गए हथियारों से एक नहीं दो लघु युद्ध

सन् 1990 से 2000-01 तक पकड़े गए हथियारों का विवरण निम्न प्रकार से है—

कुल हथियार — 38,000

विस्फोटक हथियार — 1,36,000

राउंड, गोला-बारूद — 35,00,000

विस्तृत विवरण : एके. टाइप राफल्स — 23,500

पिस्तौल, रिवॉल्वर — 9,144

यूनीवर्सल मशीनगन — 985

रॉकेट प्रोजेक्टाइलगन — 947

रॉकेट लांचर्स — 707

स्नीफर राइफल्स — 328

रॉकेट बूस्टर्स — 2,149

लाइट मशीनगन — 81

ग्राउंड पोजीशन मोर्टार गन	—	63
कार्बाइंस	—	58
राइफल्स	—	142

ऊपर वर्णित आँकड़े स्वयं दरशाते हैं कि आतंकवाद सामान्य खेल नहीं, बल्कि एक भयानक युद्ध है और प्रत्यक्ष युद्धों से अधिक रक्तिम है।

(12) आतंकवादी प्रशिक्षण केंद्र नष्ट करना हमारा अधिकार

कहते हैं चोर नहीं, चोर की माँ को मारिए, ताकि चोर जन्म ही न ले। आतंकवाद को जन्म देनेवाले तथा पालन-पोषण करनेवाले माँ-बाप कौन हैं? इसको चिह्नित किया जाना जरूरी है और वे निम्नलिखित हैं—

(1) अलगाववादी, मजहबी कट्टरपंथी, धार्मिक-सामाजिक व राजनीतिक नेता, (2) देश-विदेश में आतंकवादी प्रशिक्षण केंद्र, (3) शस्त्र व धन देनेवाली एजेंसियाँ, (4) विदेशी घुसपैठिए, (5) आतंकवादियों को सूचनाएँ एवं मदद देनेवाले व छुपानेवाले तत्त्व, (6) तथाकथित मानवतावादी एवं सेक्यूलरिस्ट।

- आज समाज, विशेष रूप से मुसलिम समुदाय आतंकवाद से कटे, वह उनकी चाल का शिकर न हो बल्कि आतंकवादी को पकड़वाने में मदद करे, इसके लिए उसके जान-माल की हिफाजत जरूरी है तथा अन्य अनेक कारगर कदम भी उठाने होंगे।
- घुसपैठियों को देखते ही गोली मारने के आदेश अर्थात् 'होट परस्यूट' की नीति आवश्यक रूप से लागू करनी होगी। आतंकवादी एवं घुसपैठियों को किसी भी प्रकार की मदद करनेवाले व शरण देनेवाले को कठोर से कठोर यातनाएँ दी जाएँ। कट्टरपंथी, मजहबी नेताओं, चाहे वे धार्मिक हों अथवा राजनीतिक, को जनभावनाओं को भड़काने के आरोप में बिना मुकदमा चलाए कठोर सजा के साथ कारावास में डाल देना चाहिए, इसके लिए वैसे कानून की आवश्यकता है, तो वह बनाया जाना चाहिए। आतंकवादियों को प्रशिक्षण देनेवाले केंद्रों को नष्ट करना भारत का नैतिक एवं संवैधानिक अधिकार है। अगर ये केंद्र पाक अधिकृत कश्मीर, पाक या अफगानिस्तान में हैं तो भी नष्ट करने चाहिए। अगर

उनको नष्ट करने में युद्ध की स्थिति बनती है तो वह युद्ध लड़ा जाना चाहिए।

- 12 वर्षों के छद्म युद्ध में समय, शक्ति, अस्त्र-शस्त्र, जान-माल का नुकसान हुआ, 'विकास' को धक्का लगा है। उसे कम समय में तथा हर प्रकार के कम-से-कम नुकसान में युद्ध लड़कर फैसला ठीक होता है। हर संभव शांति के उपाय खोजना जरूरी है। यही भारतीय संस्कृति एवं भारतीय राजनेताओं की विशेषता रही है, परंतु यथाकथित मानवतावादी, सेक्यूलरिस्ट संस्थाओं के लिए भी मर्यादाएँ निश्‍चित करने के लिए कानून बनाना चाहिए तथा ऐसी संस्थाओं अथवा व्यक्तियों द्वारा आतंकवादियों को संरक्षण देना रोकना चाहिए।
- भारतीयों अर्थात् देश के प्रबुद्ध लोगों को जाति, पार्टी, मजहब एवं विचारधारा से ऊपर उठकर एकमत होकर एक रणनीति के तहत योजना बनानी चाहिए।
- सरकार को भी चाहिए शांति एवं समाधान वार्त्ताओं में जम्मू, लद्दाख एवं विस्थापितों को अवश्य सम्मिलित करे। कश्मीर समस्या के समाधान हेतु केवल आतंकवादियों से होनेवाली वार्त्ता को देश स्वीकार नहीं करेगा। केवल आतंकवादियों अथवा उग्रवाद के समर्थक दलों से बात करने का मतलब यह निकलता है कि जैसे वे ही जम्मू-कश्मीर प्रदेश का प्रतिनिधित्व करते हों, यह संकेत सरकार व देश के लिए कष्टदायी है। सरकार में बैठे लोग देश के भविष्य के निर्माता होते हैं। उनको सदैव सोच-समझकर ही नीति बनानी चाहिए। जम्मू व लद्दाख के लोग भारत में पूर्ण विलय चाहते हैं। इसलिए जम्मू को राज्य, लद्दाख को केंद्रशासित प्रदेश व कश्मीर घाटी को कुछ सुविधाओं के साथ राज्य का दर्जा देना तथा कश्मीरी विस्थापितों को घाटी में ससम्मान अधिकारयुक्त बनाकर बसाने की योजना पर गंभीरता से विचार करना चाहिए। आतंकवाद तथा पाक षड्यंत्र को मुँहतोड़ जवाब देने के लिए राज्य का पुनर्गठन अत्यधिक राष्ट्रवादी पर्याय समस्या के हल हेतु बनता है।

- आतंकवाद छद्मयुद्ध पद्धति है—इसका उत्तर सेना नहीं, बल्कि ग्राम सुरक्षा समितियों के रूप में अधिक कारगर तरीके से आक्रामक रुख से उत्तर देने की नीति बनाकर देना चाहिए। छद्मयुद्ध को छद्मयुद्ध के ढंग से ही लड़ना चाहिए। आम समाज में से युवक प्रशिक्षित कर उन्हें सशस्त्र कर तात्कालिक रूप से अधिकारयुक्त कर इस आतंकवाद को कुचलने की योजना बनाना जरूरी है। यह संकल्प व कारवाई समस्या का समाधान है।
- जम्मू-कश्मीर में एक सर्वेक्षण के अनुसार 10 प्रतिशत तक मुसलिम जनसंख्या भारतपरस्त है। उसको संगठित, जाग्रत् कर सशक्त राजनीतिक समूह खड़ा कर मार्ग निकालना आवश्यक है। इस दिशा में अभी तक के प्रयत्न आशा की किरण के रूप में फलदायी रहे हैं। इसके साथ-साथ निष्पक्ष एवं स्वतंत्र चुनाव को सुनिश्चित करना आवश्यक है।

मानवीय प्रयास

आतंकवाद की इस अँधेरी सुरंग में कहीं-कहीं प्रकाश की किरण भी दिखाई देती है। उससे ही सुनहरे भविष्य की आशा बँधती है। पिछले अनेक वर्षों में जम्मू-कश्मीर सहायता समिति ने तीन लाख से अधिक विस्थापितों को नाना प्रकार से मदद की है। आज भी हजारों परिवार एक-एक कमरे अथवा टैंटों के शिविरों में घुटन भरी जिंदगी बिता रहे हैं।

- हजारों युवकों के भविष्य की सुरक्षा हेतु उनको उच्च शिक्षा प्राप्त करने में मदद देना।
- हजारों कन्याओं के घर बसाने हेतु विवाह में सहयोग करना।
- सैकड़ों बुजुर्ग अपने जीवन की यात्रा पूरी कर गए, परंतु परिवार के पास दाह संस्कार के लिए पैसा नहीं, ऐसे मृतक शरीरों की आत्मा को सद्गति प्रदान करने हेतु अंतिम संस्कार विधि हेतु मदद देना।
- हजारों रोगग्रस्त और बीमारों के उपचार हेतु सहायता देना। अभी तक जम्मू-कश्मीर सहायता समिति द्वारा एक करोड़ चवालीस लाख रुपए व्यय किया जा चुका है।

सहायता समिति केवल हिंदुओं को ही नहीं, विस्थापित मुसलमानों को भी मदद कर देश की एकता व मानवता की रक्षा का कार्य बहुत ही लगन से कर रही है। जम्मू-कश्मीर प्रदेश में मुसलमान बड़ा भाई है, काश! उनकी संस्थाएँ भी विस्थापितों की मदद के लिए आगे आतीं तो पाकिस्तान कभी भी मजहबी आतंकवाद को जन्म नहीं दे पाता।

□

जम्मू-कश्मीर का आंतरिक परिदृश्य

जम्मू-कश्मीर के आंतरिक परिदृश्य की चर्चा करने से पहले राज्य की जनसंख्या एवं क्षेत्रफल के आँकड़ों को परखना जरूरी है। इसके साथ ही राज्य के भीतरी संभागों में हो रहे भेदभाव को जान लेना भी लाभदायक रहेगा।

जम्मू व कश्मीर प्रांत

सन् 1947 में जम्मू-कश्मीर का क्षेत्रफल	2,22,236 वर्ग कि.मी.
पाकिस्तान ने बलपूर्वक कब्जा किया	0,78,114 वर्ग कि.मी.

पाकिस्तान की ओर से चीन को भेंट	5,180 वर्ग कि.मी.
चीन ने बलपूर्वक कब्जा किया	37,555 वर्ग कि.मी.
चीन द्वारा कुल कब्जा	42,735 वर्ग कि.मी.

चीन व पाकिस्तान द्वारा बलपूर्वक कब्जा	1,20,849 वर्ग कि.मी.
वर्तमान में भारत के पास शेष क्षेत्र	1,02,387 वर्ग कि.मी.
जम्मू-कश्मीर का क्षेत्रफल	2,22,236 वर्ग कि.मी.

- जम्मू और कश्मीर प्रदेश तीन भौगोलिक, भाषिक, राजनीतिक और सांस्कृतिक इकाइयों से मिलकर बना है।
- भारत के पास शेष जम्मू-कश्मीर का वर्तमान क्षेत्रफल

जम्मू (राजौरी, पुंछ, डोडा इ.)	26,293 वर्ग कि.मी.
कश्मीर घाटी (अनंतनाग, श्रीनगर, बारामुला. इ.)	15,853 वर्ग कि.मी.
लद्दाख (लेह, करगिल)	59,241 वर्ग कि.मी.

कुल	1,01,387 वर्ग कि.मी.

पाक व चीन द्वारा अवैध कब्जे में जिलों के नाम—

सीधा पाक नियंत्रण : बल्टीस्तान, गिलगित, बजारत, चिल्लास, हाजीपीर आदि।

पाक नियंत्रण, परंतु स्वायत्त शासन : मुजफ्फराबाद, मीरपुर, कोटली, पुंछ (पलंदरी आदि), छंब।

सीधा चीन नियंत्रण : लद्दाख का भूभाग (सियाचिन, अक्साईचिन)।

राजनीतिक परिदृश्य

विषय	जम्मू	कश्मीर	लद्दाख
क्षेत्रफल	26,293 वर्ग कि.मी.	15,893 वर्ग कि.मी.	59,211 वर्ग कि.मी.
1998 में लोकसभा	मतदाता 24,63,906	24,10,220	1,01,455
लोकसभा क्षेत्र	2	3	1
विधानसभा क्षेत्र	37	46	1
जनसंख्या	16 लाख+ढाई लाख (विस्थापित)	48 लाख-ढाई लाख (विस्थापित)	2,75 लाख
•	हिंदू : 33+विस्थापित	हिंदू 0,50 लाख	बौद्ध 1.60 लाख (हिंदू, सिख)
•	मुसलिम 13 लाख	मुसलिम 45 लाख	मुसलिम 1.15 लाख

विशेष : 1989-90 में आतंकवाद के कारण कश्मीर घाटी से 250 लाख से अधिक लोग (पंडित, डोगरा, सिख आदि) उजड़कर अधिकांश जम्मू में बसे, कुछ देश भर में बसने हेतु चले गए।

- सन् 2001 की जनगणना के आँकड़े दफ्तरों में बैठकर बनाए गए और जम्मू क्षेत्र से कश्मीर घाटी की जनसंख्या एकदम आठ से दस लाख अधिक बढ़ा दी गई, जबकि कश्मीर से लाखों का विस्थापन तथा आतंकवाद के कारण हजारों की मौत हो चुकी है।

- गजेंद्र गड़कर, सीकरी व वजीर कमीशन की सिफारिशें लागू नहीं की गईं।
- मुख्यमंत्री सदैव कश्मीरी मुसलिम ही बना, कभी भी गैर-कश्मीरी मुसलिम अर्थात् अन्य मुसलिम बंधु मुख्यमंत्री नहीं बनाया गया। जम्मू व लद्दाख से तो कभी भी नहीं बना, न ही हिंदू और न ही मुसलिम।
- प्रायः सभी राजनीतिक दलों (कांग्रेस, पी.डी.पी., जनता दल, कम्युनिस्ट आदि) के अध्यक्ष एक, दो या किसी एक दल को छोड़ कश्मीरी ही रहे हैं। भा.ज.पा. एक ऐसी पार्टी है, जिसका अध्यक्ष सदैव जम्मू से बना।
- बौद्धों व डोगरों (हिंदू-सिख) का मतांतरण तथा इनकी लड़कियों को फँसाकर अथवा भगाकर ले जाना, यह बदस्तूर जारी है।
- सन् 1996 में पूरे प्रदेश में सरकारी कर्मचारी 2 लाख 54 हजार थे। अब सन् 2000 में 3 लाख 58 हजार हो गए हैं। इस 1 लाख 04 हजार की कर्मचारी वृद्धि में लद्दाख के 319, जम्मू सूबे से 15,000 के लगभग, शेष कश्मीरी कर्मचारी हैं।
- लद्दाख क्षेत्र में बौद्धों का कहना है कि लद्दाख क्षेत्र में भी कश्मीरी शासक लेह, करगिल अर्थात् बौद्धों व मुसलिम में भेदभाव करते हैं, जैसे सन् 1997-98 में KAS/KPS में बुद्धिस्ट पास हुए 23, परंतु चयन एक का हुआ, जबकि मुसलिम 3 पास हुए और 3 का ही चयन हुआ। इसी तरह 24 पटवारी लगाए गए, जिसमें 23 मुसलिम हैं, एक बुद्धिस्ट है। यह तो केवल संकेत हेतु दो उदाहरण दिए हैं, ऐसे उदाहरण बहुत अधिक हैं।

ये सभी तथ्य अपनी हकीकत स्वयं बयान करते हैं। इस पृष्ठभूमि में राज्य के भीतर चल रहे विभिन्न आंदोलनों के मनोविज्ञान को समझना आसान होगा।

आज जम्मू-कश्मीर प्रदेश पर छाए घोर आतंकवाद (आजादी अथवा पाकिस्तान) को एक बाजू रख विचार किया जाए तो ध्यान में आएगा कि पूरा प्रदेश चार प्रकार के आंदोलनों से जूझ रहा है। इसमें से तीन आंदोलन कश्मीरी

राज से मुक्ति के तथा भारत के साथ अखंडता के हैं। एक आंदोलन हिंदुस्तान से अधिकाधिक स्वायत्तता प्राप्ति का है। आज जम्मू-कश्मीर को पाकिस्तान प्रेरित व पाक नियंत्रित आतंकवाद से मुक्त करने हेतु पूरा हिंदुस्तान चिंतित है तथा इस समस्या के समाधान हेतु प्रयत्नशील है। इस आतंकवाद का राजनैतिक चेहरा है हुर्रियत कॉन्फ्रेंस (पाक एजेंट) तथा विश्व की इसलामिक कट्टरवादी ताकतें इस आतंकवाद को धन, शस्त्र व प्रशिक्षण आदि देकर मदद कर रही हैं। जम्मू-कश्मीर के अंदरूनी दृश्य पर नजर रख उसका योग्य समाधान नहीं निकाला गया तो कश्मीर समस्या अधिक गंभीर व जटिल होती जाएगी।

कश्मीर घाटी अलगाववाद की राह पर

आज भी भारत की संसद् जो कानून बनाती है, वह हिंदुस्तान के प्रत्येक राज्य में तुरंत लागू हो जाता है, परंतु जम्मू-कश्मीर की विधानसभा जब उस कानून को पारित करती है, तभी से वह जम्मू-कश्मीर में भी संशोधित अथवा असंशोधित रूप में लागू होता है। आज जम्मू-कश्मीर प्रदेश का अपना अलग ध्वज है, जबकि भारत के किसी भी प्रांत का अपना अलग से राज्य-ध्वज नहीं है। जम्मू-कश्मीर प्रदेश का राज्य का ध्वज लाल रंग का है, बीच में सफेद हल और तीन सफेद खड़ी धारियाँ डंडे की तरफ बनी हैं। तिरंगे के अपमान पर जम्मू-कश्मीर में आज भी सजा का विधान नहीं है। आज भी पूरे देश के अंदर केवल भारतीय नागरिकता ही है, किसी भी प्रदेश की अपनी अलग से नागरिकता का प्रावधान नहीं है, जबकि जम्मू-कश्मीर में 'स्टेट सब्जेक्ट' नाम से अलग से नागरिकता है और जो केवल भारतीय नागरिक है, परंतु जम्मू-कश्मीर का नागरिक नहीं है, उसे संपत्ति खरीदने का, स्थानीय निकायों में वोट देने का, प्रोफेशनल स्टडीज में प्रवेश लेने तथा प्रदेश में नौकरी पाने का अधिकार नहीं है। आज भी जम्मू-कश्मीर में भारतीय संविधान के Directive Principles लागू नहीं हैं।

जब डॉ. फारुख अब्दुल्ला अधिकतम स्वायत्तता की बात करते हैं, जिसकी रिपोर्ट (वृत्त) भी प्रकाशित हो चुकी है कि वे प्रदेश में राज्यपाल की बजाय राष्ट्रपति पद और मुख्यमंत्री की बजाय प्रधानमंत्री पद चाहते हैं। वे चाहते हैं

कि पहले की तरह फिर से हिंदुस्तान और जम्मू-कश्मीर के बीच परमिट सिस्टम लागू किया जाए। वह विश्व के अन्य देशों के साथ अपने संबंधों और व्यापार में आजादी चाहते हैं। भारत से स्वतंत्र अपना अलग सुप्रीम कोर्ट, स्वतंत्र चुनाव आयोग एवं ऑडीटर जनरल कार्यालय हो। देश भर से आई.ए.एस., आई.पी.एस, आई.एफ.एस. जम्मू-कश्मीर में न आएँ। भारत के राष्ट्रपति को 356 धारा को जम्मू-कश्मीर में लागू करने का हक न हो। धारा 370 को अस्थायी की बजाय विशेष दर्जा दिया जाए। इस सारी अलगाववादी स्थिति की व्याख्या के लिए शब्द प्रयोग किया गया है—प्री-1953 की स्थिति अथवा आटोनॉमी।

रीजनल आटोनॉमी की व्याख्या करते हुए डॉ. फारुख कहते हैं कि जम्मू-कश्मीर को 8 सूबों में बाँटा जाएगा, जिसमें 6 सूबे (करगिल, श्रीनगर, अनंतनाग, बारामूला, राजौरी, पुंछ तथा डोडा) मुसलिम बहुल होंगे। लेह बौद्ध व जम्मू हिंदू बहुल, ऐसे दो सूबे होंगे। इससे साफ जाहिर होता है कि जम्मू-कश्मीर एक अलग देश होगा तथा इसमें 8 सूबों की रचना सांप्रदायिक आधार पर होगी। अधिकतम स्वायत्तता का नारा एक धोखा है, जिसमें सांप्रदायिक अलगाववाद और कट्टरवाद की बू आती है। डॉ. फारुख जुबान से पाक विरोधी हैं परंतु मन-मस्तिष्क से अलगाववादी तथा भारत से आजादी पसंद हैं, यह बात स्पष्ट होती है।

डॉ. फारुख अब्दुल्ला व उनकी पार्टी ने सन् 1996 में विधानसभा चुनाव के समय नारा लगाया था कि हम प्रदेश को अधिकतम स्वायत्तता (Autonomy) और राज्य के भी अंतर्गत अधिक स्वायत्तता देंगे। इसके लिए उन्होंने एक अध्ययन समिति बिठाई और जिसने अनेक प्रकार के विवादों के बावजूद अपनी रिपोर्ट दे दी है। फिर उस रिपोर्ट को जम्मू-कश्मीर विधानसभा में भा.ज.पा., कांग्रेस, जनता दल आदि पार्टियों के भारी विरोध के बावजूद पारित (पास) करवा लिया गया, क्योंकि प्रदेश विधानसभा में नेशनल कॉन्फ्रेंस का बहुमत है। जब यह Autonomy Report केंद्र के पास भेजी गई, तब केंद्रीय सत्तापक्ष एवं विपक्ष, सभी ने एकमत से इसको खारिज करते हुए कहा कि भारत को पुनः तोड़ने तथा कश्मीर को भारत से अलग करने अथवा भारत व

कश्मीर के संबंधों को कमजोर करने के षड्यंत्र (इरादों) को सफल नहीं होने दिया जाएगा। सारे देश और जम्मू, कश्मीर प्रदेश में भी डॉ. फारुख की इस माँग पर जबरदस्त प्रतिक्रिया हुई। जलसे, जुलूस, प्रदर्शन व धरने कर जाग्रत् जनता ने इस गलत माँग को नकार दिया, परंतु डॉ. फारुख आज भी Autonomy की माँग की रट लगाए हुए हैं। आज यह आवश्यक हो गया है कि हम इसका विश्लेषण कर पता करें कि यह रिपोर्ट देश के लिए तथा प्रदेश के लिए कितनी घातक है। Autonomy व Internal Autonomy की जो रिपोर्ट प्राप्त हुई हैं, उसके अनुसार—

- धारा-370 को अस्थायी से स्थायी एवं विशेष बनाया जाए;
- राज्यपाल व मुख्यमंत्री पद सदरे-रियासत अर्थात् राष्ट्रपति व वजीरे-आजम अर्थात् प्रधानमंत्री पदों में बदले जाएँ;
- प्रदेश का अलग स्वतंत्र झंडा हो, संविधान हो;
- सुप्रीम कोर्ट, A.G. ऑफिस, चुनाव आयोग भी जम्मू-कश्मीर के अलग से हों;
- भारतीय संविधान के मौलिक अधिकारों का पुनः मूल्यांकन हो तथा वे उसी रूप में जम्मू-कश्मीर पर लागू न हों;
- देशभर से जम्मू-कश्मीर में I.A.S., I.P.S., I.E.S., I.F.S., अफसर नहीं आएँगे;
- भारत केवल सुरक्षा, संचार एवं विदेश नीति का भार सँभाले, शेष मुद्दों में पूर्ण स्वायत्तता हो;
- जम्मू-कश्मीर का दर्जा प्रदेश का होगा या देश का, इस मुद्दे पर Autonomy Report चुप है, परंतु इसके अंतर्गत स्वायत्तता का वर्णन करते हुए कहा गया है कि जम्मू-कश्मीर में आठ सूबे (Regions) होंगे। जम्मू को एक की बजाय तीन सूबों में, कश्मीर को तीन सूबों तथा लद्दाख को भी दो सूबों में विभाजित किया जाएगा।

स्वायत्तता रपट का मूल्यांकन

- हम जब इन सब मुद्दों (Findings) का अध्ययन करेंगे तो स्पष्ट हो

जाएगा कि Autonomy की माँग भारत के साथ अखंडता (Integration) नहीं, बल्कि भारत व कश्मीर के संबंधों को कमजोर करते हुए भारत विभाजन की ओर अग्रसर होने का मार्ग है।

- धारा-370 के अंतर्गत पहले ही दो नागरिकताएँ मौजूद हैं अर्थात् किसी भी भारतीय नागरिक को कश्मीर की नागरिकता प्राप्त नहीं है और वहाँ संपत्ति खरीदने, स्थानीय चुनावों में मत देने व उच्च शिक्षा हेतु प्रवेश का अधिकार ही नहीं है। दूसरी ओर पुनर्वास विधेयक द्वारा सन् 1947 में जो कश्मीरी लोग पाकिस्तान चले गए, उन लाखों पाकिस्तानियों को जम्मू-कश्मीर में बसने का अधिकार दिया गया है। इस प्रकार जम्मू-कश्मीर में तो एक पाकिस्तानी आ सकता है और नागरिक बन सकता है, परंतु एक भारतीय नागरिक जम्मू-कश्मीर का नागरिक नहीं बन सकता।
- जम्मू-कश्मीर का आज भी अलग झंडा है और बहुत ही विचित्र बात है कि जम्मू-कश्मीर में राष्ट्रध्वज तिरंगे के अपमान पर दंड देने का कानून अब भी नहीं है। तिरंगे के अपमान पर कोई सजा नहीं। इस कारण प्रत्येक वर्ष 14, 15 अगस्त को अनेकों स्थानों पर पूरे प्रदेश में पाकिस्तानपरस्त तत्त्व तिरंगे का अपमान करते हुए पाक झंडे लहराते हैं, परंतु आज तक तिरंगे का अपमान करने वालों को कोई सजा नहीं दी जा सकी है। डॉ. फारुख इस अलगाववादी, भारतीय एकता व अखंडता को कमजोर करने वाली माँग को लेकर धमकी दे रहे हैं कि अगर कश्मीर, यानी जम्मू-कश्मीर को अधिक स्वायत्तता नहीं दी गई तो हालात बिगड़ जाएँगे।
- पिछले एक वर्ष से एक बात साफ-साफ उभरकर आ रही है कि जब-जब डॉ. फारुख Autonomy की आवाज बुलंद करते हैं, तभी आतंकवादियों द्वारा नरसंहार की घटनाएँ बढ़ जाती हैं। आगरा शिखर वार्त्ता की चर्चा अभी बंद भी नहीं हुई थी, अमरनाथ यात्रा के जख्म अभी हरे ही थे कि उन्होंने (डॉ. फारुख ने) Autonomy का नारा पुनः बुलंद कर दिया, जिसका परिणाम यह निकला कि डोडा जिले

में दो जगह तथा जम्मू रेलवे स्टेशन पर नरसंहार की एक दर्दनाक घटना घट गई। दुर्भाग्य से नरसंहारों का सिलसिला अभी रुका नहीं है, बल्कि बढ़ रहा है।

कश्मीरियत का आंदोलन

कश्मीर घाटी के अनेक बुद्धिजीवी मुसलिमों व हिंदुओं ने (हशरत गड्डा, डॉ. जफर, अशदुल्लाह अफाकी, प्रो. शांति वी.री., एम.ए. शाकीत आदि) श्रीनगर में 3, 4 जून, 2001 को 'Relevance of RISHI CULT in present day society' नामक सेमिनार आयोजित करते हुए कहा कि कश्मीरियत, जिसमें शैव मत, बौद्ध दर्शन तथा इसलाम का सम्मिश्रण है, यही कश्मीरियत है और यह मुल्लावाद की विरोधी है। इसलाम की रूहाननियत व इनसानियत ही कश्मीरियत है, परंतु जब हमारे कश्मीरी पंडित भाई उजड़ रहे थे, तब हमने अपने पड़ोसी को बचाने के लिए कुछ नहीं किया। इसके लिए हम कश्मीरियों को, स्वयं को गुनहगार मानना चाहिए। कश्मीरियत तो ललेश्वरी व संत नीरुद्दीन वली खाँ की देन है। वे ही कश्मीरियत के पुरोधा हैं।

- दूसरी ओर 5, 6, 7, मार्च, 2001 को ईद के पवित्र अवसर पर अनेक कश्मीरी नेता व विद्वान् जी.एम. राजपुरी (पूर्व गृह मंत्री), मास्टर सनउल्लाह (पूर्व मंत्री), अब्दुल रशीद काबुली (पूर्व जनता दल सांसद, वर्तमान भा.ज.पा उपाध्यक्ष), अली मोहम्मद बट्ट (स्वतंत्रता सेनानी) आदि कह रहे थे कि कश्मीर में सेना पहले भी थी और आज भी है, परंतु किन लोगों ने सेना को बैरक से बाहर आने को मजबूर किया? जब कश्मीर के नेताओं, बुद्धिजीवियों, पार्टियों, विशेष रूप से प्रदेश सरकार ने कश्मीरी युवकों व बच्चों को आतंकवादी और पाकिस्तान की चाल में फँसने से रोकने का काम नहीं किया और कश्मीरी नवयुवकों की मदद पर ये विदेशी (पाकिस्तानी, सूडानी, अफगानी) आ गए और कश्मीर में खून बहने लगा, तब सेना को बैरकों से बाहर आना पड़ा।
- आज आतंकवादियों (पाक प्रशिक्षित) की गोलियाँ बंद हो जाएँ

तो सेना सड़क से बैरकों में अथवा सीमा पर चली जाएगी। डॉ. अब्दुल्ला ने आज तक नरसंहारों को रोकने, आतंकवाद को कुचलने, गुमराह युवकों को ठीक राह पर लाने के लिए कुछ नहीं किया है। वह या तो इंग्लैंड में रहता है या दिल्ली की गोद में आँखें दिखाता है या फिर ड्रामे और डांस करता है।

- कश्मीर, डोडा, पुंछ व राजौरी के अनेक मुसलिम प्रतिनिधियों ने रा.स्व. संघ के अध्ययन दल के सामने 23 से 27 जून, 2001 को मिलने पर कहा कि डॉ. फारुख व उमर फारुख पर हुए हमलों की जाँच करवाई जाए, यह सब नाटक है, सुनियोजित है। प्रत्येक आतंकवादी हमले में कुछ-न-कुछ नुकसान होता है, परंतु इन दोनों पर हुए हमलों में इनका बाल भी बाँका नहीं हुआ।
- कश्मीर घाटी में भी अनेक दलों द्वारा Autonomy का भारी विरोध हो रहा है। घाटी के पहाड़ी, गुर्जर व शिया समाज भी Autonomy के विरोधी हैं। आज कश्मीर घाटी में भी पर्याप्त मात्रा में हिंदुस्तानी तत्त्व है, जिन्हें संगठित कर आवाज देने की आवश्यकता है।
- कश्मीर घाटी में Border Peoples Front, J.K. Peace Foundation, Subah Foundation, J.K Awami League, J.K. Awami Conference, B.J.P., अनेक बुद्धिजीवी और कुछ कांग्रेसियों के साथ-साथ भारी संख्या में आम जनता पाकिस्तान के जहरीले प्रचार, आतंकवाद का विरोध प्रदेश सरकार से तंग होकर कर रही है कि हमें अमन, भाईचारा, रोजगार व हिंदुस्तान चाहिए। संघ परिवार अर्थात् राष्ट्रवाद के प्रति बढ़ते कश्मीरी मुसलिम लगाव को चिंतक परिवर्तन का संकेत मानते हैं और परिवर्तन का यह प्रवाह गहरा तथा घना है।

केंद्रशासित क्षेत्र लद्दाख—भारत के साथ पूर्ण विलय का आंदोलन

दूसरी ओर जब 26 अक्तूबर, 1947 को महाराजा हरि सिंह के हस्ताक्षर

से जम्मू-कश्मीर भारत का संवैधानिक रूप से अटूट अंग बन गया। तभी से लद्दाख की सभी पार्टियाँ, भौगोलिक व वैचारिक और अन्य सभी प्रकार के मतभेद भुलाकर कह रही हैं कि हमें न तो धारा-370 चाहिए और न ही Autonomy, हमें तो भारत के साथ एकात्मता व अखंडता अर्थात् Complete Integration चाहिए।

- उन्होंने सन् 1954 में L.B.A. के मंच से तत्कालीन भारतीय प्रधानमंत्री पं. नेहरू को अत्यंत मार्मिक पत्र लिखा था कि ऐसी भी कोई माँ हो सकती है, जिसका बच्चा घुटने के बल रेंगते हुए दोनों हाथ फैला-फैलाकर चिल्ला रहा हो—माँ मुझे गोद में ले लो, माँ मुझे बचाओ और माँ उस बच्चे को गोद में न ले?
- लद्दाखवासियों ने पिछले 50 से अधिक वर्षों में बार-बार कहा है कि हमें भारतीय तिरंगा चाहिए, न कि लाल रंग का हल वाला प्रदेश का झंडा। हम भारत के हैं और भारत के साथ रहना चाहते हैं। अनेक बार आंदोलन, सत्याग्रह, बंद, धरने, जलसे, जुलूस आदि निकालते हुए लद्दाख के लोग भारत के साथ एकता व अखंडता को बनाए रखने के लिए लड़ रहे हैं, परंतु भारत का चाहे सत्ता पक्ष हो अथवा विपक्ष, उसको भी कट्टरवादी, अलगाववादियों की ही आवाज सुनाई देती है।
- भा.ज.पा. के केंद्रीय नेताओं ने अपने 1996 व 1998 के चुनाव घोषणा-पत्र में लिखा है कि लद्दाख को यू. टी. का दर्जा दिया जाएगा।
- कांग्रेस ने भी समय-समय पर इस माँग का समर्थन किया है। अभी हाल ही में सन् 2000 के हिल काउंसिल के संपन्न हुए चुनावों में कांग्रेस लद्दाख को यू.टी. का दर्जा दिलवाने की माँग के पक्ष को लेकर ही चुनाव में विजयी हुई है। आज जब ये ही दोनों प्रमुख दल सत्तापक्ष व विपक्ष हैं तो फिर अन्याय के विरुद्ध चुप क्यों है?
- धीरे-धीरे यहाँ के परिवेश की एक महत्त्वपूर्ण जानकारी भी होना जरूरी है। लद्दाख के दो जिले हैं—एक लेह और दूसरा करगिल।

इसके चार विधानसभा क्षेत्र हैं। इसमें करगिल विधानसभा क्षेत्र शिया बहुल है। ये लोग कश्मीर के साथ नहीं रहना चाहते है, परंतु यू. टी. के बारे में भी मौन हैं। उनकी स्थिति दुविधा की है।

- आज लद्दाख के लोग कश्मीरियों द्वारा किए गए भेदभाव से भी बहुत दु:खी नजर आते हैं। लद्दाख के लोग कहते हैं कि वे रंग, रूप, भाषा, बोली, भूगोल, इतिहास, पूर्वज, परंपराओं; सभी बातों में कश्मीरियों से भिन्न हैं। उनकी कोई भी बात कश्मीरियों से मेल नहीं खाती। इतना ही नहीं, कश्मीरियों ने हम लद्दाखियों के साथ पिछले 50 वर्षों में शिक्षा, रोजगार व विकास में बहुत भेदभाव किया है तथा जुल्म किए हैं। उसके लिए L.B.A. द्वारा प्रस्तुत तथ्य व आँकड़े आगे प्रस्तुत हैं।

आज लद्दाख के सभी राजनैतिक दल, (कांग्रेस, भा.ज.पा., एन.सी.पी.) धार्मिक व सामाजिक संस्थाएँ, महिला, पुरुष एकजुट होकर कश्मीरियों के जुल्मों से आजादी चाहते हैं तथा भारत के साथ अपनी एकात्मता व अखंडता चाहते हुए भारतीय संविधान के अंतर्गत रहना चाहते हैं। यह आंदोलन दिन-प्रतिदिन जोर पकड़ता जा रहा है।

जम्मू राज्य को भारत का अंग बनाने हेतु आंदोलन

जम्मू सूबे के लोग भी कश्मीरी राज से मुक्ति चाहते हैं। उनका कहना है कि कश्मीरियों के साथ न तो हमारी भाषा मिलती है, न जात, न रंग-रूप, न ही भूगोल और न ही परंपराएँ तथा खान-पान। जम्मू सूबा तो डोगरा प्रदेश है। हमें तो जम्मू राज्य चाहिए। J.K.N.F., J.M.M., J.J.S.F., A.P.J.S.M., Statehood for Jammu आदि अनेक संस्थाएँ आज इस आंदोलन को आगे बढ़ा रही हैं। इनका भी यही कहना है कि हम भारत के हैं और भारत के ही बनकर रहना चाहते हैं।

- हमें अर्थात् जम्मू को न तो धारा-370 चाहिए और न ही हमें Autonomy चाहिए। हमें तो आतंकवाद व कश्मीरी राज से मुक्ति चाहिए। देश 1947 में आजाद हुआ, परंतु डोगरा, गुर्जर अब भी

गुलाम हैं। कश्मीरियों ने जम्मू का लगातार शोषण किया है। जम्मू के साथ शिक्षा, रोजगार व विकास में भारी भेदभाव है।

- आज तक गजेंद्र गड़कर, सीकरी व वजीर कमीशन की सिफारिशें लागू नहीं हुई हैं। जम्मू का क्षेत्रफल 26,253 वर्ग कि.मी. और जनसंख्या 45-46 लाख है, जबकि कश्मीर का क्षेत्रफल 15,893 वर्ग कि.मी., जनसंख्या 46-47 लाख, परंतु लोकसभा सीट जम्मू की दो, कश्मीर की तीन, जम्मू के विधानसभा क्षेत्र 37, कश्मीर के 46 हैं, जम्मू से उपमुख्यमंत्री बनाने का वायदा नहीं निभाया गया है। जम्मू सूबे की आवाज जम्मू के सिखों, हिंदुओं, गुर्जर व अन्य मुसलिम जातियों की आवाज है।
- कुछ लोग इसे हिंदू जम्मू, बौद्ध लद्दाख कहकर बदनाम करते हैं, जबकि सच्चाई यह है कि जम्मू के मुसलिम गुर्जर तो यहाँ तक कहते हैं कि कश्मीरियों ने न तो हमें कभी मुसलमान माना है और न ही हमें बराबरी का दर्जा दिया है। उनके बड़े नेता कहते हैं कि एक बार मसजिद से नमाज पढ़कर निकले तो बाहर आने पर किसी ने पूछा—नमाज में कितने लोग थे? तो एक कश्मीरी मुसलिम आदमी कहता है 70 मुसलमान, 3 गुर्जर। जम्मू के राजपूत, ब्राह्मण व छोटी जातियों के मुसलमान कश्मीरियों के भेदभाव के शिकार तथा पीड़ित हैं।
- सन् 1950 से 1953 में प्रजा परिषद् आंदोलन जब कश्मीरियों के खिलाफ तथा भारत की अखंडता के लिए शेख अब्दुल्ला के विरोध में तीव्र हुआ तो उसका नारा था—'एक देश में दो विधान, दो निशान, दो प्रधान नहीं चलेंगे।' डॉ. श्यामा प्रसाद मुखर्जी ने 'संविधान लूँगा या जान दूँगा' का नारा लगा गिरफ्तारी दी, जिन्हें बाद में कश्मीर जेल में शेख अब्दुल्ला ने मरवा दिया, जो अभी तक अनसुलझी कहानी है। डॉ. मुखर्जी व पं. प्रेमनाथ डोगरा ने शेख अब्दुल्ला व नेहरू सरकार को कहा था कि जम्मू व डोगरा कश्मीर व कश्मीरियों की कॉलोनी नहीं हो सकते हैं। अगर ये इकट्ठा नहीं

रहना चाहते तो अलग-अलग प्रदेश बना देने चाहिए।

- इन 12 वर्षों में कश्मीर में पनपे आतंकवाद ने जम्मू को भी घेर लिया है। आईएसआई व कट्टरपंथियों ने मिलकर जम्मू में अड्डे बना लिए हैं। धीरे-धीरे वे जम्मू का जनसंतुलन भी बिगाड़ने की कोशिश कर रहे हैं। जम्मू, पठानकोट रेलवे ट्रेक पर अभी तक 23 बार विस्फोट की घटनाएँ हो चुकी हैं। जम्मू रेलवे स्टेशन पर हुए नरसंहार ने देश को हिलाकर रख दिया है। जम्मू का मुसलमान भी कम या अधिक मात्रा में आतंकवाद व कश्मीरी विरोधी है। इसलिए आतंकवादियों ने जम्मू सूबे में गुर्जर, बकरवाल व अन्य जातियों के मुसलमानों व हिंदुओं की हत्याएँ बहुत ही दर्दनाक तरीके से की हैं। इन लोगों ने राजौरी, पुंछ में सेना को खबर देने को लेकर एक मुसलिम परिवार के बच्चे, बच्चियों व औरतों की आँखें निकाल अंधा कर दिया। गुल-गुलाबगढ़ के इलाके के दो मुसलिम पुलिसवालों की पत्नियों का अपहरण कर इज्जत लूटने के पश्चात् गला रेतकर तड़पा-तड़पाकर हत्या की गई। ऐसी दो-चार नहीं, अनेकों घटनाएँ हैं।
- जम्मू-कश्मीर नेशनलिस्ट फ्रंट के नेतृत्व में यह आंदोलन जोर पकड़ रहा है। जम्मू के बुद्धिजीवी व आम जनता तो खुलकर आंदोलन के साथ जुड़ रही है, मगर प्रत्येक राजनीतिक दल अपने केंद्रीय नेतृत्व की मजबूरी में फँसा है, परंतु अप्रत्यक्ष व अंदर से पूरा समर्थन दे रहा है। जम्मू के लोग कश्मीरी भेदभाव व शोषण के खिलाफ बोलते हैं तथा आँकड़े प्रस्तुत कर रहे हैं।

जम्मू के लोग एक बात पर बहुत तीव्र प्रतिक्रिया प्रकट कर रहे हैं कि जो कश्मीरी धारा-370 Autonomy, भारत से अलग होने की बात करे, हिंदुस्तानी कुत्तो वापस जाओ के नारे लगाए, उन्हें तो गले लगाया जा रहा है, लेकिन जो लोग हिंदुस्तान जिंदाबाद बोलते हैं, उन्हें फटकारा जा रहा है, उनसे वार्त्ता भी नहीं की जा रही है। यह कैसी देशभक्त व लोकतांत्रिक केंद्रीय सरकार है तथा कैसा विचित्र विपक्ष है? जम्मू के अलग राज्य बनने से जम्मू

आतंकवाद, भेदभाव, घुसपैठ मुक्त होकर अपना विकास कर सकेगा। यहाँ हिंदू-मुसलिम मिलकर खुशी से रह रहे हैं और रह सकेंगे। कश्मीर घाटी में इतना सबकुछ होने के बावजूद जम्मू क्षेत्र में कोई मुसलिम-हिंदू दंगा नहीं हुआ और किसी मसजिद को नुकसान नहीं पहुँचा।

□

राज्य के स्थायी निवासी प्रावधान और महिला-पुरुष भेदभाव

जम्मू-कश्मीर में स्थायी निवास प्रावधानों को जानने के लिए हमें थोड़ा इतिहास में पीछे जाना होगा। जम्मू-कश्मीर विधानसभा में पारित नागरिकता के कानून की आड़ में देश विघातक एवं समाजतोड़क गतिविधियाँ चलाई जा रही हैं।

अंग्रेज अपनी विस्तारवादी नीति के अनुसार धीरे-धीरे स्वतंत्र रियासतों पर अपना शिकंजा कस रहे थे। अंग्रेज जम्मू-कश्मीर में अपना रेजीडेंट बिठा उस पर भी कब्जा करना चाहते थे। कब्जे का बड़ा कारण यह भी था कि विश्व भर में जमीन से व्यापार का मार्ग, जिसे सिल्क रूट कहा जाता है, वह जे.के. (गिलगित एवं बाल्टीस्तान) से होकर ही जाता है। कब्जे का एक और कारण यह भी था कि जम्मू-कश्मीर को स्थायी कॉलोनी के रूप में इस्तेमाल करते हुए एशिया पर नियंत्रण के लिए अपनी सेनाएँ वहाँ रखी जा सकें। महाराजा हरिसिंह अंग्रेजों की इस चाल को समझते थे। अंग्रेजों ने पंजाब में ऐसे उद्दंड सैनिक ग्रुपों का, जो महाराजा रणजीत सिंह की मृत्यु के बाद बिखर व अनुशासनहीन हो चुके थे, उपयोग कर उनके द्वारा जम्मू-कश्मीर में लूटमार करवाना शुरू कर दिया, ताकि अराजकता के नाम पर अंग्रेज जे.के. पर कब्जा जमा सकें। इस षड्यंत्र को भाँप महाराजा ने 20 अप्रैल, 1927 (Order No. 11/84) निकाला, जिसे 'स्टेट सब्जेक्ट बिल' कहा जाता है, ताकि अंग्रेज अथवा उनके षड्यंत्रों में मददगारों को जे.के. में बसने से रोका जा सके। उस समय जो बिल बनाया गया, उसमें महिला-पुरुष चुनाव नहीं था और न ही कश्मीर की स्थायी बेटी

कश्मीर के बाहर किसी से विवाह होने पर स्थायी निवासी होने के अधिकार को खो बैठेगी, न ही उसे राज्य में संपत्ति रखने, विरासत में संपत्ति पाने या खरीदने के अधिकार से वंचित होना पड़ेगा, बल्कि उस आदेश के नोट दो के तहत जन्म से स्थायी निवासी का दर्जा रखनेवाली महिला जब तक राज्य की नागरिक रहती है, वह दर्जा भी कायम रहेगा। अधिसूचना के नोट तीन में उन महिलाओं का जिक्र है, जो राज्य की रहने वाली नहीं, लेकिन जिनका विवाह राज्य के स्थायी निवासी से हुआ है, वे पत्नी, तलाक होने या विधवा के रूप में अपने पति की भाँति राज्य की स्थायी निवासी मानी जाएँगी, बशर्ते वे स्वयं स्थायी रूप से राज्य के बाहर नहीं रह रही हों। यह नागरिकता कानून (State Subject Bill) उस समय जम्मू-कश्मीर की मनोहारी भूमि हथियानेवाले अंग्रेजों से बचाने के लिए था, परंतु विडंबना यह है कि अनेक राजनेता, बुद्धिजीवी इसे गलत रूप में प्रचारित कर रहे हैं।

अब हम नागरिकतावाले कानून पर पुनः आते हैं। सन् 1969 से सादिक सरकार के समय में Stage Subject कानून में एक भारी फेरबदल किया गया, जो महिला-महिला में, महिला-पुरुष में भेदभाव का कारण बना। उस समय तक जम्मू-कश्मीर की अनेक बेटियाँ भारतीय नागरिकों के साथ विवाह कर चुकी थीं और स्वाभाविक रूप से धारा 370 होने के बावजूद जम्मू-कश्मीर में आकर बसने व नागरिक बनने लगी थीं। उसे संपत्ति, शिक्षा, मतदान आदि का हक मिलने का मार्ग खुल गया, क्योंकि जो ऐसी बेटी की संतान हैं, उनको वे सब हक सन् 1927 के कानून के अनुसार प्राप्त थे, जिससे वह भारत का नागरिक जम्मू-कश्मीर का भी नागरिक हो जाता था। कांग्रेस की सादिक सरकार के आदेश से State Subject Bill में जोड़ा गया कि लड़की का State Subject बनाते समय लिखा जाएगा Till marriage, अगर वह प्रदेश में रहेगी तो उसको पुनः State Subject Certificate बनवाना होगा। अगर वह जे.के. से बाहर चली गई तो उसकी संपत्ति, नौकरी, मतदान आदि के सभी अधिकार छीन लिये जाएँगे। यह संशोधन जो 1969 में हुआ, उसमें यह विशेष रूप से लिखा गया कि यह कानून अब Will be protected by Act 370 of the Indian Constitution by more specially by it's Act 35A.

पहले तो इस बिल ने महिला-महिला में भेद किया। जम्मू-कश्मीर की बेटी के अधिकार तो छीन लिए, जबकि शेष भारत की बेटी का जम्मू-कश्मीर के युवक से विवाह होने पर वे सब हक उसे दे दिए। दूसरा, महिला-पुरुष में भेद किया। पुरुष के हक वैसे ही रहे, परंतु महिला के भारतीय संविधान में जो बराबरी के हक थे, उस पर कुठाराघात किया। यहाँ यह ध्यान में रखना होगा कि यह करते हुए पुनः यह लिखा कि यह संविधान की धारा 370 के तहत आता है अर्थात् State Subject Bill को अधिक कठोर व भेदभावपूर्ण बनाया गया। ऐसी महिलाओं को राजनैतिक, आर्थिक और सामाजिक लाभ से वंचित कर दिया तथा देश की एकता को विकसित करने में भी एक बाधा खड़ी कर दी गई। ऐसी महिला संपत्ति का वारिस होने, पैतृक संपत्ति रखने, सरकारी नौकरी करने के अधिकार व पात्रता खो देगी। यह समानता के मूलभूत सिद्धांतों के सर्वथा खिलाफ है। इस विधेयक के कानून बन जाने पर महिलाएँ संविधान में वर्णित राज्य के नीति निर्देशक तत्त्वों की अवहेलना की शिकार होंगी तथा अनुच्छेद 14, 15 (1), 16 (1), 19 (11), 3 में प्रदत्त बुनियादी अधिकारों से वंचित कर दी गईं। विधेयक बनाने का अधिकार सीधा संविधान के अनुच्छेद 35(क) से जुड़ा है। इसके अनुसार इस प्रकार का कानून बनाने का अधिकार संसद् को है, न कि राज्य विधानमंडल को। ये सारे भेदभावों को दूर करने का दायित्व भारतीय संसद् पर है। वह चाहती भी है, परंतु इसके लिए सभी दलों को एकजुट होने की आवश्यकता है।

(6) इस भेदभावपूर्ण निर्णय के विरोध में प्रदेश के उच्च न्यायालय में पिछले अनेक वर्षों में 14 केस दाखिल हो चुके थे और सैकड़ों केस प्रतीक्षारत हैं। 07 अक्तूबर, 2002 को पूर्ण खंडपीठ के दो जज मि. झांजी एवं मि. दोआबिया ने एक योग्य निर्णय देते हुए कहा कि राज्य की स्थायी निवासी किसी महिला के राज्य के गैर निवासी अथवा बाहर के पुरुष से विवाह करने पर उसे स्थायी निवासी के दर्जे से वंचित करने का कोई कानून नहीं है। इस निर्णय के कारण प्रदेश व देश में विशेष रूप में राष्ट्रवादी लोगों व महिलाओं में प्रसन्नता की लहर दौड़ी कि न्यायपालिका ने एक अन्याय व राष्ट्रीय एकता पर मँडराते खतरे को समाप्त करने का साहस किया। यहाँ कुछ बातें ध्यान में

रखनी जरूरी हैं, अनेक राजनेता व बुद्धिजीवी यह प्रचार करते हैं कि जे.के. में अलग नागरिकता का कानून महाराजा ने बनाया था, परंतु वह ब्रिटिश विस्तारवाद व साम्राज्यवाद को रोकने के लिए अहिंसक हथियार के रूप में निर्माण किया गया था। क्या आज हिंदुस्तान को ब्रिटिश साम्राज्यवाद का रूप माना जाए? दूसरी बात, महिला-महिला एवं महिला-पुरुष का भेदभाव यह मूल कानून में नहीं है, यह बाद में देश व प्रदेश में कांग्रेस की सत्ता के समय जोड़ा गया है। क्या कांग्रेस देश में भेदभाव एवं महिला से सौतेले व्यवहार का प्रतीक बनती नहीं दिखाई दे रही? तीसरी बात, State Subject Bill स्वतंत्र नहीं है। यह अब धारा 370 का हिस्सा है, यह लेख में पहले से बताया गया है, जबकि अनेक कम्युनिस्ट एवं तथाकथित सेक्यूलरिस्ट यह कहते हैं कि State Subject Bill का धारा 370 से कोई मतलब नहीं। वे झूठ बोलते हैं, गुमराह करते हैं। खंडपीठ के निर्णय के अनुसार—There is no provision in the Constitution and the State that one's marriage with a non-permanent resident the daughter of the permanent resident shall loose her status as a permanent resident of the state. Moreover as Justice Doabiya however concurred with Justice Janji and further argued that notwithstanding protection granted to the State Laws under Act 35 a of the Indian Constitution. If there is discrimination increase between permanent resident of the State that provision can be stopped down as volatile as equality clasue of the Constitution. He added "Female State Subject has to be treated at par with a male State Subject." उच्च न्यायालय के निर्णय से भ्रम दूर हुआ, परंतु कांग्रेस तथा प्रदेश की कट्टरपंथी मुसलिम सरकार का असली चेहरा सामने आ खड़ा हुआ, मगर एक दिन फरवरी, 2004 में अकस्मात् विधानमंडल में प्रस्ताव आया और बिना बहस चंद मिनटों में उच्च न्यायालय के फैसले को खारिज कर दिया गया। देश भर में हंगामा हुआ, कांग्रेस बदनाम होने लगी, क्योंकि बदनामी पर आधारित थी तथा कट्टरपंथियों व अलगाववादियों के इरादे जगजाहिर हो उठे, संसदीय चुनाव को सामने देख ये राजनीतिक दल परेशान हो उठे और प्रस्ताव को बिल बनने से रोकने की बजाय उसे चुनाव तक ठंडे बस्ते में डाल दिया गया। विधानमंडल में इन दलों की हरकतों ने कुछ

गंभीर प्रश्न खड़े कर दिए हैं—

1. दुनिया भर को उपदेश दिया जा रहा है कि न्यायपालिका के निर्णय को मानें, परंतु अब स्वयं ही इन दलों ने न्यायपालिका का गला क्यों घोटा?
2. आज जब समानता की बात चल रही है तो ऐसे में ये दल असमानता को बढ़ावा क्यों दे रहे हैं?
3. इधर नारी समान व बराबरी के आंदोलन, उधर ये दल नारी को पैर की जूती मानते हुए उसे बुरी तरह अपमानित कर रहे हैं।
4. उच्च न्यायालय के निर्णय से धारा 370 में महत्त्वपूर्ण छिद्र हो गया। अब इसे हटाने के लिए केवल संसद् ही उपाय नहीं है, परंतु इस नए फैसले से अब धारा 370 को कानूनी रूप से हटाए जाने का मार्ग प्रशस्त हो गया है। दूसरी ओर पिछले 50–55 वर्षों में यह सिद्ध हो गया है कि धारा 370 कश्मीर समस्या को अधिक गंभीर बनाए हुए है।
5. दोहरी नागरिकता, दो झंडे, दो कानून—ये सब देश को एक करने की बजाय देश की अखंडता को तोड़नेवाले हैं, फिर आज कांग्रेस व क्षेत्रीय दल जानबूझकर देश की अखंडता से क्यों खेल रहे हैं?
6. ऐसे समय में देश के नागरिकों का यह कर्तव्य बनता है कि इस भेदभावपूर्ण बिल व धारा को समाप्त करने के लिए समाज-जागरण करते हुए ऐसे दलों को सबक सिखाएँ तथा अलगाववादी कानूनों को बनने न दें।

(7) इतिहास के पृष्ठों पर नजर डालने से यह स्पष्ट उभरता है कि कांग्रेस ने अपने दल के लिए 'फूट डालो, राज करो' पर चलते हुए सदैव कट्टरता को ही प्रश्रय दिया है। जम्मू-कश्मीर के संदर्भ में एक महत्त्वपूर्ण बात जाननी चाहिए कि जब पी.ओ.के. से हजारों-लाखों लोग उजड़कर भारत में आ रहे थे तथा भविष्य के फैसले के बारे में कश्मीर घाटी में जनमत संग्रह की माँग जोर पकड़ रही थी, जम्मू में भारत के साथ पूर्ण विलय़ हेतु प्रजा परिषद् आंदोलन जोर पकड़ चुका था। उस समय कश्मीर घाटी में जनमत संग्रह की

विभाजनकारी माँग को कैसे निरस्त किया जाए, यह संकट सामने खड़ा था। ऐसे समय में कलाम अहमद सिद्दकी ने पं. नेहरू की उपस्थिति में रफी अहमद किदवई व शेख अब्दुल्ला की वार्त्ता को उजागर करते हुए लिखा कि किदवई साहब ने शेख साहब के अलगाववादी तेवर देखते हुए कहा कि हम कश्मीर समस्या का समाधान निकालना जानते हैं, यह कहते हुए बोले कि सभी पी.ओ.के. से आए रिफ्यूजियों को कश्मीर घाटी में बसाकर जनमत संग्रह करवा लेंगे। इस पर शेख अब्दुल्ला भड़क उठे और चिल्लाए कि किदवई साहब, आप मुसलमान होकर ऐसी बात करते हैं और मैं यह कभी न होने दूँगा। वातावरण गंभीर देख पं. नेहरू बीच-बचाव हेतु आगे बढ़े और उन्होंने शेख की बात मान ली और किदवईजी की बात को दरकिनार कर दिया। यही भारत की सबसे बड़ी विडंबना है, उसे कांग्रेस जैसा भटका हुआ व कमजोर नेतृत्व मिला। उस समय रफी अहमद किदवई की बात मान ली होती तो न तो धारा 370 पैदा होती और न ही कश्मीर विकराल समस्या बन हजारों का रक्तपात होता तथा न लाखों को उजड़ना पड़ता, न ही पाकिस्तान का साहस होता कि वह भारत पर चार-पाँच बार आक्रमण कर पाता और न ही देश को आतंकवाद की भट्ठी में सुलगना पड़ता।

□

लद्दाख को मुसलिम बहुल बनाने का एक षड्यंत्र

जम्मू-कश्मीर के लद्दाख भू-भाग का क्षेत्रफल 59241 वर्ग कि.मी. है। समुद्र तल से 9000 से लेकर 23000' की ऊँचाई पर स्थित है। अत्यंत दुर्गम एवं रेतीला है। तापमान 40° तक गिरता है। अधिकतम तापमान 30°-32° तक जाता है। वर्षभर में वर्षा 5-6' होती है। समाज प्राय: जातिवाद के रोग से कम ग्रस्त है। जलवायु में प्राणवायु (ऑक्सीजन) बहुत कम है। जमीन में नमक की मात्रा कम है। स्थानीय अन्न, फल, सब्जी आदि सभी प्रकार के विटामिनों की पूर्ति नहीं करते हैं, इसलिए तरल व चिकनाई जैसे मक्खन, शरबत, जूस, फल, हरी सब्जी, पानी आदि अधिक मात्रा में लेना जरूरी है, अन्यथा खुश्की आना, याददाश्त (स्मृति) कमजोर होना, रक्तचाप बढ़ना आदि परिणाम होते हैं।

इसके दो जिले हैं : 1. लेह 2. करगिल। लेह बौद्ध बहुल है, करगिल शिया समाज बहुल है। कुल जनसंख्या 2.50 लाख है। इसमें शिया समाज 1 लाख 15 हजार के लगभग है। 1 लाख 35 हजार के लगभग बौद्ध मतावलंबी समाज है (जिसमें 5 से 10 हजार के लगभग हिंदू, आर्यन व सिक्ख समाज है)। शिया समाज का मुसलमानों से टकराव होता रहता है। खान-पान में किसी के भी साथ सम्मिलित नहीं होते हैं। खुमैनी को बहुत मानते हैं। अनेक मुसलिम देशों से मुसलमानों द्वारा बनाए गए 8-10 N.G.O's को भारी मात्रा में धन मिलता है।

सामाजिक व आर्थिक दृष्टि से पुरुष-महिला जनसंख्या के संतुलन में

महिला वर्ग अधिक है। प्रकृति के कारण जन्म-दर में 100 में से दो-तीन महिला प्रमाध अधिक है। कृषि योग्य धरती बहुत कम होने से धरती का बँटवारा न हो, इसलिए परिवार में एक भाई का विवाह यानी सभी भाइयों का विवाह, इसलिए भी महिला संख्या बढ़ती गई। आजकल यह परंपरा बहुत कम रह गई है। धार्मिक रीति के कारण प्रत्येक परिवार से एक लामा (बौद्ध भिक्षु) बनाने की पद्धति है। किसी-किसी परिवार से चोगो (बौद्ध भिक्षुणियाँ) भी बनती हैं। इस समय 4000 के लगभग लामा हैं तथा 300 से अधिक चोगो हैं। इस परंपरा के कारण भी महिला जनसंख्या अधिक है।

लद्दाख में इसलाम ने प्रवेश तो सन् 1000-1100 के बीच ही कर लिया था, परंतु 16वीं शताब्दी में लद्दाख के राजा नामग्याल अत्यधिक बर्फबारी के कारण स्कर्दु से आगे फँस गए। मार्ग साफ होने की प्रतीक्षा करने तक वहाँ के नवाब के कुछ मास अतिथि बने। लौटते समय उनकी बेटी इनकी रानी बनकर आई। दहेज में 15-20 मुसलिम दास-दासियाँ साथ आईं। गाँव में सिंधु नदी के किनारे की मसजिद तथा लेह के मुख्य बाजार में मसजिद, इन सभी मुसलमानों को अपनी नमाज व अन्य धार्मिक गतिविधियाँ करने में सुविधा हेतु निर्माण की गईं। इसलाम को राज-आश्रय मिलने से इसलाम बहुत तेज गति से बढ़ता चला गया। मुगल काल में ईरानी मुसलिम आक्रांताओं ने भोले-भाले लोगों को डराकर, प्रलोभनों द्वारा अपने बौद्ध धर्म के विमुख कर दिया। आज भी मुसलमान शासक की तानाशाही में मतांतरण का भारी षड्यंत्र रचा जा रहा है। विदेशों से (ईरान, इराक, सऊदी अरब) करोड़ों रुपया मुसलिम संगठनों में मतांतरण को तेज करने के लिए आ रहा है।

महिलाओं की अधिकता की इस समस्या का कोई समाधान न होने का लाभ इसलाम ने उठाया और प्रायः प्रत्येक बौद्ध परिवार से मुसलिम दामाद मिलेगा। यहाँ प्रचलित धारणा है कि मुसलिम की एक बीवी श्रीनगर में, एक अन्य मुसलिम देश में और एक बीवी लद्दाख में है। मुसलिम जनसंख्या इस कारण बहुत बढ़ी है। तीन-चार प्रमुख नगरों को छोड़ आर्थिक स्तर अति सामान्य है, बल्कि जैसे-जैसे अंदरूनी क्षेत्रों में जाएँ, अत्यधिक गरीबी दिखाई देती है। इस कारण भी मतांतरण बढ़ा है। ऐसे अनेकों बौद्ध परिवार मिलते हैं,

जो गरीब हैं, मुसलमान ने उनकी देखभाल की तो वे मुसलिम बन गए और आज भी कुछ-न-कुछ ऐसा चल रहा है। यह एक बढ़ता खतरा सामने है, प्रबुद्ध वर्ग भी चिंतित है।

स्वतंत्रता के बाद जब बौद्धों में शिक्षा का स्तर बढ़ा व जागृति आई तो उन्होंने 1989 में मुसलिम कश्मीरियों के विरुद्ध एक ऐतिहासिक आंदोलन खड़ा किया। बौद्ध समुदाय ने मुसलमानों का बहिष्कार किया, जो दो वर्षों तक चलता रहा, परंतु बौद्ध-मुसलिमों की आपसी पुरानी रिश्तेदारियों के कारण यह बहिष्कार ज्यादा दिन चल न सका।

वर्ष 1992 में बौद्ध-मुसलिम समुदाय में आपस में समझौता हुआ कि कोई मुसलमान भी बौद्ध लड़कियों को नहीं भगाएगा। यदि कोई घटना ऐसी होती है तो मुसलिम समाज उस लड़की को वापस करेगा, परंतु यह समझौता ज्यादा देर चल न सका। भोले-भाले बौद्ध उदारवादी होने के कारण विश्वास कर गए, परंतु मुसलमानों ने अपनी विश्वासघाती मानसिकता को उजागर कर दिया। वर्ष 1992 से वर्ष 2000 तक लेह जिले में 24 लड़कियों को भगाया गया और सन् 1995 तक करगिल जिले में 45 लड़कियों को भगाया गया। इसके बारे में विस्तृत सूची संलग्न है। मुसलिम षड्यंत्र लड़कियों को भगाने तक ही सीमित नहीं है, बल्कि जम्मू-कश्मीर की मुसलिम सरकार की शह पर नौकरियों, जमीनों, एम.बी.बी.एस. (डॉक्टर) व इंजीनियरिंग की सीटों में भी मुसलिम बहुलता लाई जा रही है। लद्दाख में अधिकांश पदों पर मुसलिम अफसरों को बिठाकर मुसलमानों को हर प्रकार का सहयोग करते हैं, जैसे पाकिस्तानी घुसपैठियों को सूचना देना, अपने घरों में उनको छुपाना, भारतीय फौज को गलत सूचना देना। इन्हीं कारणों से करगिल युद्ध में भारी नुकसान (दुष्परिणाम) भारतीय सेना को उठाना पड़ा है।

लद्दाख क्षेत्र में जब किसी बौद्ध महिला, युवती या फिर विवाहित पुरुष को इसलाम में मतांतरित किया जाता है, तो इस घटना पर न तो पुलिस विभाग, न प्रशासन और न ही राज्य सरकार कुछ प्रतिक्रिया व्यक्त करती है। विडंबना तो यह है कि दोषियों को पकड़ने के बजाय उन्हें सुरक्षा प्रदान की जाती है, ताकि वे अपने मंसूबों को कार्यान्वित कर सकें। इसके बजाय यदि कभी किसी

अप्रत्याशित घटना में बौद्ध युवक और मुसलिम युवती में प्रेम हो जाता है, दोनों आपसी रज़ामंदी के बाद शादी के बंधन में बँध जाते हैं तो उस बौद्ध युवक को न केवल पुलिस की प्रताड़ना सहनी पड़ती है वरन् प्रशासन के उच्चाधिकारियों का भी कोपभाजन बनना पड़ता है। लद्दाख में एक पूर्व नियोजित षड्यंत्र के तहत बौद्धों को मतांतरित करने की शायद खुली छूट है। इस षड्यंत्र को कट्टरपंथी लद्दाख के बौद्ध बहुल क्षेत्रों के जनसांख्यिकीय चरित्र को बदलने की कुचेष्टा के रूप में देखना चाहिए।

ऐसी ही एक खतरनाक पहल कुछ समय से लद्दाख संभाग में कट्टरपंथी मुसलमानों द्वारा कार्यान्वित हो रही है। लेह जिले (लद्दाख) में जहाँ बौद्धों का प्राधान्य है, वहाँ भी कट्टरपंथी मुसलमानों ने 4 बौद्ध महिलाओं को तरह-तरह के प्रलोभन देकर मतांतरित किया। इन निर्धन, उपेक्षित क्षेत्रों में रहने वाली महिलाओं को स्वधर्म में लौटाने की लेह बौद्ध संघ ने पहल की। प्रदर्शन भी हुए। स्थानीय प्रशासन और राज्य सरकार तक को इस मतांतरण की घटना की यथास्थिति बताई गई। न्याय की गुहार लगाई गई, पर कोई सफलता प्राप्त न हो सकी। मुसलिम बनी बौद्ध महिलाओं को आयशा या फिर फातिमा बनने से कोई नहीं बचा पाया। जिन मुसलिम व्यक्तियों ने बौद्ध महिलाओं को अपने मजहब में मतांतरित कर घर की चारदीवारी में कैद कर दिया था; उन दोषियों को न तो पुलिस ने गिरफ्तार किया और न ही मुसलिम संगठनों या फिर राज्य सरकार ने इस घटना की निंदा की।

इसके बजाय एक अप्रत्याशित घटना में एक मुसलिम युवती का एक बौद्ध युवक से प्रेम हो गया और मुसलिम लड़की ने शादी का प्रस्ताव रखा। जब दोनों का विवाह हुआ तो बौद्ध युवक पर जो गाज गिरी, उस ओर ध्यान देने की आवश्यकता है। यह बौद्ध युवक पुलिस इंस्पेक्टर है। इसको प्रताड़ित करने के लिए इसका स्थानांतरण कश्मीर के आतंकवाद प्रभावित क्षेत्र में कर दिया गया। तीन मास तक इस दंपती को तरह-तरह की मानसिक यातनाएँ दी गईं। बौद्ध युवक पर पुलिस का दबाव इतना बढ़ा कि उस महिला को तलाक देने के सिवाय उसके पास कोई विकल्प ही नहीं बचा।

इन दो घटनाओं का रहस्योद्घाटन लद्दाख बौद्ध संघ लेह ने 5 फरवरी,

2000 को नई दिल्ली स्थित विट्ठल भाई पटेल हाउस में आयोजित एक संगोष्ठी में किया। मतांतरण की घटना का उल्लेख करते हुए बौद्ध संघ के अध्यक्ष टी संफेल का कहना था कि लेह के डेमोग्राफिक करेक्टर को बदलने की यह एक दुष्ट एवं भड़कीली पहल है। लद्दाख बौद्ध संघ ने इस बात को भी जोरदार ढंग से उठाया था कि लद्दाख मुसलिम संघ ने मतांतरण को हतोत्साहित करने हेतु उस समझौते का सम्मान नहीं किया, जिसके अंतर्गत उन्होंने मतांतरित बौद्ध महिलाओं को बौद्ध संघ को सौंप देने का इकरार किया था। उल्लेखनीय है कि जब लद्दाख संभाग में मतांतरण की घटनाएँ तेज हुई थीं तो लद्दाख बौद्ध संघ और मुसलिम संघ लेह के बीच यह समझौता हुआ था कि जब भी भविष्य में कोई मतांतरण की घटना होगी, तो उसकी जानकारी लद्दाख बौद्ध संघ को दी जाएगी और मतांतरित व्यक्ति को बौद्ध संघ के हवाले किया जाएगा, पर यह समझौता आज तक भी कार्यान्वित न हो सका।

इधर मुसलिम प्रधान करगिल जिले में भी 50 से अधिक मतांतरण की घटनाएँ घटित हुई हैं। कट्टरपंथी मुसलमानों ने विद्यालयों, चिकित्सा विभाग या फिर मतांतरित की गई बौद्ध महिलाओं के माध्यम से आम बौद्ध महिलाओं पर अपना प्रभाव क्षेत्र बढ़ाया है। इतना ही नहीं वरन् शिक्षा विभाग तक इस षड्यंत्र को कार्यान्वित किया जा रहा है। मुसलिम शिक्षक तक विद्यालयों में बौद्ध छात्राओं को अपने प्रेमपाश में बाँधकर ले जाते हैं। ऐसी एक घटना 1978 में वाखा स्थित हाई स्कूल में घटी थी, जहाँ एक मुसलिम शिक्षक 10वीं में पढ़ रही बौद्ध युवती सोनम सोमो को अपने प्रभाव क्षेत्र में कर उसे उठा ले गया और शादी कर ली। यहाँ कहना अप्रासंगिक नहीं होगा कि जब कोई मुसलमान बौद्ध युवती या फिर महिला से शादी करता है तो उसे पहली पत्नी को तलाक नहीं देना पड़ता।

इस बौद्ध युवती का अपहरण वाखा गाँव से नहीं वरन् करगिल से उस दिन हुआ, जब उक्त युवती ने 10वीं का अंतिम परचा दे दिया था। घरवाले प्रतीक्षा कर रहे थे कि उनकी लड़की परीक्षा समाप्त होने के बाद घर आ रही है, पर वह उसी क्षण उनसे काफी दूर चली गई थी। इस युवती का नाम था—सोनम सोमो, जो आज एक मुसलिम घराने की बहू है।

सोनम के इस तरह गायब हो जाने पर वाखा मूलबेक में उस समय हंगामा तो हुआ, पर अल्पसंख्यक बौद्धों की आवाज अनसुनी कर दी गई। जब मामला अदालत तक पहुँचा तो सोनम और उस मुसलिम शिक्षक के तब तक वैध कोर्ट मैरिज के कागजात बना दिए गए थे। इस घटना का ब्योरा देते हुए एक स्थानीय युवक दाशी सिरिंग का कहना है कि हम कुछ करने की चाह रखते हुए भी कुछ इसलिए नहीं कर पाते, क्योंकि प्रशासन हमारे पक्ष में नहीं है।

अगस्त 1995 की घटना है, जब रिगजिन डोलमा (तीन बच्चों की माँ), समल्ला (विवाहित), सिरिंग पुनसोक (एक बच्चे का पिता) तथा कु. पल्जेस अंगमों भी मतांतरण का शिकार हुईं। मतांतरित हुई युवतियों में डोलमा तो कुछ समय बाद अपने बौद्धमत में वापस लौट आई थी। स्थानीय लोगों का कहना है कि डोलमा जब घर लौट आई तो उसने अपने जीवन-प्रसंगों के बारे में काफी कुछ कहा। यह भी कहा कि बौद्धमत अच्छा है, हमें इसलाम कबूल नहीं करना चाहिए, इसलाम में मतांतरित होने के बाद उसे अच्छा नहीं लगा, पर जब इस युवती ने अपने पिता के सहयोग से लेह में एक होटल चलाने की पहल की, तो कट्टरपंथियों ने उसे फिर वहीं से बरगलाया और फिर से अपने शिकंजे में ले लिया।

श्रीमती यंग्तेन और अधिकतर बौद्ध युवतियों, जैसे पल्जेय अंग्मों, संग्यास, सिरिंग डोलमा, सोनम, पुंसोक, सेवांग डोलमा, छोसमिथ, देचेन, चोमो, कुंजेस, डोलकर, रिगजिन अंग्मों, सिरिंग अंग्मो; सोमो, पल्ज़ेस आदि को मतांतरित किया गया। विवाहित पुरुष भी इस मतांतरण के शिकार हुए। वाखा के समान्ल्ला और शरगोल के सिरिंग पुनसोक व सापि के सिरिंग मुरुफ को भी मतांतरित किया गया। इनमें शरगोल का सिरिंग पुनसोक, जो एक बच्चे का पिता भी था, को इसी आधार पर इसलाम में मतांतरित किया, ताकि उसकी संपत्ति (चल-अचल) पर कब्जा कर वहाँ कट्टरपंथ का एक केंद्र बनाया जा सके। इस षड्यंत्र में तो कट्टरपंथियों को मुँह की खानी पड़ी। सिरिंग पुनसोक तो इसलाम में मतांतरित हुआ, उसका नामकरण भी किया गया गुलाम मोहम्मद या फिर गुलाम नबी, पर उसके घर के सदस्यों ने उसे इंच भर भी जगह नहीं दी।

ऐसा भी नहीं कि मतांतरण की इन घटनाओं की अनदेखी कर करगिल के अल्पसंख्यक बौद्ध मूक दर्शक बने रहे। उन्होंने दो साल तीन महीने (9 अक्तूबर, 1995 से 9 जनवरी, 1998) तक मतांतरण के विरोध में वाखा-मूलवेक में लंबा धरना दिया। धरने का नेतृत्व लद्दाख बौद्ध संघ, करगिल ने किया था, जिसका मुख्यालय वाखा-मूलवेक में है। यह धरना इसी आश्वासन के बाद समाप्त किया गया था कि भविष्य में ऐसी घटनाएँ नहीं घटेंगी।

लद्दाख क्षेत्र में मतांतरण की घटनाओं की सूची काफी लंबी है। यहाँ पर केवल इस बात का उल्लेख करना जरूरी है कि कट्टरपंथी तत्त्व अपने मनसूबों में कैसे सफल होते हैं? इस बारे में बौद्धों में आम राय है कि जब कोई मतांतरण की घटना प्रकाश में आती है, तो उस समय पुलिस प्रशासन अपराधी व्यक्ति को संरक्षण देता है, यानी कि मुसलिम युवक को अपनी सुरक्षा में रखता है। दूसरा मतांतरित हुई बौद्ध युवती या फिर महिला को उसके घर के लोगों को सौंपने के बजाय अपराधी मुसलिम युवक के साथ ही रहने दिया जाता है। इसी बीच उनके कोर्ट-मैरिज के कागजात भी बना दिए जाते हैं। जब मामला न्यायालय में पेश होता है तो बौद्ध युवती से दबाव में आकर अपनी इच्छा का बयान दिलवाते हैं। यदि बौद्ध युवती/महिला को न्यायालय में पेश होने से पूर्व उनके घर के हवाले किया जाता तो कट्टरपंथियों को मुँह की खानी पड़ती। अधिकांश मतांतरण की घटनाओं में कट्टरपंथी तत्त्व जादू-टोने का सहारा लेते हैं और जब मतांतरित युवती/महिला को होश आता है, तब तक बहुत देर हो गई होती है।

मतांतरण की घटना का सबसे प्रमुख पहलू यह है कि जब मुसलिम युवक किसी बौद्ध युवती को उठा ले जाता है और काफी समय तक नौकरी से अनुपस्थित रहता है, तो उन दोनों की नौकरी सुरक्षित रहे, इसके लिए कट्टरपंथी तत्त्व प्रशासन और पुलिस पर दबाव बनाए रखते हैं और उन्हें सहज ही इस परिप्रेक्ष्य में सहयोग मिलता है। यदि इस तरह से कोई बौद्ध युवक किसी मुसलिम युवती से शादी रचाकर ड्यूटी से एक दिन भी अनुपस्थित रहेगा, तो उससे तरह-तरह के स्पष्टीकरण माँगे जाएँगे। यही नहीं, उसे नौकरी से भी हाथ धोना पड़ेगा।

बौद्धों की इस माँग में भी दम है कि लद्दाख में मतांतरण विरोधी कानून वैसे ही लागू हो जैसा कि अरुणाचल प्रदेश और मध्य प्रदेश में लागू है। भविष्य में ऐसी घटनाएँ न घटें, इसके लिए कड़े उपाय करने होंगे, चाहे लेह या फिर करगिल, यदि यहाँ मतांतरण की घटनाएँ न रोकी गईं तो बौद्धों का अस्तित्व खतरे में पड़ सकता है। कट्टरपंथी मुसलमानों के इस षड्यंत्र का पर्दाफाश करने के लिए उनके घृणित मंसूबों का व्यापक पैमाने पर प्रचार करना होगा। कौन ऐसे तत्त्व उनका सहयोग कर रहे हैं, उनको बेनकाब करना होगा। स्थानीय प्रशासन, पुलिस विभाग या फिर राज्य सरकार मतांतरण की इन घटनाओं को रोक तथा दोषियों को सजा दिलवाने के लिए अपना कर्तव्य निभा रही है या नहीं, इस तथ्य को भी जाँचने-परखने की आवश्यकता है।

करगिल में कट्टरपंथी मुसलमान किस तरह सीधे-सादे, भोले-भाले बौद्धों को इसलाम में मतांतरित कर रहे हैं, इसको समझने के लिए यह जानना जरूरी है कि करगिल जिला मुसलिम बहुल है और यहाँ बौद्धों की जनसंख्या का प्रतिशत बीस है। इस क्षेत्र में बौद्ध जंसकार उप-संभाग, वाखा, मूलबेक, बोधखरबू, दरचिक-गरकौन तथा कुक्शो क्षेत्र में रहते हैं। यहाँ के बौद्ध शिया मुसलमानों के प्रभाव तले वैसे ही दबे रहते हैं, जैसे कभी विस्थापन से पूर्व कश्मीर के अल्पसंख्यक हिंदू। लद्दाख का दूसरा जिला लेह है, जहाँ बौद्धों का प्राधान्य है। करगिल जिले में रह रहे बौद्ध दयनीय दशा में हैं और अपने अधिकारों को हासिल करने के लिए इनकी यही माँग है कि इनके इलाकों को लेह जिले के साथ मिलाया जाए।

करगिल जिले में शिया मुसलमानों का प्राधान्य है और सुन्नी मुसलमानों की संख्या कम है। शिया मुसलमान न केवल सुन्नी मुसलमानों से छुआछूत रखते हैं वरन् बौद्धों के हाथ से स्पर्श की गई वस्तु नहीं खाते। इस छुआछूत का यहाँ उल्लेख करना अप्रासंगिक नहीं है वरन् बौद्धों के मतांतरण से जुड़ा हुआ मामला है। ये कट्टरपंथी मुसलमान तो इस बात का दम भरते हैं कि इनके लिए बौद्ध अस्पर्शी हैं, यानी कि ये अपने मजहब के लिए कट्टर हैं, पर इनकी ये कट्टरता उस समय कहाँ छिपी रहती है, जब ये लोग किसी बौद्ध महिला या युवती को उठाकर अपने घर लाते हैं, उनके साथ शादी करते हैं और उनका हाथ का बनाया

हुआ खाते हैं? क्या तब वे बौद्ध महिला या युवतियाँ अस्पर्शी नहीं होतीं, उस कट्टरपंथी के लिए? तब उनकी मजहबी पाबंदियाँ उन्हें याद नहीं आतीं और जब इसी वार में वाखा (करगिल) गाँव के युवक से मैंने पूछा, तो उसने बताया कि जब बौद्ध महिला, युवती या किसी पुरुष वर्ग के व्यक्ति को इसलाम में मतांतरित होने के लिए बरगलाया जाता है, तो उस समय कट्टरपंथी मुसलमान मतांतरित हो रहे व्यक्ति की हर बात मानने के लिए तत्पर रहता है, उसके साथ खाना खाने पर भी वह एतराज नहीं करता।

ऐसे प्रसंगों को मद्देनजर रखते हुए यही कहा जा सकता है कि करगिल जिले में कट्टरपंथी किसी सीमा तक भी जाकर बौद्धों की जनसंख्या को घटाने पर तुले हैं और सुदूर इस दुर्गम पहाड़ी वाले क्षेत्र की सुध लेने के लिए भी किसके पास समय है? कट्टरपंथी यह मानकर चलते हैं कि उन्हें पूछनेवाला कोई नहीं है। इसीलिए मतांतरण के लिए उन्होंने इसी क्षेत्र को चुना। कट्टरपंथी बौद्धों को इसलाम में मतांतरित करने के लए कई चालें चल रहे हैं। एक तो वह रोजगार देने के लोभ में उन्हें घर से दूर ले जाकर अपने मत में मतांतरित करते हैं। दूसरा, जो बौद्ध महिला या युवती नौकरी कर रही है, उसे वहीं से लुभावने सपने दिखाकर उससे कोर्ट मैरिज कर मतांतरित करते हैं। प्रायः ऐसे मामले कम ही हैं, जब किसी मुसलिम शिक्षक ने बौद्ध युवती को अपनी ओर आकर्षित कर उससे विवाह किया हो।

लद्दाख बौद्ध संघ, करगिल ने जो 45 मतांतरित हुए बौद्धों की सूची जारी की है, उन सबकी व्यथा-कथा काफी लंबी और गहरी है। इसलाम में मतांतरित हुए इन 45 बौद्ध मुसलमानों में महिलाएँ, युवतियाँ और पुरुष वर्ग के व्यक्ति भी शामिल हैं। किसी बौद्ध परिवार से तो दो-दो युवतियों ने इसलाम को स्वीकारा, चाहे जबरन या चाहे लुभावने स्वप्नों के चलते। करगिल जिले से वाखा-मूलवेक, शरगोल, वोधखरबू, फोकर, सापि, कुक्षु, चिक्थन आदि स्थानों से मतांतरण की घटनाओं को तो चिकित्सा विभाग में कार्यरत कर्मचारियों ने अंजाम दिया। जो बौद्ध महिला या युवती इस विभाग में कार्यरत थी, उसे अपना सहयोगी मुसलमान बरगलाकर अपने मत में मतांतरित कर ले गया और इससे पहले कि उस बौद्ध महिला या युवती को घरवाले लेने आ पहुँचते, उक्त

सहयोगी तब तक 'कोर्ट मैरिज' के कानूनी दस्तावेज भी प्रशासन के सहयोग से तैयार कर लेता था और न्यायालय में पेशी के दौरान कानूनी प्रमाण दिखाकर अपने को बचा लेता था। बौद्ध हाथ मलते ही रह जाते थे।

जब प्रशासन के रवैए के बारे में स्थानीय बौद्ध लोगों से पूछा गया तो उन्होंने स्पष्ट शब्दों में कहा कि जब कोई मतांतरण की घटना होती है तो पुलिस विभाग का उनके प्रति नकारात्मक रवैया ही रहता है। अपनी बात को तर्कपूर्ण ढंग से प्रस्तुत करते हुए वे कहते हैं कि जब कोई बौद्ध परिवार, जिसकी बेटी या बहू अकस्मात् गायब हो जाती है, तो इसकी रपट पुलिस थाने में दर्ज करते हैं। तीसरा और प्रमुख कारण जो मतांतरण की घटनाओं में कट्टरपंथी जादू-टोने के माध्यम से यानी कि ताबीज देकर या कुछ खाने-पीने की चीज में मिलाकर अपने वशीभूत करते हैं। प्रायः वशीकरण मंत्र का प्रयोग कर ये कट्टरपंथी बौद्ध महिलाओं/युवतियों को अपने वश में कर अपने इसलाम मत में मतांतरित करते हैं, उनसे शादी करते हैं, अपने पक्ष में उनसे अदालत में बयान दि़लवाते हैं और जब इन्हें होश आता है, तब तक काफी देर हो गई होती है। इसी वशीकरण रूपी जादू-टोने की पुष्टि करगिल जिले के ही एक बौद्ध सिरिंग ने की।

अंततः बौद्ध सिपाही नवांग टाशी अपनी पत्नी सोनम को कट्टरपंथियों के चंगुल से छुड़ाने में इसलिए सफल हो गया, क्योंकि उसका सहयोग उसके अपने पुलिस विभाग ने किया। यदि उसकी सहायता उसका विभाग नहीं करता तो आज उसकी पत्नी भी लापता सूची में दर्ज होती। जब नवांग टाशी के पीछे एक शक्ति थी तो कट्टरपंथियों के सभी षड्यंत्र धराशाही हो गए, चाहे उन्होंने ये कागजात भी क्यों न प्रस्तुत किए हों कि उन्होंने सोनम के साथ कोर्ट मैरिज की है या फिर सोनम अपनी इच्छा के साथ उनके मजहब में मतांतरित हुई है, चाहे उन्होंने अपनी मरजी का बयान सोनम से उगलवाया हो, जैसा कि कट्टरपंथियों ने अन्य मतांतरित की गई बौद्ध महिलाओं और युवतियों के संदर्भ में चालें चलीं। इन चालों में ये तभी सफल भी होते रहे, जबकि इनका सहयोग पुलिस विभाग करता रहा। नवांग टाशी के मामले में यह कट्टरपंथी असफल क्यों हुए, क्योंकि नवांग टाशी को पुलिस का सहयोग प्राप्त था।

यह प्रश्न केवल इस लेख में नहीं उठाया जा रहा है, बल्कि यह प्रश्न उन सभी प्रभावित लोगों का है, जिनके घर से कोई-न-कोई मतांतरित हुआ है। स्थानीय युवक का मत है कि जब नवांग टाशी की पत्नी को लद्दाख लाया जा सकता है तो अन्य मतांतरित हुई बौद्ध महिलाओं और युवतियों को क्यों नहीं?

यहाँ बताना प्रासंगिक होगा कि मतांतरण की इन घटनाओं को रोकने के लिए लद्दाख बौद्ध संघ लेह और इसलामी संघ के बीच यह समझौता हुआ था कि जब भी मतांतरण की कोई ऐसी घटना किसी भी संप्रदाय में घटेगी तो दोनों संगठनों की जिम्मेदारी होगी कि वे एक-दूसरे संप्रदाय के व्यक्ति को संगठन के माध्यम से अपने-अपने संप्रदायों में वापस लौटा दें, यानी कि उनके घरवालों के हवाले करें। लेह में यह समझौता इसलिए कारगर प्रमाणित हुआ, क्योंकि वह बौद्ध बहुल क्षेत्र है और करगिल में इसलिए क्रियान्वित नहीं हो सका, क्योंकि यहाँ के इसलामी संगठन इस बारे में आनाकानी करते हैं। विश्वस्त सूत्रों के आधार पर यह आनाकानी इसलिए हो रही है, क्योंकि यहाँ कट्टरपंथी तत्त्व बौद्धों के मतांतरण के लिए सक्रिय हैं और यहाँ के इसलामी संगठन इस मतांतरण को नहीं रोकना चाहते।

सूत्रों का कहना है कि दुर्भाग्य की बात तो यह है कि इसलामी संगठनों पर प्रशासन का भी कोई दबाव नहीं है। यदि सरकारी स्तर पर इन कट्टरपंथी संगठनों पर दबाव बढ़ाया जाता तो किसी हद तक मतांतरण की घटनाओं को रोका जा सकता था।

लद्दाख बौद्ध संघ, करगिल का मानना है कि यदि इसी प्रकार मतांतरण होता रहा और इस षड्यंत्र को नहीं दबाया गया तो आगामी दो दशकों में करगिल में बौद्ध दिखाई नहीं देंगे। संघ का यह भी मानना है बौद्धों को इसलाम में सुनियोजित ढंग से मतांतरित किया जा रहा है। केवल 1993 और 1996 के बीच करीब 50 युवतियों एवं विवाहित महिलाओं को बच्चों समेत लुभावने तरीकों से मतांतरित किया है और यह संख्या तो केवल वाखा गाँव की ही है। यदि इस षड्यंत्र की अनदेखी की गई तो बौद्धों का करगिल ज़िले से सफाया हो जाएगा। संघ का कहना है कि जब भी यहाँ कोई स्थानीय व्यक्ति इस मतांतरण के विरोध में आवाज उठाता है, या अमुक अधिकारी के समक्ष

अपनी बात रखते हैं, तो जाँच-पड़ताल के नाम पर केवल खानापूर्ति की जाती है और जब अमुक युवती या फिर विवाहित महिला किसी मुसलिम घर में मिल जाती है, तो बजाय इसके कि उस बौद्ध महिला या फिर युवती को उनके घरवालों के हवाले किया जाता, उलटे पुलिस उन्हें मुसलिम लड़के के साथ ही रहने की अनुमति देती है और यह कहा जाता है कि अब निर्णय न्यायालय के समक्ष प्रस्तुत किया जाता है।

स्थानीय लोगों का कहना है कि यदि अमुक महिला व युवती को उनके घरवालों के हवाले किया जाता तो न्यायालय में सुनवाई के दौरान युवती व महिला निर्भीकता से बयान दे सकती थी और बातों का भी पर्दाफाश होता, जिस षड्यंत्र के तहत उन्हें मुसलिम बनाया गया था।

इस आंदोलन के चलते उन्हीं दिनों कश्मीरी आर्म्ड पुलिस में कार्यरत एक सिपाही नवांग टाशी की पत्नी सोनम को सांकू नाले (करगिल जिला) के क्षेत्र से उठा लिया गया। सोनम चिकित्सा विभाग में कार्यरत थीं और उसे अपने ही विभाग का एक मुसलिम कर्मचारी अपने मोहजाल में फँसाकर घर ले गया। जब नवांग टाशी को कश्मीर में इस बात की जानकारी मिल गई कि उसकी पत्नी को एक मुसलिम युवक ले गया है और उसने शादी भी कर ली है तो न्याय की गुहार लगाते हुए उसने अपने विभाग के उच्चाधिकारियों से संपर्क साधा। तत्कालीन कश्मीर पुलिस के उच्चाधिकारियों ने करगिल पुलिस विभाग को नवांग टाशी की मदद करने के लिए कहा। परिणामस्वरूप नवांग टाशी की लापता पत्नी की खोज शुरू हुई। आश्चर्य की बात तो यह है कि उसकी पत्नी सोनम, जिसका नाम बदलकर फातिमा रखा गया था, को न करगिल या फिर लेह जिले से खोज निकाला गया, न ही राज्य के जम्मू या कश्मीर प्रांत में उसे छिपाया गया था वरन् सुराग मिलने पर उस बौद्ध महिला सोनम को उत्तर प्रदेश के किसी क्षेत्र से ढूँढ़ निकाला गया। इससे यह बात भी उजागर होती है कि कट्टरपंथी बौद्ध महिलाओं और युवतियों को राज्य से बाहर भी ले जाते हैं। न जाने जम्मू-कश्मीर से बाहर ले जाकर ये कट्टरपंथी बौद्ध महिलाओं/युवतियों की उस लज्जा का अनुचित लाभ उठाते हैं, जिसके कारण ये महिलाएँ अपरिचित व्यक्तियों के समक्ष सिर उठाकर बात करने से कतराती हैं। ये महिलाएँ सिसकियाँ तो भर सकती हैं, पर अपनी

व्यथा को बयान नहीं कर सकतीं, गलत के प्रति विद्रोह करने का प्राय: उनमें साहस कम ही है। इसी कमजोरी का लाभ उठाकर कट्टरपंथी इन्हें सहजता से लद्दाख से बाहर ले जाने में सफल हो जाते हैं। दूसरा संकट है संप्रेषणीयता का। यदि कोई महिला कहे भी कि उसका अपहरण हुआ है तो वह लद्दाखी भाषा के सिवाय केवल टूटी-फूटी उर्दू ही जानती है और अशिक्षित महिलाएँ तो केवल अपनी मातृभाषा तक ही सीमित हैं। भाषा-संकट के कारण भी इन्हें मनगढंत, निराधार मामलों में उलझा दिया जाता है, उसे तरह-तरह की मानसिक यातनाएँ दी जाती हैं, प्रताड़ित किया जाता है, जैसा कि लद्दाख बौद्ध संघ के पूर्व अध्यक्षों श्री नामग्याल और श्री सेवांग नरबू के साथ किया गया। दोनों पूर्व अध्यक्षों को सच के लिए निराधार मामलों में फँसाकर उलझा दिया गया, जब तक कि उन्होंने मतांतरण के विरुद्ध बोलना बंद न किया। लद्दाख बौद्ध संघ, करगिल के अध्यक्ष का कहना है कि ऐसी कोई घटना नहीं है कि बौद्धों ने किसी मुसलिम महिला को अपने मत में मतांतरित किया हो, पर ऐसी घटनाएँ अनेक हैं, जिनसे ज्ञात होता है कि कट्टर मुसलमानों ने बौद्धों को इसलाम में मतांतरित किया है।

उल्लेखनीय है कि मतांतरित हुई मुसलिम बनी बौद्ध महिलाएँ व युवतियाँ आज करगिल जिले के करगिल शहर, द्रास, सांकू नाले में मुसलिम इलाकों में रह रही हैं।

अभी फिलहाल मतांतरण की घटनाएँ मद्धिम पड़ गई हैं, पर ऐसी घटनाएँ भविष्य में नहीं घटेंगी, इस संभावना से इनकार नहीं किया जा सकता। कट्टरपंथी तत्त्वों को सहयोग न केवल करगिल जिले से मिल रहा है वरन् राज्य से बाहर भी इन्हें कट्टरपंथी तत्त्वों का सहयोग प्राप्त है। यदि ऐसा नहीं है तो फिर सिपाही टाशी नवांग की अपहृत पत्नी सोनम क्यों उत्तर प्रदेश से खोज निकाली गई? आज कट्टरपंथी तत्त्व इस बात का दावा करते हैं कि उन्होंने जबरन बौद्धों का मतांतरण नहीं किया है, पर सोनम के मामले में यह तत्त्व चुप्पी क्यों साधे हुए हैं? यही कहा जा सकता है कि यहाँ के दुर्गम क्षेत्रों का लाभ उठाकर कट्टरपंथी निर्भीकता से मतांतरण का षड्यंत्र रच रहे हैं। उन्हें ज्ञान है कि यह क्षेत्र छह महीने तक मुख्यधारा से कटा रहता है और यहाँ की चीत्कार दूर तक नहीं जा सकती, पर यह इनकी भूल है। ये कट्टरपंथी तत्त्व नहीं जानते कि

जब देश में भावनात्मक एकता की बात आती है तो सारा देश एक हो जाता है। आज तक भले इन बौद्धों की चीत्कार दबी रही, इनके अधिकारों का हनन किया गया, पर अब समय आ गया है, जब इन की आवाज हजारों पहाड़ों से टकराकर वापस आ कर देश की राजधानी दिल्ली में अवश्य ही दस्तक देगी और न्याय की गुहार लगा रहे इन अल्पसंख्यक बौद्धों को न्याय मिलेगा, ऐसा हमारा विश्वास है।

ईसाइयत का बौद्धों पर शैक्षिक-सांस्कृतिक हमला

सन् 1962 में चीनी आक्रमण के पश्चात् देश का ध्यान लद्दाख की ओर गया। विदेशी पर्यटकों के लिए लद्दाख खोल दिया गया। ईसाई देशों के पर्यटकों की भरमार ने लद्दाख को चकाचौंध किया और इसी के साथ मतांतरण का आक्रमण भी लद्दाखी संस्कृति पर प्रारंभ हो गया। विदेशी धन पर अनेक N.G.O.'s बन गए। सौभाग्य से संघकार्य भी लद्दाख में पहुँचा और 'लद्दाख फान्दे छोस्पा' (पंजीकृत) संस्था के रूप में सेवा कार्य प्रारंभ हुए। संपर्क बढ़ा तथा समाज को ईसाई कुचक्र के प्रति जागरूक करने में सफलता पाई।

सन् 1986-87 में बिशप चर्च, श्रीनगर द्वारा लद्दाख के 54 बालक-बालिकाएँ उच्च शिक्षा एवं विदेश भ्रमण के नाम पर धोखे से बाहर ले जाए गए। जैसे ही इस षड्यंत्र का पता चला, तो उस समय की लद्दाखी संस्थाओं को जाग्रत् कर इसके दूरगामी खतरों के प्रति सावधान किया गया। लद्दाख में आंदोलन खड़ा हुआ और सभी बच्चों को चर्च से छुड़वाकर उनके घरों में वापस लाने में सफलता मिली। संघ व अपने कार्यकर्ताओं के प्रति बौद्ध नेतृत्व में स्थान बना। सन् 1992-93 में आठ बौद्ध (लद्दाखी) बालिकाओं को मनाली चर्च तथा ईसाई विद्यालय, दोनों मिलकर मनाली ले गए थे, उनको भी वापस निकलवाने में लद्दाखी बौद्ध संस्थाओं ने संघ से ही मदद ली। इसके पश्चात् अब भी गरीब परिवारों के बौद्ध बालक-बालिकाओं को निःशुल्क शिक्षा का लालच देकर ईसाई विद्यालयों व चर्चों में ले जाकर ईसाइयत में मतांतरित करने का कुचक्र चल रहा है। ईसाइयों का प्रचार का मुख्य मुद्दा है कि लद्दाखी हिंदू नहीं हैं और आप लोगों का हिंदुस्तान से कुछ भी मेल नहीं है।

लद्दाख में भारतीय N.G.O.'s को प्रवेश करना चाहिए तथा नाना प्रकार के सेवा व विकास कार्य प्रारंभ करने चाहिए। विभिन्न भारतीय संप्रदायों-संतों के लद्दाख में आना-जाना प्रारंभ करने की जरूरत है। सावधानीपूर्वक बौद्ध मत का पूर्ण सम्मान करते हुए लद्दाख को सांस्कृतिक रूप से वैदिक प्रवाह के साथ समरस करने की आवश्यकता है।

इसलाम में मतांतरित किए गए करगिल जिले (लद्दाख) के बौद्धों की सूची

क्र.सं.	*नाम*	*पिता/पति का नाम*	*मूल निवास*	*प्रचलित नाम*
1.	श्रीमती रिगजिन डोलमा (तीन बच्चों की माँ)	पति/एस करमा लोट्स	वाखा	फिग्पो पा
2.	श्री समन्ल्ला (विवाहित)	पत्नी/सिरिंग लहसो	वाखा	दुंबर पा
3.	श्री सिरिंग पुनसोक	सुपुत्र सोनम स्तोब	शरगोल	सब्पा पा
4.	कु. पल्जेस अंग्मों	श्री सेवांग रिग्जिन	बोध खरबू	कच्चा पा
5.	कु. संग्यास	श्री सोनम सक्लजंस	वाखा	सुरथंग पा
6.	कु. पदमा	श्री सेवांग मुरुफ	वाखा	फिग्पो पा
7.	कु. छोसनिथ अंग्मों	श्री टाशी सोनम	वाखा	स्पेल पा
8.	कु. सोनम सोमो	श्री लोब्जंग निमा	वाखा	लाजा-जुंग पा
9.	कु. सिरिंग डोलमा	श्री टुनड्डुप सिरिंग	वाखा	मोन-पा
10.	कु. यंगचन	श्री सिरिंग टुनडुप	वाखा	मोन-पा
11.	कु. डोलमा	श्री सिरिंग टुनडुप	मूलबेक	गरबा-पा
12.	कु. येंग्जेस	श्री सिरिंग टुनडुप	मूलबेक	गरबा-पा
13.	कु. सोलटिम	श्री नवांग सिरिंग	मूलबेक	बोथ-पा
14.	कु. सोनम	श्री सिरिंग	मूलबेक	सोनम पा
15.	कु. डोलमा	श्री सिरिंग	मूलबेक	सोनम पा
16.	कु. सिरिंग डोलमा	श्री टाशी सिरिंग	मूलबेक	गारा-पा
17.	कु. सोनम	श्री सिरिंग टुनडुप	मूलबेक	स्क्या पा
18.	कु. सोमो	श्री सिरिंग टुनडुप	मूलबेक	स्क्या पा
19.	कु. सोनम दिसकिथ	श्री सोनम स्तोबदन	मूलबेक	वजीर पा

20.	कु. टाशी अंग्मों	श्री मुरुफ	शरगोल	शबरन पा
21.	कु. पुंसोक	श्री सोनम स्तोबदन	मूलबेक	वजीर पा
22.	कु. सेवांग डोलमा	श्री टाशी टुनडुप	शरगोल	शगरन पा
23.	कु. अंग्मो	श्री नामग्याल	शरगोल	फरिता पा
24.	कु. कुंजेस	श्री अंगचोक	फोकर	अमची पा
25.	कु. सोनम डोलमा	श्री नरुबू गेलस्न	सापि	स्पांग लुंग
26.	कु. पुनसोक डोलमा	श्री सेवांग दुर्जे	सापि	स्पांग तुंग
27.	कु. छोसनिथ	श्री सेवांग दुर्जे	सापि	दाक्र पा
28.	श्री सिरिंग मुरुफ	सुपुत्र श्री सोनम मुरुफ	सापि	लुंग्बा पा
29.	कु. रिग्जिन अंग्मों	श्री तंजिन आंगतुक	बोधखरबू	छक्से पा
30.	कु. सिरिंग अंग्मों	श्री टाशी सिरिंग	बोध खरबू	निल-नक पा
31.	कु. सोमो	श्री सोनम टाशी	बोधखरबू	मोन पा
32.	कु. डोलकर	श्री सोनम टाशी	बोध खरबू	मोन पा
33.	कु. पल्जेस	श्री सोनम डोलमा	कुक्शो	सोनम पा
34.	श्रीमती यंगचन	पति/स्व. धोन	निक्थन	अबा पा
35.	कु. देचेन	श्री तोन अबा	निक्थन	अबा पा
36.	कु. डोलमा	श्री तनजिन छोकजंग्स	वाखा	गनछोक्स पा
37.	कु. यंगस्किथ	श्री स्तोबदन	वाखा	गनछोक्स पा
38.	कु. डोलमा	श्री तनजिन छोकजंग्स	वाखा	खनग्रयाप पा
39.	कु. स्पल्जेस	श्री तनजिन	कुक्शो	शोकपा-पा
40.	कु. सेवांग डोलमा	श्री सेवांग	मूलबेक	गरबा पा
41.	कु. छोसनिथ	श्री सेवांग दुर्जे	सापि	थेरखोल पा
42.	कु. छोसनी	श्री सेवांग दुर्जे	सापि	नाक दे-बरोख पा
43.	कु. पुनसोक डोलमा	श्री सेवांग दुर्जे	सापि	नाक-दे-बरोख पा
44.	कु. चोमो	श्री सोरपोन टाशी	कुक्शो	सोरपो पा
45.	कु. देचेन	श्री सोपोन टाशी	कुक्शां	सोर पो पा

नोट : *उपर्युक्त मतांतरण की सूची लद्दाख बौद्ध संघ, करगिल (मुख्यालय, मूलबेक-वाखा, करगिल) द्वारा जारी।*

□

जम्मू-कश्मीर में 1953 से पूर्व स्थिति–फारुख अब्दुल्ला के इरादे

फारुख अब्दुल्ला अपने स्वर्गीय पिता शेख मुहम्मद अब्दुल्ला की तरह अलग-अलग अवसरों पर अलग-अलग भाषा बोलने में सिद्धहस्त माने जाते हैं। अनेक बार उनके भाषण इतने प्रखर राष्ट्रवादी होते हैं कि सर्वसाधारण हिंदू उस पर तुरंत रीझ जाता है और उन्हें महान् राष्ट्रवादी, भारत की एकता-अखंडता का एक योग्य प्रहरी समझने लगता है, परंतु ध्यानपूर्वक देखा ज़ाए तो फारुख अब्दुल्ला के काल में भी ज़म्मू-कश्मीर राज्य को संवैधानिक दृष्टि से दूर रखने के लिए ही प्रयत्न होते दिखाई देते हैं।

जम्मू-कश्मीर राज्य को वृहद् स्वायत्तता (Greater Autonomy) और Sub Regional Autonomy के नाम पर जम्मू क्षेत्र के अनेक मुसलिम बहुल क्षेत्रों को मिलाकर जम्मू प्रदेश को खंडित करने का कार्य स्पष्ट रूप से एक षड्यंत्र दिखाई देता है। वृहद् स्वायत्तता की कल्पना को स्पष्ट करते हुए डॉ. फारुख अब्दुल्ला और उनके सहयोगियों ने अनेक बार कहा है कि 9 अगस्त, 1953 के उपरांत उनके पिता स्व. शेख मुहम्मद अब्दुल्ला को जेल में डालकर केंद्रीय सरकार ने जो अनेक केंद्रीय कानून जम्मू-कश्मीर पर लागू किए, उसके कारण जम्मू-कश्मीर की स्वायत्तता का अपहरण हुआ है। इसलिए वे चाहते हैं कि जम्मू-कश्मीर को उसकी खोई हुई स्वायत्तता लौटाने और कश्मीरियों के स्वाभिमान एवं प्रतिष्ठा को पुनः बहाल करने के लिए राज्य को 1953 की पूर्व स्थिति पर लाया जाए। उनके इस कथन से यह स्पष्ट होता है कि 1953 के पूर्व के समान बाकी देश से जम्मू-कश्मीर में आने के लिए परमिट की

व्यवस्था को बहाल किया जाए, भारत का चुनाव आयोग, उच्चतम न्यायालय, महालेखाकार (Auditor & Comptroller General) केंद्रीय सेवाएँ तथा 350 के लगभग जिन केंद्रीय कानूनों का विस्तार जम्मू-कश्मीर पर 1953 के उपरांत हुआ है, उन सबको निरस्त कर दिया जाए और पुनः जम्मू-कश्मीर के मुख्यमंत्री को प्रधानमंत्री और राज्यपाल को सदरे रियासत के नाम पर पुकारा जाए। दबी जुबान में डॉ. फारुख अब्दुल्ला अपने स्व. पिता के समान यही कह रहे हैं कि वह जम्मू-कश्मीर को भारत गणतंत्र के अंतर्गत एक ऐसा मुसलिम बहुल राज्य बनाए रखना चाहते हैं, जिसकी सत्ता सदा शेख परिवार के हाथों में बनी रहे।

प्रश्न खड़ा होता है कि 1996 क्यों नहीं, 1953 ही क्यों चाहिए? आजादी से कुछ कम अथवा 53 की बात करनेवाली पार्टियों व नेताओं को निम्न प्रश्नों का जवाब देना होगा—

1. 1953 से पूर्व परमिट सिस्टम था। क्या पुनः परमिट सिस्टम लागू होगा और डॉ. मुखर्जी का बलिदान बेकार कर दिया जाएगा?
2. अगर परमिट सिस्टम होगा तो आज माता वैष्णव देवी के दर्शन हेतु प्रति वर्ष देश-विदेश से 35 लाख लोग आते हैं, जिनके कारण जम्मू को 350 करोड़ रु. पर प्रतिवर्ष का व्यापार मिलता है, जो कि गाँव-गाँव तक वितरित होता है। वह सब व्यापार रुकेगा, जिसके कारण बेकारी, बेरोजगारी, गरीबी बढ़ेगी।
3. 1953 से पूर्व की स्थिति में अगर परमिट लागू होता है तो क्या लखनपुर में टोल टैक्स की बजाय कस्टम खुलेगा। कस्टम तो एक देश से दूसरे देश में होता है। टैक्स 8 या 10 प्रतिशत होता है, कस्टम तो 100 प्रतिशत से भी अधिक होता है। देशभर से जम्मू-कश्मीर आनेवाली प्रत्येक वस्तु बहुत महँगी होगी?
4. देश के संविधान में वर्णित मौलिक अधिकार 1953 के पश्चात् ही जम्मू-कश्मीर के लोगों को प्राप्त हुए थे। क्या ये मूलभूत अधिकार बरकरार रहेंगे या समाप्त हो जाएँगे?
5. अगर मौलिक अधिकार छिन जाएँगे तो एक गंभीर प्रश्न खड़ा होता है कि राज्य लोकतांत्रिक होगा अथवा मजहबी राज्य होगा? जम्मू-

कश्मीर इस समय 70 लाख जनसंख्या का प्रदेश है, जिसमें 26 लाख हिंदू (बौद्ध, सिक्ख मिलाकर) हैं तथा 44 लाख मुसलमान हैं। दुनिया में मुसलिम बहुल राज्य तो मजहबी राज्य ही हैं, जैसे पाकिस्तान, बँगलादेश, ईरान, इराक आदि।

6. जम्मू-कश्मीर का व्यक्ति सर्वोच्च न्यायालय में न्याय प्राप्त करने जा सकता है अथवा नहीं, क्योंकि जम्मू-कश्मीर प्रदेश 1953 के पश्चात् 1960 में सर्वोच्च न्यायालय की परिधि में आया है।
7. सेंट्रल एडमिनिस्ट्रेशन ट्रिब्यूनल 1953 के पश्चात् 1958 में लागू हुआ, जिसके अंतर्गत आई.ए.एस., आई.पी.एस., आई.एफ.एस. अफसर देशभर से जम्मू-कश्मीर में आते हैं और यहाँ के लोग देशभर में अफसर बनकर जाते हैं। क्या सेंट्रल एडमिनिस्ट्रेशन ट्रिब्यूनल रहेगा या जाएगा?
8. 1953 के पश्चात् ही जम्मू-कश्मीर मुख्य महालेखाकार की हदबंदी में आया और प्रदेश में धन के व्यय पर केंद्र सरकार का नियंत्रण बना। यह नियंत्रण रहेगा या नहीं?
9. 1952 में देशभर में लोकसभा तथा विधानसभा के चुनाव हुए, परंतु जम्मू-कश्मीर में उस समय लोकसभा चुनाव नहीं हुए। जम्मू-कश्मीर के नागरिकों ने लोकसभा के लिए पहली बार 1957 में वोट डाला। 1952 में जम्मू-कश्मीर विधानसभा ने लोकसभा के लिए 6 सदस्य नामजद किए थे। क्या 1953 से पूर्व की स्थिति का मतलब है कि जम्मू-कश्मीर की जनता लोकसभा के लिए मतदान नहीं करेगी और देश की संसद् में उसकी आवाज का गला घोंट दिया जाएगा, उसे लोकमत अधिकार से वंचित किया जाएगा?
10. प्री 53 अर्थात् देश के राष्ट्रीय ध्वज तिरंगा की स्थिति क्या होगी। आज भी प्रदेश में दो झंडे हैं, जबकि देशभर में आज किसी प्रांत में यह स्थिति नहीं है। 1953 तक तो जम्मू-कश्मीर की जनता तिरंगे के सम्मान के लिए प्रजा परिषद् के नेतृत्व में लड़ती रही है। 18 लोगों ने हीरानगर, सुंदरबनी, छंब जोड़िया व रामवन में शहादतें दीं।

डॉ. मुखर्जी का बलिदान हुआ, क्योंकि उनका नारा था कि संविधान लूँगा या बलिदान दूँगा। 1952 के पश्चात् तिरंगे को राष्ट्रीय ध्वज का सम्मान प्राप्त हुआ। क्या तिरंगा झंडा प्रदेश में नहीं रहेगा अर्थात् झंडा देश की आन-बान-शान होती है, तो क्या यह आन-बान-शान कुचल दी जाएगी?

11. उस समय जम्मू-कश्मीर प्रदेश का मुख्यमंत्री वजीरे-आजम अर्थात् प्रधानमंत्री कहलाता था, वहीं राज्यपाल अर्थात् सदर-ए-रियासत अर्थात् राष्ट्रपति कहलाता था। एक ही देश में दो प्रधान? कितनी भयंकर विचित्र बात है, तो फिर शेष प्रांतों ने भी क्या कसूर किया है? डॉ. फारुख तो साफ-साफ कहते हैं कि मैं सी.एम. नहीं, पी.एम. बनूँगा। देश के कांग्रेसी प्रधानमंत्री ने भी इस बात को स्वीकार करने की घोषणा करके संविधान एवं लोकतंत्र की अवमानना की है। फिर सदर-ए-रियासत के चयन की विधि भी निराली है। वह देश के राष्ट्रपति के प्रति जवाबदेह नहीं है और न ही राष्ट्रपति व प्रधानमंत्री अपनी इच्छा व देश की आवश्यकता वाला सदर-ए-रियासत नियुक्त कर सकते हैं। जम्मू-कश्मीर विधानसभा इस पद के लिए राष्ट्रपति के पास तीन नाम भेजेगी और राष्ट्रपति सदर-ए-रियासत को बदल भी नहीं सकता। अगर कल सदर-ए-रियासत बगावत कर दे तो देश मुँह देखता रह जाएगा। ध्यान रहे, भारतीय संविधान की धारा 356/357 जम्मू-कश्मीर प्रदेश पर 1958-60 में लागू हुई है।

12. देश के संविधान के अनुसार किसी भी प्रांत में सत्तारूढ़ पार्टी के विधायकों का नेता मुख्यमंत्री कहलाता है। क्या भारतीय संविधान में इस प्रावधान को बदलकर नया प्रावधान जोड़ा जाएगा कि अब सत्तारूढ़ विधायक दल नेता प्रधानमंत्री कहलाएगा। अगर यह संशोधन होगा तो देश के सभी प्रांतों में लागू होगा। तो क्या एक प्रधानमंत्री के नीचे अनेक प्रधानमंत्री होंगे?

13. 1952 में शेख अब्दुल्ला ने सभी 75 विधानसभा सदस्य एक ही

पार्टी नेशनल कॉफ्रेंस के विजयी घोषित किए थे, क्या ऐसा ही लोकतंत्र प्री 53 में होगा?

14. अनेक केंद्रीय कानून, जो समय के साथ लागू हुए, क्या वे वापस होंगे?
15. सेना के वर्तमान कमान की स्थिति क्या होगी? उत्तरी कमान देश की सबसे बड़ी कमान है। 1953 के पश्चात् जम्मू-कश्मीर में कमान कार्यालय स्थापित हुआ। वह रहेगा या स्थानांतरित होगा?

पं. नेहरू ने संसद् के माध्यम से देश की जनता से वायदा किया था कि समय के साथ-साथ अस्थायी तात्कालिक धारा 370 समाप्त हो जाएगी और जम्मू-कश्मीर अन्य प्रांतों के समान भारत का अटूट अंग होगा। कांग्रेस जनता से किए वायदे से मुकरकर पं. नेहरू की पीठ में छुरा घोंप रही है तथा जनता से धोखा कर रही है। प्रश्न खड़ा होता है कि सन् 1952 से पहले महात्मा गांधी, सन् 1900 से पूर्व विवेकानंद, 1600 से पूर्व छठी पातशाही श्री हरगोविंद राय, 2000 से पूर्व जगतगुरु आदिशंकराचार्य कश्मीर आए, तब जम्मू-कश्मीर भारत का अटूट अंग था और धारा 370 नहीं थी। अब इस खाई या दीवार की क्या जरूरत है?

देश के अन्य सभी प्रांतों में जब इसलाम मतावलंबी धारा 370 के बिना हिंदुस्तान में रह सकते हैं तो यहाँ के नेताओं व जनता को क्या तकलीफ है? परंतु पंथनिरपेक्षता के नाम पर तुष्टीकरण का खेल खेलने वाली, कुरसी की खातिर देश की एकता व अखंडता का सौदा करनेवाली पार्टियाँ व नेता इस अलगाववादी धारा 370 को पक्का बनाकर अपने नेताओं, संसद्, न्यायपालिका व जनता को अपमानित करने का दु:साहस कर रहे हैं।

मेरा मन इस गलत परंपरा से भी देश की जनता को सावधान करना चाहता है कि वर्तमान प्रधानमंत्री नरसिम्हा राव को लगता है कि 1947 में गांधी एवं नेहरू ने एक मजहबी देश पाकिस्तान को जन्म दिया। सन् 1971 में इंदिरा गांधी ने भी एक नए मजहबी देश बँगलादेश को जन्म दिया। सन् 1947 से 1971 का अंतराल 24 वर्ष का है और 1971 से 1995 की अवधि भी ठीक 24 वर्ष की बनती है। गांधी राष्ट्रपिता, नेहरू राष्ट्र चाचा तो इंदिरा दुर्गा कहलाईं।

कहीं नरसिम्हा राव को भी यह लगता है कि प्रसव काल आया है तो वे भी एक मजहबी संतान पैदा करने में क्यों पीछे रहें? वे भी महान् नेता बन सकते हैं।

1953 से पूर्व की स्थिति के नारे के खिलाफ प्रदेश की जनता में भारी रोष पनप रहा है। लद्दाख हिल कौंसिल के चेयरमैन मि. थुपसन ने तो प्रेस कॉन्फ्रेंस कर इस माँग का भरपूर विरोध करते हुए डॉ. फारुख व केंद्र सरकार को चेतावनी दी है। गैर-राजनीतिक संस्था लोक जागरण मंच ने तो प्री-53 के विरोध में कमर कस ली है। पोस्टर, पर्चा (पत्रक) घर-घर, गाँव-गाँव में वितरित करते हुए यह बात जन-जन में पैदा की जा रही है कि हम जम्मू-कश्मीर की जनता के सम्मान व स्वतंत्रता का सौदा नहीं होने देंगे। रियासी, ऊधमपुर, सुंदरबनी में तो सभी पार्टियों के लोगों ने भा.ज.पा. के आह्वान पर प्री-53 के विरोध में बंद तथा प्रदर्शन किए। जम्मू में गुज्जर-बकरवाल मुसलमानों ने सैकड़ों की संख्या में भा.ज.पा. के झंडे के नीचे प्री-53 के विरोध में भारी जुलूस निकाला। राजौरी में एक युवक स्वयंसेवक यशवंत तो डॉ. फारुख की इस माँग पर इतना भावुक हो उठा कि गुस्से से भरकर हाथ उठा बैठा। भारत के अवकाश प्राप्त विदेश सचिव श्री जे.एन. दीक्षित कहते हैं कि '1953 से पूर्व की स्थिति' का अर्थ 'पुनः भारत विभाजन की ओर पहला मूर्खतापूर्ण कदम' होगा।

1953 से पूर्व की स्थिति, अर्थात् 'आजादी से कुछ कम' अथवा 'आजादी' तीनों ही पर्याय जनता को स्वीकार्य नहीं है। राज्य की जनता को लगता है कि अगर यह स्थिति आई, उसे या तो रिफ्यूजी बनना पड़ेगा, नहीं तो पाकिस्तान एवं बँगलादेश की तरह हिंदू को गुलामी का जीवन जीना पड़ेगा। लोगों के मन में यह भी शंका आती है कि मजहब (मत) बदलने के लिए भी जोर-जबरदस्ती होगी। लोगों के सामने 1990 से 1995 तक का उदाहरण है, जब कश्मीर से लोग बेघरबार हुए तथा डोडा, ऊधमपुर के ऊँचे पहाड़ी इलाकों से बार-बार उजड़ने को मजबूर हैं। आज आवश्यकता है कि पूरा देश एक स्वर में 'आजादी' अथवा 'आजादी से कुछ कम' एवं '1953 से पूर्व की स्थिति' का भरपूर विरोध करे, बल्कि अब तो समय आ गया है, जब पाक अधिकृत कश्मीर को लेने के लिए सरकार व सेना को काररवाई करनी चाहिए। युद्ध कोई बुरी बात नहीं,

बल्कि देश की एकता व अखंडता के लिए युद्ध सदैव अपरिहार्य है।

डॉ. फारुख अब्दुल्ला यह बात अच्छी तरह समझते हैं कि लोगों की स्मरणशक्ति अधिक परिपक्व नहीं होती और वे जल्दी ही वक्तव्यों और तथ्यों को भूल जाते हैं, यह कोई दूर की बात नहीं कि अभी पिछले वर्ष ही किसी विषय पर क्षुब्ध होकर उन्होंने विधानसभा में कहा कि 'जम्मू-कश्मीर राज्य मुसलिम बहुल है और मुसलिम बहुल ही रहेगा और दुनिया की कोई ताकत इसमें बदलाव नहीं कर सकती।'

यह तथ्य सब को विदित ही है कि शेख मुहम्मद अब्दुल्ला के निकटतम सहयोगी मिर्जा अफजल बेग ने ग्रेटर कश्मीर की परिकल्पना को स्पष्ट करते हुए यह कहा था कि कश्मीर घाटी के साथ जम्मू-कश्मीर के मुसलिम बहुल राजौरी, पुंछ, माहोर, डोडा, बनिहाल आदि को जोड़कर एक अलग से मुसलिम बहुल स्वतंत्र राज्य का निर्माण किया जा सकता है। शेख मुहम्मद अब्दुल्ला की गिरफ्तारी से पूर्व 1953 का घटनाक्रम भी इतिहासकारों के सामने है। कश्मीर को भारत से अलग करके एक नए राज्य का निर्माण अमरीका की कूटनीति का एक भाग रहा है। क्योंकि अमेरिका सदा से ही यहाँ एक ऐसा क्षेत्र चाहता है, जहाँ से यह चीन, भारत, रूस, अफगानिस्तान तथा पाकिस्तान पर अपनी नजर रख सके। 'डिक्सन योजना' भी इसी अमरीकन कूटनीति का परिणाम थी। इतिहास के पारखी विद्वानों का मत है कि डॉ. फारुख अब्दुल्ला के जम्मू के मुसलिम बहुल इलाकों को मिलाकर एक नया क्षेत्र खड़ा करने के प्रयत्न आज भी ग्रेटर कश्मीर की परिकल्पना पूर्ण करने की ओर ही कदम हैं।

यह केवल एक संयोग नहीं है कि जम्मू क्षेत्र के इसी मुसलिम बहुल क्षेत्र में आज पाकिस्तान द्वारा संचालित आतंकवाद अपनी चरम सीमा पर है। इस सारे क्षेत्र में हत्याएँ, महिलाओं के शीलहरण और हिंदू जनसंख्या को आतंकित करके पलायन के लिए मजबूर किया जा रहा है। इन सब गतिविधियों में राज्य सरकार की भूमिका संदेह से परे नहीं, प्रशासन और सत्ताधारी दल नेशनल कॉफ्रेंस में हर स्तर पर आतंकवाद को बढ़ावा देने के लिए लोग बैठे हैं। ऐसे लोगों की निशानदेही अनेकों बार हो चुकी है, परंतु फारुख सरकार

द्वारा इनको अपने पदों से हटाना तो दूर, उनके विरोध में जुबान तक नहीं हिलाई गई है।

इसमें कोई संदेह नहीं कि जहाँ-जहाँ भी हिंदू का सामूहिक नरसंहार हुआ, वहाँ डॉ. अब्दुल्ला पहुँचे तो जरूर, बड़ी-बड़ी घोषणाएँ भी कीं, परंतु ऐसे संवेदनशील स्थानों पर हिंदू जनसंख्या की सुरक्षा का कोई भी प्रबंध नहीं किया। अभी 27 जुलाई, 1998 को रात्रि के अँधेरे में किश्तवाड़ के ग्राम ठकुराई क्षेत्र में 16 निरीह हिंदुओं की हत्या कर दी गई, इस क्षेत्र में पहले सेना की चौकियाँ थीं, जो जम्मू-कश्मीर प्रशासन ने वहाँ से उठवा दीं और यहाँ की जनता के बार-बार आग्रह करने पर भी लोगों को आत्मरक्षा के लिए हथियार नहीं दिए गए और न ही ग्राम सुरक्षा समितियाँ बनाई गईं। इस हत्याकांड के उपरांत यहाँ के लोगों का आरोप है कि फारुख सरकार न तो इस क्षेत्र को अशांत क्षेत्र घोषित करवाकर इसकी सुरक्षा सेना के हवाले करना चाहती है और न ही हिंदुओं को उनकी आत्मरक्षा के लिए हथियार देना चाहती है।

पिछले मास घटित चपनारी हत्याकांड, जिसमें दो बरातों में सम्मिलित नव विवाहित युवकों समेत 25 लोगों की हत्या कर दी गई थी, काल्पनिक प्रतिकृपा की संभावना को लेकर उस क्षेत्र से ग्राम सुरक्षा समितियाँ व शस्त्र छीन लिये थे और उन्हें थानों में बंद कर दिया था। प्रशासन की ओर से इस कृत्य के लिए बहाना यह बनाया गया था कि हिंदू युवक प्रतिक्रिया में कहीं मुसलमानों पर आक्रमण न कर दें।

इसमें कोई संदेह नहीं कि डॉ. फारुख अब्दुल्ला और उनकी नेशनल कॉफ्रेंस पाकिस्तान में नहीं जाना चाहती, क्योंकि उनको यह भय है कि सिंधी, बलोच और मुहाजिरों के समान उनकी दुर्गति भी हो जाएगी और उनकी कश्मीरियत पाकिस्तान में जाकर समाप्त हो जाएगी, परंतु इसका यह अर्थ नहीं कि डॉ. फारुख और उनके सहयोगी बड़े राष्ट्रवादी हो गए। जब तक वह सत्ता से बाहर थे तो उन्होंने सैकड़ों युवकों को शस्त्र शिक्षा के लिए पाकिस्तान जाने के लिए प्रेरित किया और भारत की प्रभुसत्ता को बार-बार चुनौती दी। 1996 के लोकसभा के चुनावों का बहिष्कार किया और अनेक विदेशी कूटनीतिज्ञों के साथ गुप्त वार्त्ताएँ कीं। डॉ. अब्दुल्ला का राष्ट्रवाद तो जम्मू-कश्मीर की

सत्ता हथियाने के उपरांत ही जागा है। शेख परिवार का इतिहास जाननेवालों का दृढ मत है कि डॉ. फारुख की आकांक्षा अपने स्वर्गीय पिता के समान एक स्वतंत्र मुसलिम कश्मीरी राज्य के निर्माण की है, जिसमें अमरीका और पश्चिमी देश सहायक सिद्ध हो सकते हैं।

□

खंड-2

करगिल में भारत पर पाक आक्रमण

भारत अपनी स्वतंत्रता की 52वीं वर्षगाँठ मनाने जा रहा है। 15 अगस्त, 1999 स्वतंत्रता का यह दिवस विजयोत्सव के रूप में शहीदों को स्मरण करनेवाला दिवस होगा। पाकिस्तान द्वारा सन् 1999 में 'करगिल युद्ध' के रूप में थोपे गए चौथे आक्रमण का हम लोगों को विश्लेषण करना जरूरी है।

पाक का यह चौथा आक्रमण सन् 1989 से ही प्रारंभ हो गया था। 'ऑपरेशन टोपेक' के अंतर्गत पाकिस्तान ने अनेक आतंकवादी प्रशिक्षण शिविर पाक अधिकृत कश्मीर में लगाकर सैकड़ों आतंकवादी गिरोह भारत में हिंसा एवं तोड़फोड़ की गतिविधियों का संचालन शुरू कर दिया है। हजारों नागरिकों, पुलिसकर्मी तथा सैनिकों को आतंकवादियों ने मौत के घाट उतारा है। अनेक बड़े-बड़े सामूहिक नरसंहारों के कारण विशेष रूप से कश्मीर घाटी, राजौरी, पुंछ व डोडा जिले में लोग दहशत भरी जिंदगी जीने को मजबूर हैं। 3 लाख से अधिक लोग अपने ही देश में बेघर होकर विस्थापितों के रूप में कैंपों में बदतर जिंदगी जी रहे हैं। देश की सीमाओं की रक्षा के साथ-साथ भारतीय सेना आतंकवादियों से भी जूझ रही है।

पाकिस्तान ने पहला आक्रमण 1947-48 में किया। दूसरा आक्रमण 1965 में और तीसरा हमला 1971 में करने का दु:साहस किया। बीच में सन् 1962 में चीन ने भी पंचशील समझौते की पीठ में छुरा घोंपकर धोखे से भारत पर आक्रमण किया। पाकिस्तानी मानस भारत के प्रति कितने जहरीले विद्वेष से भरा है, यह स्वयं उसके द्वारा तथा उसके द्वारा पाले-पोसे गए आतंकवादी गिरोहों द्वारा लगाए जानेवाले नारों से पता चलता है।

पाकिस्तानी नारे

—हँसकर लिया है पाकिस्तान, लड़कर लेंगे हिंदुस्तान।

—जम्मू-कश्मीर के बिना पाकिस्तान अधूरा है।

—हिंदुस्तानी कुत्तो, वापिस जाओ, वापिस जाओ।

—हमें क्या चाहिए—आजादी, आजादी।

—यहाँ क्या चलेगा—निजामे मुस्तफा।

—कश्मीर बनेगा जन्नत—हिंदू औरतों के साथ, हिंदू पुरुषों के बिना।

ये नारे अमानवीय, घिनौने एवं हिंसक प्रवृत्ति के द्योतक हैं, इसलिए पाकिस्तान से एवं पाकिस्तान समर्थकों से किसी भी सदाचार तथा ईमानदारी की अपेक्षा करना भारी भूल हर बार साबित होती रही है।

श्री अटल बिहारी वाजपेयी (प्रधानमंत्री) की लाहौर बस यात्रा और उसमें से जनमा 'लाहौर समझौता' एक नए इतिहास को रचने की पहल थी। भारत तो सदैव शांति, भाईचारे का इच्छुक रहा है। हम शांति, खुशहाली व भाईचारे के लिए हर संभव कीमत देते रहे हैं, देते रहेंगे, परंतु अगर भारत की एकता व अखंडता पर डाका डालने का प्रयत्न प्रत्यक्ष अथवा अप्रत्यक्ष रूप में किसी ने भी किया तो उसको मुँहतोड़ जवाब देने की क्षमता आज भारतीय नेतृत्व में है। पिछले चार युद्धों तथा वर्तमान युद्ध के समय के कुछ आँकड़े विश्लेषण करने में मदद कर रहे हैं।

शहीद, लापता एवं घायल सैनिक

सन् 1947-48	वीरगति प्राप्त	—	2000 (लगभग)
	घायल	—	3500
	लापता	—	600
1962	वीरगति प्राप्त	—	3200 (लगभग)
	घायल	—	500
	लापता	—	200
1965	वीरगति प्राप्त	—	3000 (लगभग)
	घायल	—	8500

	लापता	—	300
1971	वीरगति प्राप्त	—	3800 (लगभग)
	घायल	—	9800
	लापता	—	150
1999	वीरगति प्राप्त	—	480 (लगभग)
	घायल	—	600
	लापता	—	6

(आँकड़े लगभग होने के पश्चात् भी निश्चित अंक के नजदीक हैं)

शरणार्थी संख्या एवं उनकी स्थिति

सन् 1948 से लेकर 1965 तक के शरणार्थी जो सन् 47 के विभाजन के पश्चात् बेघरबार हुए।	— लाखों की संख्या में	—भारतीय नागरिक हैं, परंतु जम्मू-कश्मीर के नागरिक हक इनको नहीं मिले। आज भी वे अपने हक के लिए लड़ रहे हैं। इनकी सारी संपत्ति पाक के कब्जे में चली गई है।
सन् 1999 में युद्ध के कारण बेघरबार हुए।	— हजारों की संख्या में	—अपने-अपने घरों में लौटने लगे हैं। उनकी प्रदेश व देश की दोनों नागरिकताएँ एवं सम्मान सुरक्षित हैं।

*(**नोट :** आतंकवाद के कारण शहीद व विस्थापित नागरिक, पुलिसकर्मी एवं सैनिक इन आँकड़ों में नहीं आते हैं)*

आदमी के दो रूप बताए गए हैं। एक रूप इनसान का है, दूसरा रूप शैतान का है। पिछले 52 वर्षों में पाकिस्तान के व्यवहार को देखकर यह लगता है कि तीन वर्गीकरण करने को हम विवश हैं—

गलती करके पछताए, उसे इनसान कहते हैं,
गलती करके न पछताए, उसे शैतान कहते हैं,
गलती करे, बार-बार गलती करे, उसे पाकिस्तान कहते हैं।

'करगिल युद्ध' ने पूरे हिंदुस्तान को तथा विश्व भर को हिलाकर रख दिया है। इसलामिक कट्टरवाद का भयानक चेहरा विश्व को आतंकित कर रहा है। पड़ोसी को अच्छा पड़ोसी बनाने का भारतीय प्रयत्न एक बार फिर असफल होता दिखाई दिया, परंतु कसूरवार भारत, भारत के प्रधानमंत्री अथवा प्रधानमंत्री का दल नहीं, बल्कि पाकिस्तान व उसकी हिमायत करनेवाले देश हैं। युद्ध के नतीजों व परिस्थितियों के विश्लेषण से पूर्व युद्ध की कुछ प्रमुख तिथियों के इतिहास पर नजर डालना जरूरी है।

4 मई, 1999 को जब भेड़-बकरियाँ चरानेवाले कुछ स्थानीय लोग अपने गाँव की ओर जा रहे थे, उनको पाक घुसपैठियों ने रोका तथा वापस भाग जाने पर मजबूर किया। गड़रियों अर्थात् स्थानीय लोगों के शोर मचाने पर भारत सरकार ने सेना को सावधान किया और इन इलाकों से घुसपैठियों को निकालने हेतु आवश्यक काररवाई करने के निर्देश दिए। सेना के सामने गंभीर चुनौती थी।

11 मई, 1999 को द्रास, काकसर, करगिल, बटालिक व तुरतुक्क सभी मोर्चों से भारतीय सैनिक घुसपैठियों को खदेड़ने हेतु तैयारी करके आगे बढ़े, परंतु घुसपैठियों तथा पाक सैनिकों ने गोलाबारी करके हमारे दो अफसर व कुछ जवान मार गिराए।

14 मई, 1999 को सेना ने मश्कोह घाटी (द्रास) से लेकर बटालिक-तुरतुक्क तक के सारे क्षेत्र को घुसपैठियों एवं पाक फौज से खाली करवाने के लिए सैनिक काररवाई 'ऑपरेशन विजय' को प्रारंभ करने का निर्णय लिया। जम्मू-कश्मीर की पाकिस्तान से मिलनेवाली 814 कि.मी. लंबी सीमा ही नहीं, बल्कि गुजरात से लद्दाख तक की पूरी सीमा पर पाक के किसी भी प्रकार के हमले का मुँहतोड़ जवाब देने हेतु तैयारियाँ प्रारंभ कर दी गईं।

18-19 मई को भारतीय सेना ने पाकिस्तान की तैयारी का जायजा लेने के लिए हवाई सर्वेक्षण किया। सर्वेक्षण में हजारों-लाखों फीट लंबी फोटो रील तैयार

की गई। सर्वेक्षण अत्यंत सावधानी से किया गया। इस सर्वेक्षण से पाकिस्तान फौज व घुसपैठिए हजारों की संख्या में हैं, यह जानकारी मिली। बंकर बने हैं। चौकियों पर कब्जा करके बैठने के साथ-साथ भारी मात्रा में हथियार, गोला-बारूद भी है।

22 मई, 1999 को थल व नभ दोनों हमले एक साथ दुश्मन पर करने होंगे, यह सोचा गया तथा तैयारी प्रारंभ कर दी गई। जम्मू-कश्मीर की पाक से लगती संपूर्ण सीमा पर सेना की गश्त तेज कर दी गई, तोपखाना सिद्ध कर दिया गया अर्थात् युद्ध की तैयारियाँ, दुश्मन को नाको चने चबाने की तैयारी। पिछले 5000 वर्षों में अर्थात् महाभारत काल से लेकर आज तक के इतिहास में इतनी ऊँची व दुर्गम पहाड़ियों पर इतने न्यून तापमान में यह प्रथम लड़ाई थी, जो कि भारत को दुश्मन से लड़नी थी। भारत के प्रधानमंत्री ने गर्जना की—'एक-एक इंच जमीन खाली करवाकर रहेंगे।'

25-26 मई, 1999 की मध्य रात्रि में घुसपैठियों व पाक सैनिकों पर नभ व स्थल सैनिक काररवाई इतनी तेजगति से की गई कि पाकिस्तानियों के पहले दिन से ही पाँव उखड़ने लगे। पाकिस्तानी सेना इतने तेज व आक्रामक भारतीय आक्रमण की कल्पना भी नहीं कर पा रही थी। भारत ने पाकिस्तान को लाहौर घोषणा-पत्र स्मरण करवाया। अत्यअधिक नियंत्रित युद्ध लड़ने अर्थात् L.O.C. (नियंत्रण रेखा) को पार नहीं करने का वायदा निभाया। विश्व के सामने भारत ने अपनी स्थिति स्पष्ट करते हुए घोषणा की कि अपनी जमीन से दुश्मन को खदेड़ने से पूर्व कोई बात नहीं करेंगे, वार्त्ता के लिए कोई पूर्व शर्त स्वीकार नहीं होगी। किसी भी तीसरे देश की मध्यस्थता किसी भी कीमत पर स्वीकार नहीं होगी, परंतु पाकिस्तान ने एक नहीं सुनी।

पाकिस्तान का षड्यंत्र साफ था, पाक फौजें टाइगर हिल, तोलोलिंग, जुबेर हिल, बटालिक, बजरंग आदि अनेक ऊँची पहाड़ियों पर स्थापित चौकियों में बैठी एक स्वप्न सँजोए थीं कि शीघ्र ही श्रीनगर-लेह राष्ट्रीय राजमार्ग को काटकर जोजीला दर्रा पार कर कश्मीर घाटी पर हमला करेंगे। इधर जम्मू क्षेत्र के सभी आतंकवादी गिरोहों को लखनपुर से जम्मू राजमार्ग, जम्मू-पुंछ तथा जम्मू-श्रीनगर राजमार्गों पर निश्चित स्थानों पर एकत्र होने के निर्देश दे दिए गए थे। जैसे ही पाक

सेना कश्मीर पर हमला करेगी, आतंकवादी गिरोह उसी समय पर इन राजमार्गों पर बने पुलों को ध्वस्त कर करगिल जिला, कश्मीर घाटी, डोडा, राजौरी व पुंछ जिलों को देश से काटकर कब्जा करने की जंग लड़ेंगे। हिंदू बहुल क्षेत्र कठुआ, जम्मू व ऊधमपुर तथा बौद्ध बहुल क्षेत्र लेह में अफरातफरी मचाकर भारत के पुन: विभाजन का षड्यंत्र सफल करना और पाक द्वारा एक बड़े भारतीय भू-भाग पर कब्जा कर लिया जाएगा। भारत सरकार की तत्परता एवं सेना की द्रुतगति से आक्रामक काररवाई ने पाकिस्तान को सँभलने का अवसर ही नहीं दिया और पाक सैनिकों व पाक राजनीतिज्ञों के पाँव उखड़ गए।

पाकिस्तान को पिछले तीन युद्धों का अनुभव था कि अंतरराष्ट्रीय ताकतें भारत के विरुद्ध पाकिस्तान को प्रत्यक्ष मदद करती रही हैं। सन् 1948 में इंग्लैंड, सन् 1965 में रूस, सन् 1971 में अमरीका की पाक को मदद तथा हमारे ऊपर दबाव के कारण हमने जीती हुई बाजी हारी है। सन् 1948 में इंग्लैंड (माउंटबेटन) के चक्रव्यूह में फँसकर पं. नेहरू ने इकतरफा युद्धविराम घोषित कर अपनी धरती पाकिस्तान के कब्जे में दे दी और फिर कश्मीर मामले को गृह मंत्रालय से निकालकर विदेश मंत्रालय के अंतर्गत ले लिया तथा कश्मीर मसले के हल के लिए U.N.O. में चले गए। पं. नेहरू ने कश्मीर का मसला, जो हमारा अंदरूनी मामला था, उसको U.N.O. में ले जाकर उसका अंतरराष्ट्रीयकरण कर दिया तथा लाखों लोग बेघर हुए। सन् 1965 में रूस के दबाव में ताशकंद समझौता हुआ। भारत के अतियोग्य प्रधानमंत्री लाल बहादुर शास्त्री को जान गँवानी पड़ी और वे वापस लौटकर स्वदेश नहीं आए। जीती हुई जमीन तो लौटाई ही, साथ ही अपनी भी कुछ वर्ग कि.मी. जमीन अर्थात् छंब क्षेत्र हमने खो दिया। हजारों लोग विस्थापित हुए। सन् 1971 में अमरीकन दबाव में शिमला समझौता हुआ। बँगलादेश के 92000 युद्धबंदी वापस किए और अपना एक भी युद्धबंदी वापस नहीं लिया। आज भी हमारे सैकड़ों युद्धबंदी पाक जेलों में नारकीय जीवन भोग रहे हैं। एक नया मजहबी देश बँगलादेश निर्माण किया। आज भारत में करोड़ों बँगलादेशी घुसपैठियों के कारण हमारे देश का आर्थिक संतुलन डगमगा रहा है तथा राष्ट्रीय सुरक्षा को भी अनेक खतरे पैदा हो चुके हैं। जीती हुई जमीन वापस की। इस बार पाकिस्तान को यह विश्वास था कि चीन प्रत्यक्ष मदद के लिए आएगा तथा अमेरिका

तटस्थ रहकर, परंतु युद्ध रोकने हेतु दबाव डालेगा। परिणाम होगा भारत के कुछ-न-कुछ भू-भाग पर कब्जा करने में पाक को सफलता मिलेगी। भारत सरकार की विदेश नीति का परिणाम निकला कि विश्व के प्रमुख देशों ने पाकिस्तान की हरकतों का विरोध करके उसको भारत की जमीन को घुसपैठियों एवं पाक सैनिकों से खाली करने को कहा तथा भारत के पक्ष का खुला समर्थन किया। मुसलिम देश भी पाकिस्तान का समर्थन करने में हिचकते नजर आए। जब नवाज शरीफ (पाक प्रधानमंत्री) दुनिया के विभिन्न देशों—चीन, अमरीका, इंग्लैंड के राष्ट्राध्यक्षों के पास अपनी इज्जत बचाने की भीख माँग रहे थे तो कोई भी देश पाकिस्तान को शरणागत लेने के लिए तैयार नहीं हुआ। अमरीका राष्ट्रपति बिल क्लिंटन ने नवाज शरीफ को घुसपैठियों व पाक फौज को वापस बुलाने के लिए कहा और इस बात को पाक से मनवाने के बाद भारत के प्रधानमंत्री अटल बिहारी वाजपेयी को दूरभाष पर वार्त्ता हेतु निमंत्रण दिया तो अटलजी ने उसे अस्वीकार कर बता दिया कि अब भारत विश्व ताकतों के सामने झुकेगा नहीं, बल्कि वह स्वयं सक्षम है, समृद्ध है।

अगर अटलजी अमरीका का निमंत्रण स्वीकार कर समझौता-वार्त्ता हेतु अमरीका चले जाते, इस बात को कैसे सोचने से रोका जा सकता है कि कहीं पुनः यही सन् 1965 वाला इतिहास तो नहीं दोहराया जाता कि स्वर्गीय लाल बहादुर शास्त्री के समान हम फिर कभी अटलजी को अपने बीच नहीं देख पाते अर्थात् अटलजी की वहाँ समझौता स्थल पर हत्या करवा दी जाती।

धीरे-धीरे गृहयुद्ध की स्थिति बन रही है। वे सभी समूह कुछ न करके एक-दूसरे पर दोषारोपण कर रहे हैं। सच यह है कि पाकिस्तान को सोचना चाहिए कि वह भारत विरोध में कब तक जिएगा।

काम चलाऊ सरकार ने न केवल काम (सरकार चलाकर) ही करके दिखाया, बल्कि विश्व तथा अपने देश में सभी को ध्यान में आ गया कि काम चलाऊ होने के बावजूद मजबूत इरादे की सरकार (केंद्रीय) ने करगिल युद्ध में भारत को विजयी बनाया है।

व्यापार ने जमाखोरी करने का प्रयास नहीं किया। कीमतें घटीं, विदेश पूँजी निवेश बढ़ा है। देश की जनता ने उत्कट राष्ट्रभक्ति का परिचय दिया।

हमारी सेना के शौर्य एवं अदम्य साहस की जितनी भी प्रशंसा की जाए, वह कम है, परंतु युद्ध के प्रारंभ में ही ध्यान में आया कि साधारण गोलों से हवाई हमले करने से हमारे हवाई जहाज दुश्मन की चपेट (Hit Target) में आते रहे और पाक द्वारा भारत के दो हवाई जहाज मार गिराए। ऐसे में दुश्मन को नष्ट करने तथा अपना जानमाल का नुकसान कम हो, उसके लिए बहुत अधिक कीमतवाले लेजर बम का उपयोग करने का निर्णय करके बहुत ही विवेकपूर्ण कदम उठाया। युद्ध के कुछ दिनों के पश्चात् ही तोप के गोले जितने चाहिए, उतने नहीं थे तथा शून्य से कम तापमान में लड़ने के लिए सैनिकों की वर्दियों की कमी—दोनों ही चीजों को पूरा करने के लिए अधिक धन देकर भी विश्व मंडी से खरीदरी कर इस कमी को भारत सरकार ने तुरंत पूरा करके सेना की आक्रामक शक्ति तथा विश्वास को बढ़ाने का काम किया। सेना के अफसरों ने प्रत्यक्ष युद्ध मोर्चों पर पहले अपनी जान की बाजी लगाई और फिर सैनिक को आगे बढ़ाया। यही भारतीय सैन्य संस्कृति की विशेषता है तथा युद्ध में विजय के लिए व्यवहार भी कि नेता पीछे नहीं, हमेशा आगे। इसके कारण बलिदानों की होड़ लगी थी।

करगिल युद्ध ने भारत की सच्ची आत्मा को भारत को लौटाया है। 6 दिसंबर, 1992 को जब अयोध्या में प्रभु राम की जन्मस्थली पर बना विदेशी गुलामी का प्रतीक ढाँचा गिरा, तब देश में हिंदू राष्ट्रवाद का प्रखर एवं मुखर भाव तेजस्वी रूप में प्रकट हुआ था। धर्मनिरपेक्षवादी, वामपंथी व मानवता का ढिंढोरा पीटनेवाली ताकतों ने उस उदीयमान राष्ट्रवाद का विरोध करना प्रारंभ किया था, परंतु करगिल युद्ध में जब सेना ने टाइगर हिल पर कब्जा किया, पाक सैनिक अपने शवों को छोड़कर भागने लगे, ऐसे समय में पूरा देश अटलजी के नेतृत्व, भाजपा की नीति व सेना के अदम्य साहस, शौर्य, पराक्रम व बलिदानी परंपरा के पीछे एकजुट होकर खड़ा होकर ललकारने लगा—

"राष्ट्रभक्ति का ज्वार न रुकेगा, आए जिस-जिस में हिम्मत हो।"

भिखारी से लेकर उद्योगपति तक, बच्चे से बूढ़े तक, अनपढ़ से पढ़े-लिखे तक, चपरासी से अफसर तक, वन, ग्राम से लेकर नगर-महल तक, जाति, भाषा, प्रांत, संप्रदाय (मजहब) व दल सभी भेदों को समाप्त कर भारत एक है, भारतीय एक हैं, यह भाव हिलोरें ले रहा था। प्रधानमंत्री राहत कोष, सैनिक वेलफेयर

फंड, सभी में समाज ने खुले मन से सहयोग किया। जवान रक्त देने के लिए खड़े हैं, बहनें राखी के साथ-साथ खंडा पकड़े खड़ी हैं, नवयुवक सेना में भरती होने के लिए पंक्तिबद्ध होकर खड़े हैं। प्रत्येक युवक दुश्मन को नष्ट कर भारत माँ का मान बढ़ाने के लिए मचल रहा है। अद्भुत राष्ट्रवाद और इस राष्ट्रवाद की लहर के सामने छद्म धर्मनिरपेक्षवादी, वामपंथी एवं तथाकथित मानवतावादी सभी चुप हो गए, कोई ढूँढ़े भी नहीं मिला। सर्वश्री अमर्त्य सेन, अरुंधति राय, अशोक मित्रा, मो. फिदा हुसैन, कुलदीप नैयर इत्यादि सभी की बोलती बंद हो गई। मुसलिम समुदाय में से भी बहुत बड़ा वर्ग पाकिस्तान के विरुद्ध मुखर होकर सड़कों पर उतर आया। यह सब वर्तमान युद्ध में भारतीय नेतृत्व की कुशलता का ही परिणाम है।

कांग्रेसी व वामपंथी दलों द्वारा उठाया गया प्रश्न विचारणीय है कि पाक सैनिक घुसकर कब्जा करते चले गए और देश को पता भी नहीं चला, इसके लिए केंद्र सरकार दोषी है। इस प्रश्न का समाधान खोजने से पूर्व यह भी विचार करना होगा कि इन दलों व उनके नेताओं की इच्छा ईमानदारी से अपराधी (कसूरवार) को खोजना है अथवा सरकार, सेना, गुप्तचर एजेंसियों में आपसी विश्वास निर्माण कर गृहयद्ध की स्थिति की ओर देश को धकेलकर, समाज को गुमराह करते हुए अपनी राजनीतिक रोटियाँ सेंकना ही इन दलों का काम है। आज संपूर्ण देश ही नहीं, विश्व भर में फैला भारतीय समाज सरकार व सेना के पीछे एकजुट खड़ा होकर दुश्मन को पराजित करने के लिए युद्धरत है, ऐसे में कांग्रेस व वामपंथी दलों द्वारा यह प्रश्न क्यों खड़ा किया जा रहा है ? इस प्रश्न में से इन दलों का सेना, सैनिक तथा गुप्तचर एजेंसियों के प्रति अविश्वास ही नहीं झलकता है, बल्कि यह लगता है कि ये दल इन शक्तियों पर संदेह करते हैं कि ये लापरवाह रहीं और दुश्मन से मिली हुई भी हैं। मुझे लगता है कि सेना व गुप्तचर विभाग पर यह अविश्वास अथवा संदेह करना देश के लिए अत्यंत घातक है। इससे देश बहुत कमजोर हो जाएगा। सैनिक का बलिदानी भाव कुंठित हो जाएगा। इसके साथ-साथ यह भी विचारणीय है कि पिछले 52 वर्षों में से 47 वर्ष तक कांग्रेस ने ही देश पर शासन किया है। क्या कांग्रेस द्वारा भ्रष्ट व निकम्मी एजेंसियाँ ही खड़ी की गई हैं, जिनके कारण देश को इतने बड़े-बड़े संकटों में

से गुजरना पड़ रहा है। 47 वर्ष की शासनकर्ता तथा डेढ़ वर्ष का प्रमुख विपक्षी दल कांग्रेस को इस कब्जे तथा घुसपैठ का पता चला अथवा नहीं, अगर उसको पता चला तो इन दलों व उनके नेताओं ने समाज को चेताने के लिए क्या किया ? और अगर इनको पता नहीं चला तो सिद्ध होता है कि कांग्रेसी शासन के 47 वर्ष भ्रष्ट व निकम्मे रहे और अब प्रमुख विपक्ष के रूप में डेढ़ वर्ष सोए हुए एवं लापरवाही वाले रहे, फिर ऐसे दलों से और क्या अपेक्षा की जा सकती है ? आज आवश्यकता है, ऐसे सभी नेता जब यह जानते हैं कि वे शीशे (काँच) के घर में बैठे हैं तो उन्हें दूसरों पर पत्थर नहीं फेंकने चाहिए।

शहीद सैनिकों के शव प्रेरणास्रोत बन गए। पिछले युद्धों में हम सुनते थे कि सैनिक का बिस्तर, ट्रंक अथवा अस्थियाँ घर आईं, परंतु वर्तमान युद्ध के समय में भारतीय मानवीय जीवन-मूल्य की स्थापना हुई—प्रत्येक शहीद वतन व कौम का शहीद है। लाखों रुपए खर्च कर शहीदों के शव उनके घर पहुँचाए गए। सेना अधिकारी पहुँचे, प्रशासन पहुँचा, जनता उमड़ पड़ी और पूरे सम्मान के साथ शहीद का संस्कार हुआ। जनता की आँखें नम थीं, परंतु मन दुश्मन से लोहा लेने के लिए तैयार है। आमतौर पर चर्चा चलती है कि देश व कौम के लिए मरनेवालों को लोग भूल जाते हैं, परंतु इस बार प्रत्येक शहीद को अमर बना दिया गया और उसका नाम मार्ग, विद्यालय, कॉलोनी, गाँव को दे दिया गया।

दो संभावनाओं एवं संस्कृतियों का तुलनात्मक अध्ययन करने का योग्य सुअवसर भी इस करगिल युद्ध ने विद्वानों को प्रदान किया है। पाक अपने सैनिकों के शवों को लावारिस छोड़कर भाग रहा था, परंतु भारत पाक सैनिकों के शवों को इसलामिक रीति-रिवाज के अनुसार दफना रहा था। पाकिस्तान ने भारतीय युद्धबंदियों को तड़पा-तड़पाकर मारा तथा शवों को विकृत रूप (आँखें फोड़ना, अंग भंग करना, चेहरों का मांस नोचना आदि) में भारत को वापस किया, जबकि पूरे भारत में ऐसे छह युद्धबंदियों की वापसी पर भारी आक्रोश था तो भी भारत ने पाक युद्धबंदियों को ससम्मान वापस लौटाया। विश्व ने अनुभव किया कि पाकिस्तानी सभ्यता एवं संस्कृति बर्बर, हिंसक, पाश्विक, अत्याचारी है, जबकि भारतीय संस्कृति एवं सभ्यता सर्वपंथ समभाव एवं मानवतावादी है।

संघ के पू. सरसंघचालक के हस्ताक्षरयुक्त सम्मान-पत्र दिया जा रहा है। लद्दाख में पाञ्चजन्य विजय कोष ने भी प्रत्येक शहीद के परिवार में 10,000 रुपए दिए हैं। लद्दाख के 26 शहीद सैनिक परिवारों को राशि एवं सम्मान-पत्र दिए जा चुके हैं। जम्मू क्षेत्र व कश्मीर घाटी के शहीद परिवारों को प्रथम किश्त पाँच-पाँच हजार रुपए दिए जा रहे हैं। लद्दाख के माटो गाँव में शहीद का संस्कार इसलिए तीन दिन आगे बढ़ाया गया, क्योंकि परिवार के पास संस्कारवाले दिन होनेवाले व्यय की व्यवस्था नहीं थी। जब कार्यकर्ता राशि देकर आए तो परिवार व गाँव ने कहा कि शहीद की मदद के लिए स्वयं भगवान् आए हैं।

घायल सैनिक—लेह, करगिल, श्रीनगर, ऊधमपुर, जम्मू—सभी स्थानों पर कार्यकर्ताओं की टोलियाँ निरंतर अस्पताल जाती रहती हैं। राष्ट्र सेविका समिति, नारी जागरण मंच, महिला मोर्चा (भा.ज.पा.) की बहनें तिलक लगाना, राखी बाँधना आदि के द्वारा एक भावनात्मक रिश्ता बनाती है, जो घायल सैनिक का उत्साह बढ़ाने का काम करता है। घायलों को तरह-तरह का सामान किट बनाकर दिया जा रहा है। 3 लाख रुपए ऊधमपुर में घायलों की देखभाल हेतु बने सैनिक वेलफेयर फंड में दिया गया है। देश भर में प्रधानमंत्री राहत कोष व सैनिक वेलफेयर फंड में धन दिया जा रहा है। देश भर में रक्त दान हेतू जाँच शिविर लगाए गए। जम्मू व ऊधमपुर में 1500 से अधिक स्वयंसेवकों की सूची सैनिक अस्पताल में दी गई तथा प्रत्यक्ष 18 बंधुओं ने रक्तदान भी किया है।

संघर्षरत सैनिक—देश भर में स्थान-स्थान पर इनका स्वागत, जलपान व भोजन की व्यवस्था की गई, नारा था—'जवानो, देश तुम्हारे साथ है।'

अन्य नागरिक—इसी प्रकार से इस युद्ध में कार्यरत था आम समाज, जो सीमावर्ती इलाके में ग्रामों में रहता है। यह सीमाओं पर भारत का सजग प्रहरी है, जो हर समय खतरे की जिंदगी जीता है। गोलाबारी के कारण यह उजड़ा तथा इनमें अनेक मारे गए तथा घायल भी हुए हैं। करगिल क्षेत्र में पाँच कैंपों में 26000, जम्मू में 19 कैंपों में 60000 से अधिक लोग हैं। कपड़े, कंबल, खाद्य सामग्री तथा अन्य दैनिक उपयोग की वस्तुओं के पाँच-छह ट्रक सामान भेजे जा चुके हैं। अभी भी सामान भेजा जा रहा है। शहीद व घायल नागरिकों को भी आवश्यकता अनुसार आर्थिक मदद दी जा रही है। द्रास सेक्टर में पाक गोलाबारी में शहीद

तीन बंधु, जो कुली के रूप में कार्यरत थे, उनको आर्थिक मदद की गई। पलांवाला सेक्टर में मृतक चार बंधुओं को भी 5-5 हजार रुपए की मदद की गई।

यह सेवा तथा सहायता कार्य संपूर्ण संघ परिवार की शक्ति ने एकजुट होकर संपन्न किया है।

जन-जागरण द्वारा समाज की तैयारी—जन-जागरण के अनेक कार्यक्रम किए गए। समाज चेतना जाग्रत् करने हेतु जलसे, मशाल जलूस, मानव श्रृंखला के रूप में अखंड भारत निर्माण, 1, काररवाई गीरी मीटर चौड़े तथा 75 मीटर लंबे कपड़े पर 30,000 लोगों के राष्ट्रवादी संदेशों का संग्रह, छोटे बच्चों द्वारा धन-संग्रह एवं शोभायात्राएँ निकाली गईं। जन-जागरण के साथ-साथ युवक-युवतियों को सैनिक प्रशिक्षण एवं आत्मरक्षा (Self defence) का प्रशिक्षण भी दिया जा रहा है। यह प्रशिक्षण सेना सहयोग संगठन के नाम पर दिया जा रहा है। प्रशिक्षित सैकड़ों युवक-युवतियाँ आतंकवादियों एवं घुसपैठियों के विरुद्ध काररवाई करने में सेना व प्रशासन को हरसंभव सहयोग कर रहे हैं।

आज भारत की सरकार, सेना, गुप्तचर एजेंसियाँ, विपक्षी दल, पत्रकार एवं समाज सभी को जागरूक रहने की आवश्यकता है। अपने अंदर व्याप्त लापरवाही, कमजोरी को ढूँढ़ना और फिर उसे दूर करना हमारा नैतिक दायित्व बनता है। विजय के उन्माद में हम अपराधी को तथा उसके द्वारा किए गए अपराध (कसूर) को माफ न कर बैठें। आवश्यकता है जाँच द्वारा कसूरवार को खोजें तथा उसे ऐसी सजा दें, जिसके कारण कभी कोई गद्दार पैदा ही न हो और न ही कोई गद्दारी अथवा लापरवाही करने का दुःसाहस कर सके। देश रक्षा के मामले में लापरवाही भी बरदाश्त से बाहर है।

आनेवाले कल का जब विचार करते हैं तो सोचते हैं कि भारत-पाक युद्ध टाला जा सकता है। टालते भी रहना चाहिए, परंतु लगता है कि यह युद्ध शीघ्र ही बहुत भयानक रूप में लड़ा जाएगा और हमें लड़ना भी पड़ेगा। पाकिस्तान ने कहा है कि ''अनेक करगिल निर्माण हो सकते हैं।'' पाकिस्तान को कभी भी कमजोर नहीं मानना चाहिए। अपनी हार को सरलता से वह पचानेवाला नहीं है। वह एक शातिर देश है। वह छेड़छाड़ करते हुए हमें (भारत) भारी नुकसान

पहुँचाएगा। आज कुपवाड़ा, पुंछ, राजौरी व डोडा जिलों में बढ़ती घुसपैठ को देखकर लगता है कि पाकिस्तान की यह घोषणा कि अनेक करगिल बन सकते हैं, सच हो सकती है और हमें अनेक करगिल लड़ने पड़ेंगे। हमें अपनी निगरानी के साथ-साथ आक्रामक क्षमता को बढ़ाने की आवश्यकता है।

एक प्रश्न और भी उभरता है कि क्या अमरीका कामचलाऊ भारतीय प्रधानमंत्री अटल बिहारी को पाकिस्तान के साथ वार्त्ता के बिल क्लिंटन के निमंत्रण के ठुकराए जाने को भूल जाएगा या अंदर-ही-अंदर भारत को सबक सिखाने हेतु सजा देने के लिए काररवाई करेगा। पाक अपनी हार से तिलमिलाया है। अमरीका की दादागीरी को खुली चुनौती मिली है। भारत भी अब एक शक्तिशाली देश है, विश्व की बड़ी-बड़ी ताकतों को यह संदेश मिल चुका है। क्या ये सभी ताकतें मिलकर कहीं भारत को अथवा भारत की वर्तमान सरकार के नेतृत्व का इस चुनाव के समय सीमाओं पर अथवा भारत के अंदर छेड़छाड़ कर अस्थिर तो नहीं करेंगी? चीन ने भी पिछले एक-दो वर्षों से सीमाओं पर सतत छेड़छाड़ जारी रखी है। जानकारी के अनुसार हजार-डेढ़ हजार बार चीन ने हमारी सीमाओं पर अतिक्रमण किया है। हमें बहुत अधिक सावधान रहने की जरूरत है। कहते हैं—'चरखा चलता हाथों से, शासन चलता तलवारों से।'

करगिल युद्ध एवं पिछले दस वर्षों से चल रहा आतंकवाद एक बात की ओर भी संकेत करता है कि पाकिस्तान एवं अन्य कट्टरपंथी देश कठमुल्ला मौलवियों के सहयोग से साधारण युवकों के अंदर मजहबी उन्माद भरते हैं। उन्हें शस्त्र-अस्त्रों का प्रशिक्षण देकर आधुनिक एवं स्वचालित हथियार पकड़ा देते हैं। धन दिया जाता है। उनके मुँह को खून लगाया जाता है। यह साधारण दिखनेवाले बेरोजगार युवक हिंसक पशु के समान बनकर निर्दोष भारतीयों का खून बहाते हुए पूरे प्रदेश तथा देश को आतंकित कर रहे हैं। इनको अपनी जान की भी परवाह नहीं है। हमारे सामने देश विभाजन का भयानक खतरा खड़ा हो गया है। इस आतंकवाद को कुचलने का काम हमारी सेना कर रही है, परंतु वर्तमान अनुभव कह रहा है 'सठे साठ्यम् समाचरेत्' (Tit For Tat), अर्थात् हमें भी जम्मू-कश्मीर प्रदेश में, असम-त्रिपुरा आदि प्रदेशों में भी गाँव-गाँव से आम नवयुवकों को भरती कर उसे सैनिक प्रशिक्षण देकर हथियार पकड़ा देने चाहिए। उसको

अपने गाँव में रहते हुए गाँव व इलाके की सुरक्षा का दायित्व दे दिया जाए।

आज सैकड़ों ग्राम सुरक्षा समितियाँ बनी हुई हैं। अपने ऐसे प्रशिक्षित युवकों को हम मासिक मानधन दें। आतंकवाद से निबटने में ग्राम सुरक्षा समिति की आज भी महत्त्वपूर्ण भूमिका है। इनके पास आधुनिक व स्वचालित शस्त्र हों। इनका पूरा संगठन बना हो, आपसी तालमेल, सूचनाओं का आदान-प्रदान भी हो। पाकिस्तान को उसके लाड़ले आतंकवादियों एवं घुसपैठियों का जब तक भारत 200-400 लाशों का तोहफा भेंट नहीं करता, तब तक इस समस्या का समाधान भी निकलनेवाला नहीं है। यह तोहफा हमें ही पहल करके भेंट करना होगा और यह भेंट दो-चार बार करनी होगी, तभी समस्या का समाधान संभव है। इस समय में भारत सरकार अथवा सामाजिक संस्थाओं को यह घोषणा करनी चाहिए कि जो स्थानीय आतंकवादी को मारेगा, उसे उपयुक्त इनाम मिलेगा और जो विदेशी आतंकवादी को मारने का प्रमाण देगा, उसे और अधिक इनाम मिलेगा। एक-दो मास से अधिक नहीं लगेगा और यह आतंकवाद पूँछ दबाकर भागता नजर आएगा।

जन-जन में व्याप्त राष्ट्रवाद की उग्रचेतना को समझना भी जरूरी है। वर्तमान राष्ट्रवाद का प्रवाह दुश्मन को पराजित ही नहीं, बल्कि खत्म होते देखना चाहता है। भारतीय जनमानस में उपजा राष्ट्रवाद कह रहा है—

अब तो नगाड़ा बज ही चुका है, सरहद पर शैतान का।
नक्शे पर से नाम मिटा दो, पापी पाकिस्तान का।

राष्ट्रवाद की इस भावना को समझकर ही भारतीय नेतृत्व को आगे की रणनीति बनानी चाहिए। आओ हम संकल्प करें—"कल कहाँ मिलेंगे, लाहौर में मिलेंगे, ढाका में मिलेंगे।"

□

आगरा शिखर वार्त्ता : एक विश्लेषण

भारत विश्व में शांतिप्रिय, समन्वयवादी, अहिंसक, अनेकता में एकता अर्थात् एकं सद् विप्रा बहुधा वदन्ति, विकास एवं खुशहाली में विश्वास रख, ज्ञान पर आधारित व्यवहार के लिए जाना जानेवाला देश रहा है, जहाँ धर्म-नैतिकता एवं सांस्कृतिक जीवन-मूल्य प्रधान हैं। जिस देश की कोख से अनेक राज्यों ने जन्म लिया, जो विभिन्न देश कहलाते हैं, जैसे—तिब्बत, नेपाल, ब्रह्मदेश (म्याँमार), श्रीलंका (सिंहलद्वीप), अफगानिस्तान आदि। इन राज्यों का निर्माण भारतीय राष्ट्र का विभाजन नहीं कहलाया, परंतु पाकिस्तान के निर्माण को नए राज्य का जन्म न मान अंग्रेजों ने इसे विभाजन कहा और पाकिस्तान ने इसलाम को द्विराष्ट्रवाद की संज्ञा देकर घृणा अर्थात् भारतविद्वेष को इस राज्य के निर्माण का आभूषण बना दिया। जैसे आभूषण नारी का सौम्य शृंगार है, उसी प्रकार से क्रूर पाकिस्तान का भारतविद्वेष आभूषण बन गया है।

हर समझौते में भारत ने खोया, परंतु हर युद्ध भारत ने जीता

हमें अपने पड़ोसी पाकिस्तान का अध्ययन नि:संकोच भाव से तथ्यों एवं आँकड़ों के आधार पर करना चाहिए। आज से 54 वर्ष पूर्व 14 अगस्त, 1947, रात्रि 12.00 बजे पाकिस्तान का जन्म हुआ और 15 अगस्त, 1947 भारत की अंग्रेजों से स्वतंत्र होने की तिथि स्थापित हो गई। पाकिस्तान ने जन्मते ही नारा लगा दिया—'हँसकर लिया है पाकिस्तान, लड़कर लेंगे हिंदुस्तान', 'जम्मू-कश्मीर के बिना पाकिस्तान अधूरा है'। इस नारे का विश्लेषण पाकिस्तान के मंतव्य एवं व्यवहार को दरशाता है। पाकिस्तान चार बार हिंदुस्तान पर प्रत्यक्ष आक्रमण, क्रमश: सन् 1947, 65, 71 एवं 1999 में कर चुका है और पिछले

12–13 वर्षों से आतंकवाद के रूप में गुरिल्ला युद्ध अर्थात् पाँचवाँ आक्रमण जारी है। इन आक्रमणों के आगे-पीछे चार समझौते क्रमश: अप्रैल 1950 में कराँची (पं. नेहरू-लियाकत अली खाँ), जनवरी 1966 में ताशकंद (लालबहादुर शास्त्री-अयूब खान), जुलाई, 1972 में शिमला (इंदिरा गांधी-जुल्फिकार अली भुट्टो) तथा फरवरी, 1999 में लाहौर घोषणा (अटल बिहारी वाजपेयी-नवाज शरीफ) में हो चुके हैं। हर बार भारतीय फौज आगे बढ़ी, परंतु विदेशी दबाव में झुककर समझौता करना पड़ा। हर बार युद्धभूमि में विजयी भारत वार्त्ता की मेजनीति में हारा। प्रथम तीन युद्धों व समझौतों में पाकिस्तान हमारे जम्मू-कश्मीर की 2 लाख, 22 हजार, 236 वर्ग कि.मी. भूमि में से 83 हजार वर्ग कि.मी. के लगभग भूमि छीनकर ले गया। इस पाक कब्जे की भूमि में से पाकिस्तान ने 5,180 वर्ग कि.मी. चीन को 1960 में भेंट कर दी थी। केवल सन् 1999 का करगिल युद्ध एक ऐसा युद्ध है, जिसमें भारत विदेशी दबाव में झुका नहीं और हमने पाकिस्तान से एक-एक इंच जमीन खाली करवाने में सफलता प्राप्त की। शहीद सैनिकों का राष्ट्रीय सम्मान कर समाज को देशभक्ति के उफनते सागर में बदल दिया।

वार्त्ताएँ ही वार्त्ताएँ, शांति हेतु 49वीं वार्त्ता

जारी पाँचवें युद्ध से निजात पाने के लिए भारत शांति वार्त्ता द्वारा मार्ग खोजने के लिए प्रयासरत है। आगरा शिखर वार्त्ता, 2001 हिंदुस्तान-पाकिस्तान के बीच की 49वीं वार्त्ता थी। वार्त्ताओं के इतिहास में बारह-बारह वार्त्ताएँ— नेहरू-पाक, राजीव-पाक, सात वार्त्ताएँ नरसिंहराव-पाक, चार-चार वार्त्ताएँ इंदिरा-पाक, गुजराल-पाक, अटलबिहारी-पाक तथा दो-दो वार्त्ताएँ शास्त्री-पाक, चंद्रशेखर-पाक तथा एक-एक वार्त्ता मुरारजी-पाक, वेंकटरमण-पाक के बीच हो चुकी हैं। यह वार्त्ता वाजपेयी-मुशर्रफ के बीच संपन्न हुई है। वैसे तो भारत-पाक के बीच 30 से अधिक सद्भावना मिशन का आदान-प्रदान हुआ है। दो यात्राएँ 'समझौता रेलवे एक्सप्रेस' तथा 'दिल्ली-लाहौर' बस यात्रा प्रारंभ हो चुकी हैं। इन सब प्रयत्नों के बावजूद हजारों लोगों की मौत व हजारों ही नागरिक अपाहिज हो चुके हैं। लाखों लोग आज भी उजड़ी हुई जिंदगी जीने

को मजबूर हैं। करोड़ों अरब रुपया विकास की बजाय इन रक्तरंजित युद्धों में बरबाद हो चुका है। सीमाओं पर सदा तनाव एवं गोलाबारी जारी है। 53 वर्ष के 636 महीने तथा 2756 सप्ताह बनते हैं। एक भी वर्ष, महीना तो क्या सप्ताह भी ऐसा नहीं, जब सीमा पार से गोलाबारी तथा घुसपैठ नहीं हुई हो। 14-15-16 जुलाई, 2001 को जब शिखर वार्त्ता हो रही थी, तब भी पाकिस्तान सीमा पर गोलाबारी कर रहा था तथा पाकिस्तान की ओर से घुसपैठ भी जारी थी। शांति वार्त्ता के समय यह गतिविधि होना पाक की नीयत को संदेह के घेरे में खड़ा करता है।

इस लेख में 49वीं भारत-पाक अर्थात् आगरा शिखर यानी वाजपेयी-मुशर्रफ वार्त्ता का विश्लेषण कर रहा हूँ। अनेक बुद्धिजीवियों, नेताओं, विद्वानों एवं पत्रकारों ने इस वार्त्ता का अपने-अपने ढंग से विश्लेषण किया है। मैं भी विश्लेषण में कुछ नए पहलुओं को प्रस्तुत कर रहा हूँ। इस 49वीं वार्त्ता की विफलता में ही भारत की सफलता है। समझौता नहीं होना था और नहीं हुआ, यह भारत के शक्तिशाली होने का प्रमाण है। समझौता होने का मतलब था; भारत का एक बार पुन: विश्व शक्तियों के दबाव में झुकना और पाकिस्तान की कुछ शर्तें स्वीकार कर लेना अर्थात् कुछ दे देना। समझौता भारतीय स्वाभिमान को आहत करते हुए भारतीय नेताओं के मुख पर कालिख पोत देता। इस वार्त्ता में हमने क्या खोया, क्या पाया, इसका विश्लेषण आगे के नीति-निर्धारण में एक बड़ी सहायक भूमिका निभाएगा।

भारत शांतिप्रिय, पाक युद्ध-पिपासु देश

सन् 1999 का करगिल युद्ध देनेवाले पाकिस्तान और उसके वर्तमान सेनाध्यक्ष परवेज मुशर्रफ ही वह शख्सियत है, जिसने लाहौर यात्रा के समय भारत के प्रधानमंत्री को सैल्यूट तो किया ही नहीं, बल्कि अनुपस्थित रहकर अपमान का संदेश दिया। शांति वार्त्ता की पीठ में छुरा घोंप पाक सेनाओं की करगिल क्षेत्र में घुसपैठ करवाकर भारत पर चौथा प्रत्यक्ष आक्रमण कर दिया। पाकिस्तान में चुनी हुई सरकार के राष्ट्रपति नवाज शरीफ का तख्ता पलटकर सैनिक शासन लाद दिया। भारत ने फिर भी इस अपमान व युद्ध के जख्मों को

भुलाकर सेनाध्यक्ष से जोर-जबरदस्ती से बने पाक राष्ट्रपति को वार्त्ता हेतु निमंत्रण दिया। यह संभवतया भारतीय नेतृत्व की उच्च सांस्कृतिक जीवन-मूल्यों की मान्यता का द्योतक ही है, जबकि पाकिस्तान युद्ध-पिपासु देश है, परंतु वार्त्ता में हमने करगिल जख्मों को भुलाकर एक तरफ डाल दिया था, जबकि मुशर्रफ साहब बोले, बँगलादेश निर्माण अर्थात् भारत द्वारा पाकिस्तान को तोड़ने के जख्म अभी भरे नहीं हैं, जबकि सच्चाई यह है कि यह तो पश्चिमी पाकिस्तान के विरुद्ध पूर्वी पाकिस्तान (वर्तमान बँगलादेश) का विद्रोह था। जिस विद्रोह ने सिद्ध किया कि द्वि-राष्ट्रवाद का सिद्धांत सर्वथा गलत और आधारहीन है। केवल मुसलमान होने से वह किसी के साथ रहने लायक नहीं, अगर वह सत्य है तो इसका अर्थ निकलता है कि इसलाम मतावलंबी अच्छा मित्र अथवा पड़ोसी हो ही नहीं सकता।

पाकिस्तान को इसलाम एकजुट रखने में विफल

वार्त्ता में भारत ने बेरोजगारी, भुखमरी, गरीबी, व्यापारिक आदान-प्रदान एवं विकास योजना के साथ-साथ शिक्षा के बारे में चर्चा कर अनेक योजनाएँ बनाने का प्रयास करना चाहा, जबकि पाकिस्तान के राष्ट्रपति ने इसमें कोई रुचि नहीं दिखाई। इससे यह बात ध्यान में आती है कि पाकिस्तानी राष्ट्रप्रमुख को पाक जनता की मुसीबतों एवं दुःखों में कोई रुचि नहीं है। पाक के राष्ट्रपति जनता को केवल गुलाम अथवा हिंसक पशु मानते हैं तथा पाक जनता की भोजन-सामग्री भारत-द्वेष ही है।

भारत का यह निश्चित मत है कि पाकिस्तान द्वारा ही भारत में आतंकवाद फैलाया जा रहा है। उसके लिए प्रशिक्षण, घुसपैठ, अवैध हथियारों की सप्लाई जोर-शोर से हो रही है। मुसलिम युवकों को मजहब के नाम पर भड़काकर, कुछ लालच देकर आतंकवादी बनाया जा रहा है। भारत इस बात को सदैव कहता रहा है कि जब तक पाकिस्तान सीमापार से आतंकवाद को पालता-पोसता व संचालित करता रहेगा, तब तक पाकिस्तान से कोई वार्त्ता नहीं करेंगे, परंतु भारत ने इस सत्य की उपेक्षा कर पाकिस्तान को निमंत्रण दिया और अपने घर में बुलाकर भरपूर सम्मान देते हुए पाक को स्पष्ट शब्दों में कहा कि तुम

आतंकवाद को शह देनेवाले ही नहीं हो बल्कि आतंकवादी देश हो, यह तुम्हें मानना पड़ेगा। भारत ने सत्य को अपराधी के मुँह पर कहकर उसे कठघरे में खड़ा कर दिया और विश्व भर को बताया कि अपराधी कौन है तथा कितना क्रूर है, उसके हाथ लाखों लोगों के रक्त से सने हैं। पाकिस्तान इतना ढीठ तथा बेशर्म देश है, कहता है कि अगर हिंदुस्तान झुका नहीं तो आतंकवाद और उग्र होगा।

पाकिस्तान ने आतंकवाद की लड़ाई को स्वतंत्रता की लड़ाई (जेहाद) का नाम दिया तथा भारतीय कश्मीरियों में पाकिस्तानी एजेंट हुर्रियत को भारत के मना करने पर भी निमंत्रण देकर बात करने से भारत व विश्व के मानवीय देशों को एक संदेश दिया कि अब आपको भी पाकिस्तान के अंदरूनी मामलों में दखल देने का अधिकार है। आज पाकिस्तान में उसके वतनी एवं मजहबी भाई पख्तून, बलूच, सिंधी, मुहाजिर, बाल्टीस्तानी, मीरपुरियों एवं मुजफ्फरावादियों पर खूब अत्याचार हो रहे हैं। भेदभाव से पीड़ित ये सभी प्रांतीय एवं जातीय समूह पाकिस्तान से आजादी चाहते हैं। अब इस वार्त्ता के पश्चात् भारत को यह संवैधानिक एवं नैतिक अधिकार मिल गया है। वह भी पाकिस्तान के साथ जैसे को तैसा 'Tit for Tait' का व्यवहार कर पाकिस्तान में अत्याचार सहन कर रही इन पाक जातियों को सहयोग करे, ताकत दे, ताकि उन पर होनेवाले अत्याचारों से वे मुक्त होकर शांति से अपनी खुशहाल जिंदगी जी सकें।

पाक झूठा व बेईमान देश है

भारत द्वारा वार्त्ता में दोनों तरफ के जो भी युद्ध व अन्य बंदी हैं, उनको छोड़ने की बात उठाई गई और कहा कि वर्षों से जो परिवार अपने आत्मीय जनों के बिछोह की वेदना सह रहे हैं, उनके दु:खों को दूर करने के लिए सभी बंदियों को मुक्त कर भाईचारे व शांति का संदेश दिया जाए। भारत ने सभी बंदियों को छोड़ने हेतु पूरी जानकारी एकत्र कर उनको छोड़ने की घोषणा भी कर दी, परंतु घोर आश्चर्य कि पाकिस्तानी सेनाध्यक्ष व उनके विदेश मंत्री ने सफेद झूठ बेशर्मी के साथ बोला कि पाकिस्तान में भारतीय बंदी हैं ही नहीं। लोगों ने प्रमाण दिए। फोटो, तारीख, जेल तथा कारण बताए। पाकिस्तानी जेलों

का निरीक्षण करने से पता चला कि कैदी हैं। अनेक तो पागल से हो गए हैं। भारत यह सिद्ध करने में सफल हुआ कि पाकिस्तान एकदम झूठा व बेईमान देश है।

पाकिस्तान अपराधियों की शरणस्थली

भारतीय प्रधानमंत्री Statesman तथा दूरदृष्टा हैं। इंदिरा गांधी के विरोधी होने पर भी शिमला समझौते का सम्मान कर बताया कि हम घर में लड़ेंगे, पर दूसरों के लिए हम एक हैं, जबकि पाक राष्ट्राध्यक्ष ने अपने पूर्वजों के समझौतों शिमला व लाहौर घोषणा को नकार दिया। यह कदम statesmanship के अभाव को प्रकट करता है। पूर्वजों के प्रति नफरत को दरशाता है। भारत ने वार्त्ता में जघन्य हत्यारा व माफिया सरगना दाऊद इब्राहिम व उसके साथी तथा विमान अपहरणकर्ता अजहर मसूद आदि अंतरराष्ट्रीय कुख्याति के भारतीय अपराधियों को पाकिस्तान द्वारा शरण दिए जाने का विरोध करते हुए उनको भारत के सुपुर्द करने की बात पूरी ताकत से कही। पाकिस्तान ने इनकार किया। इससे विश्व को यह जानकारी मिली कि पाकिस्तान अपराधियों की शरणस्थली है और पाकिस्तानी स्वयं भी अपराधी मनोवृत्ति का देश है।

पाक से वार्त्ता 1947 के आक्रमण से

हर बार की तरह इस बार भी पाकिस्तान ने राग अलापा कि सन् 1949 के यू.एन.ओ. के प्रस्ताव को अर्थात् भारत (पं. नेहरू) द्वारा जनमत संग्रह की बात स्वीकार की गई थी, उसी को आधार मानकर कश्मीर में जनमत संग्रह हो और इसी के आधार पर वहाँ की जनता जो निर्णय करे, वह माना जाए। इस तर्क को भारतीय नेताओं व बुद्धिजीवियों ने कभी काटा नहीं था, परंतु पहली बार भारत के प्रधानमंत्री ने साफ कहा कि मुशर्रफ साहब, फिर तो हमें 1947 पर जाना होगा, जब महाराजा के हस्ताक्षर से कश्मीर संवैधानिक रूप से भारत का अंग बन गया और पाकिस्तान ने अनैतिक कार्य कर हमला किया और बहुत बड़ा भू-भाग जम्मू-कश्मीर का पाकिस्तान ने अवैध रूप से हथिया लिया है। अगर पीछे जाना है तो पाकिस्तान आक्रांता है और उसने कश्मीर पर अवैध कब्जा जमाया हुआ है। अब भारत का यह Claim कि पाक अधिकृत कश्मीर

पर वार्त्ता होगी, जो कि पूर्णतया सही है।

भारत में मसजिदों के प्रति सम्मान है, परंतु पाकिस्तान में मंदिरों व गुरुद्वारों की स्थिति दयनीय है। पहली बार वार्त्ता में यह प्रश्न उठाया गया और पाकिस्तान को मानना पड़ा कि वे इन धार्मिक अधिकारों की स्थिति सुधारने हेतु विचार करेंगे, जबकि अनेक भारतीय मुसलमानों ने साफ शब्दों में कहा कि पाकिस्तान को हिंदुस्तान के मुसलमानों की रहनुमाई करने की कोई जरूरत नहीं है, हम हिंदुस्तानी हैं, पाकिस्तानी नहीं हैं।

पाक राष्ट्रपति व सेनाध्यक्ष मात्र कठपुतली

पाकिस्तान केवल कश्मीर-कश्मीर ही रटता रहा, जब अन्य कुछ विषय समझौते के लिए चर्चा में आए तो मुशर्रफ साहब बोले, ''अगर मैंने कश्मीर के अतिरिक्त कोई बात की तो मैं फिर पाकिस्तान नहीं लौट सकूँगा, बल्कि मुझे दिल्ली (भारत) में नहरवाली हवेली में ही रहने को मजबूर होना पड़ेगा।'' वार्त्ता के समय स्पष्ट हो गया कि पाकिस्तान का राष्ट्रपति व सेनाध्यक्ष न तो शासनकर्ता और न ही नियंत्रक हैं, बल्कि असली सत्ता तो कट्टरपंथी, आतंकवादी गिराहों के हाथों में है। राष्ट्रपति व सेनाध्यक्ष तो खिलौना मात्र हैं। लोकतंत्र पाकिस्तान की तसवीर नहीं है। इसलिए पाक जनता को भारत-विद्वेष तथा रक्तपात में ही जीना है। पाक सेनाध्यक्ष ने अवैध रूप में प्रेसवार्त्ता कर सभी शालीनताओं को ताक पर रख स्वयं को समन्वयवादी, समझौतावादी व शांतिप्रिय की बजाय युद्धपिपासु घोषित करके जान बचाई।

वार्त्ता में भारत को दबाव डाल झुका नहीं सकने की पराजय लेकर पाक राष्ट्रपति भारत के प्रधानमंत्री के सामने गिड़गिड़ाए कि कुछ समझौता हो जाए। जब भारत नहीं माना तो बिना अजमेर शरीफ पर माथा नवाए, सभी तोहफे छोड़, आधी रात में बिना विदाई के भारत छोड़कर जाने को मजबूर हो गए और कहा, मैं खाली हाथ लौट आया हूँ।

भारतीय पत्रकारिता राष्ट्रवादी बने

भारत के पत्रकार-जगत् का इस वार्त्ता में व्यवहार आश्चर्यजनक रहा। मैं स्वयं आगरा में उपस्थित था। पाकिस्तानी पत्रकार, चाहे मुशर्रफ कमजोर पड़े

अथवा अड़ियल रुख लिया, परंतु पाक पत्रकार पाकिस्तानी ही रहा, उसने मुशर्रफ को बदनाम अथवा नंगा नहीं किया, समझौते में दबना चाहिए, यह दबाव नहीं बनाया, परंतु भारतीय पत्रकार भारत व भारतीय नेतृत्व को कमजोर करने में ही अपनी शेखी बघारता रहा। आगरा शिखर वार्त्ता ने भारतीय पत्रकार जगत् को एक बार अपने रवैए के प्रति पुनर्विचार का सुअवसर दिया है कि वह मूल्यांकन कर अपने रवैए में 'दूसरों को हीरो, भारत को जीरो' बनाने के स्वभाव को बदलकर राष्ट्रवादी सोच का व्यवहार करे। भारत सरकार को भी अपने मीडिया को विश्वास में रखने की आवश्यकता है और उसके लिए योग्य नीति बनानी चाहिए।

अतिथि देवो भव में अनावश्यक व्यय नहीं

पाकिस्तानी सेनाध्यक्ष की आवभगत पर भारत ने बहुत ही विलासितापूर्ण व्यय किया है। हो सकता है कि भारतीय नेतृत्व की कूटनीतिक समझ रही हो कि इस आवभगत से पाक नेता ठीक रास्ते पर आ जाए, परंतु भारतीय जनता को यह भव्य स्वागत दुश्मन को ठीक संकेत देनेवाला नहीं लगा। इस वार्त्ता का इतना अधिक प्रचार व स्वागत पर इतना अधिक व्यय शायद सद्‍गुण विकृति का साक्ष्य बन गया। कहते हैं कि आशा से उम्मीदें बनती हैं, परंतु जरूरत से ज्यादा आशावाद निराशा-हताशा को ही जन्म देता है। जब उसके कारण विरोध उभरता है तो नेतृत्व में उसे सहने व सुनने की ताकत भी होनी चाहिए। जब नेता केवल वाहवाही की ही उम्मीद करें तो वे विरोध को सह नहीं पाते और भड़कने व क्रोधी होने लगते हैं। उसके कारण वे अपनी शासन (नेतृत्व) क्षमता खो बैठते हैं। नेता फिर भी स्वार्थी हो सकते हैं, जनता सदैव निस्स्वार्थी होती है। यह तथ्यपूर्ण सिद्धांत सदैव स्मरण रखना चाहिए। फिर भी भारतीय जनता ने अपने देशभक्त एवं प्रिय नेताओं को भरपूर समर्थन दिया है।

छद्‍मयुद्ध का उत्तर गुरिल्ला युद्ध से

अगर हिंदुस्तान का नेतृत्व चाहता है कि कश्मीर समस्या का समाधान निकले तो उसे वार्त्ताओं पर उम्मीदें नहीं टिकानी चाहिए। वार्त्ताएँ करें, परंतु फरियादी बनकर नहीं कि पाक आतंकवाद को रोके, अपराधी वापस करे, यह

हमारी कमजोरी का प्रतीक है। वार्त्ता करें, परंतु एक नागरिक के बदले में 10 आतंकवादियों की लाश बिछाकर, घुसपैठियों को सीमाओं पर मार गिराकर, भारतीय सीमा पर अगर एक गाँव खाली होता है तो पाकिस्तान के दो-पाँच गाँव खाली होने चाहिए। पाकिस्तान को मजबूर करें कि वह दोस्ती का हाथ आगे बढ़ाए, तब हमारा हाथ शक्तिशाली हाथ होगा। अभी तो हमारी शांति वार्त्ता कमजोरी की द्योतक है। राष्ट्रवाद घोषणाओं का नहीं, काररवाई का दूसरा नाम है। Action is the only need of the day.

जब भारतीय नेतृत्व, चाहे वह सत्तापक्ष या विपक्ष, कहता है कि हम कश्मीरियों को अधिक स्वायत्तता देने के बारे में सोच सकते हैं, इससे पाकिस्तानियों व आतंकवादियों को संकेत जाता है कि हिंदुस्तान का नेतृत्व झुक रहा है, थोड़ा अधिक दबाव बनाओ। जब भारतीय नेता ऑटोनोमी की बात करनेवाले डॉ. फारुख को साथ बिठाकर कश्मीर समस्या का समाधान खोजते हैं तो पाक व आतंकवादियों को लगता है कि हत्याकांड बढ़ाओ, हिंदुस्तान कमजोर पड़ रहा है और कमजोर पड़ जाएगा। जब हिंदुस्तान का सत्तापक्ष तथा विपक्ष का नेतृत्व धारा 370 हटाकर जनसंख्या संतुलन करने के इरादे को संसद् में बैठने के मोह में अथवा वोट के लालच में छोड़ देता है, तब पाकिस्तानी, आतंकवादियों व अलगाववादियों को लगता है कि भारतीय नेतृत्व में इच्छाशक्ति नहीं है, इसलिए थोड़ा और अधिक जोर लगाओ, कश्मीर को भारत से अलग करने का सपना साकार हो जाएगा।

पाकिस्तान ने यह पाँचवाँ युद्ध आतंकवाद के रूप में थोपा है। कश्मीरी, पाकिस्तानी, सुडानी, अफगानी नवयुवकों को मजहब के नाम पर भड़काकर, प्रशिक्षित कर, हथियार देकर हिंदुस्तान में रक्त बहाना शुरू कर रखा है। भारत को चाहिए कि 25-30 हजार जम्मू-कश्मीर के ही युवकों व अवकाशप्राप्त सैनिकों को प्रशिक्षित कर, हथियार व अन्य सुविधा देकर 'आतंकवादी खोजो और मारो' की नीति अपनाकर पाकिस्तान को मुँहतोड़ जबाव दे। प्रत्येक ऐसे नागरिक, ग्राम सुरक्षा समिति सदस्य तथा सैनिक, अर्द्धसैनिक व पुलिसकर्मी, जो आतंकवादी को मारता है, को पुरस्कार देकर सम्मानित किया जाए। पाँच-दस आतंकवादियों को प्रत्यक्ष मारनेवाले तथा पचास-सौ आतंकवादियों को

मरवाने की योजना करनेवालों को गेलेंट्री अवार्ड दिए जाएँ। देशभक्त मुसलिम ताकतों को पाकपरस्त, कट्टरपंथी, अलगाववादी व हिंसकों के विरुद्ध संगठित किया जाए। मुसलमानों में ऐसी संस्था कम नहीं हैं, जो भारतीय सेना, प्रशासन व पुलिस को आतंकवादियों व घुसपैठियों के बारे में ठोस जानकारी देती हैं। ऐसे सैकड़ों नहीं, हजारों मुसलमान भी आतंकवादियों द्वारा मारे गए हैं।

राष्ट्रवाद समझौता नहीं, तलवार की धार पर चलना

भारत का दुर्भाग्य है कि राष्ट्रवाद समझौतारूपी नौका से देश की एकता व अखंडता की मुसीबतों से पार ले जाना चाहता है, जबकि सत्य है कि राष्ट्रवाद तो तलवार की धार पर चलने से चमकता है, तभी एकता व अखंडता की रक्षा हो पाती है। राष्ट्रवाद के पुरोधा समझौते की नौकाओं पर सवार न होकर तलवार की धार पर चलने का साहस जुटाएँ; भारत की एकता, अखंडता व स्वतंत्रता की सुरक्षा की गारंटी मिलेगी, भारत विश्वशक्ति के रूप में स्थापित होगा। राष्ट्रवादी नेतृत्व इतिहास-पुरुष बनेंगे।

अखंडता है ही नियति

आगरा शिखर वार्त्ता ने भारत व पाकिस्तान के सामने दो विकल्प प्रस्तुत किए हैं—एक, गुरिल्ला युद्ध अथवा प्रत्यक्ष युद्ध; दूसरा, वार्त्ता। समय तथा दोनों देशों की भूमिकाएँ निश्चित करेंगी कि किस पर्याय से इतिहास आगे बढ़ेगा, परंतु दोनों ही मार्ग भारत की अखंडता को प्रस्थापित करनेवाले होंगे। अगर किसी भी प्रकार का युद्ध होता है तो भौगोलिक एवं सांस्कृतिक अखंडता होगी, क्योंकि अब युद्ध भारत को लड़ना है, वह भी लाहौर में। अगर युद्ध टाला जाता है और वार्त्ता का मार्ग अपनाया जाता है तो सांस्कृतिक अखंडता बनी रहेगी। भारतीय एवं पाकिस्तानियों की विरासत, पूर्वज, इतिहास, जाति, जुबान एवं जमीन सबकुछ एक ही है, केवल मजहब अलग है, शेष सबकुछ साँझा है। अब दोनों को लड़वानेवाले कुटिल अंग्रेज भी बीच में नहीं हैं। इस कारण वार्त्ता में जो भी समझौते होंगे, उससे राज्य तो रहेंगे, परंतु वे सांस्कृतिक अखंडता को प्रस्थापित करेंगे। अखंड भारत ही नियति है, अब इसे कोई रोक नहीं सकेगा। प्रश्न एक ही है कि यह कब होगा, किस प्रकार से होगा और

किसके नेतृत्व में होगा? युद्ध भी होगा, वार्त्ताएँ भी होंगी और भारत अखंड होकर रहेगा। आगरा शिखर वार्त्ता भविष्य का सच्चा दर्पण है।

भारत-पाक शिखर वार्त्ताओं का सफरनामा

क्र. सं.	तारीख	स्थान	किन-किन के बीच हुई वार्त्ता
1.	29.8.1947	लाहौर	माउंटबेटन, नेहरू और जिन्ना व लियाकत
2.	18.9.1947	नई दिल्ली	नेहरू और लियाकत अली खाँ
3.	28.11.1947	नई दिल्ली	नेहरू और लियाकत अली खाँ
4.	8.12.1947	लाहौर	माउंटबेटन, नेहरू और जिन्ना व लियाकत
5.	2.4.1950	नई दिल्ली	नेहरू और लियाकत अली खाँ
6.	26.4.1950	कराची	नेहरू और लियाकत अली खाँ
7.	20.7.1950	नई दिल्ली	नेहरू और लियाकत अली खाँ
8.	25.7.1953	कराची	नेहरू और मोहम्मद अली
9.	17.8.1953	नई दिल्ली	नेहरू और फिरोज खान नून
10.	9.9.1958	नई दिल्ली	नेहरू और फिरोज खान नून
11.	1.9.1959	नई दिल्ली	नेहरू और अयूब खान
12.	19.9.1960	कराची	नेहरू और अयूब खान
13.	12.10.1964	कराची	लाल बहादुर शास्त्री और अयूब खान
14.	जनवरी, 1966	ताशकंद	लाल बहादुर शास्त्री और अयूब खान
15.	जुलाई, 1972	शिमला	इंदिरा गांधी और जुल्फिकार अली भुट्टो
16.	31.8.1978	नैरोबी	मोरारजी देसाई और जिया उल हक
17.	18.4.1980	सेल्सबरी	इंदिरा गांधी और जिया उल हक
18.	1.11.1982	नई दिल्ली	इंदिरा गांधी और जिया उल हक
19.	10.3.1983	नई दिल्ली	इंदिरा गांधी और जिया उल हक
20.	4.11.1984	नई दिल्ली	राजीव गांधी और जिया उल हक
21.	13.3.1985	मास्को	राजीव गांधी और जिया उल हक
22.	23.10.1985	न्यूयॉर्क	राजीव गांधी और जिया उल हक
23.	18.11.1985	ओमान	राजीव गांधी और जिया उल हक
24.	7.12.1985	ढाका	राजीव गांधी और जिया उल हक
25.	17.12.1985	नई दिल्ली	राजीव गांधी और जिया उल हक
26.	15.3.1986	स्टाकहोम	राजीव गांधी और मोहम्मद खान जुनेजो

27.	17.11.1986	बंगलौर	राजीव गांधी और मोहम्मद खान जुनेजो
28.	21.2.1987	नई दिल्ली	राजीव गांधी और जिया उल हक
29.	4.11.1987	काठमांडू	राजीव गांधी और मोहम्मद खान जुनेजो
30.	20.8.1988	इसलामाबाद	आर. वेंकटरमण और गुलाम इशाक खान
31.	29.12.1988	इसलामाबाद	राजीव गांधी और बेनजीर भुट्टो
32.	जुलाई 1989	इसलामाबाद	राजीव गांधी और बेनजीर भुट्टो
33.	22.11.1990	माले	चंद्रशेखर और नवाज शरीफ
34.	24.5.1991	नई दिल्ली	चंद्रशेखर और नवाज शरीफ
35.	17.10.1991	हरारे	नरसिम्हा राव और नवाज शरीफ
36.	21.12.1991	कोलंबो	नरसिम्हा राव और नवाज शरीफ
37.	2.2.1992	दाओस	नरसिम्हा राव और नवाज शरीफ
38.	14.6.1992	रियो दि जिनेरियो	नरसिम्हा राव और नवाज शरीफ
39.	3.9.1992	जकार्ता	नरसिम्हा राव और नवाज शरीफ
40.	11.4.1993	ढाका	नरसिम्हा राव और नवाज शरीफ
41.	2.5.1995	नई दिल्ली	नरसिम्हा राव और फारुख अहमद लेघारी
42.	12.5.1997	माले	आई.के. गुजराल और नवाज शरीफ
43.	23.9.1997	न्यूयॉर्क	आई.के. गुजराल और नवाज शरीफ
44.	25.10.1997	एडिन वर्ग	आई.के. गुजराल और नवाज शरीफ
45.	15.1.1998	ढाका	आई.के. गुजराल और नवाज शरीफ
46.	29.7.1998	कोलंबो	अटल बिहारी वाजपेयी और नवाज शरीफ
47.	23.9.1998	न्यूयॉर्क	अटल बिहारी वाजपेयी और नवाज शरीफ
48.	20.2.1999	लाहौर	अटल बिहारी वाजपेयी और नवाज शरीफ
49.	15-16.7.2001	आगरा	अटल बिहारी वाजपेयी और मुशर्रफ

□

खंड-3

जम्मू-कश्मीर की सांस्कृतिक एकता : तीर्थयात्राएँ

अगस्त, सन् 1947 में अंग्रेज द्वारा किए गए अंतिम क्रूरतापूर्ण विभाजन से बने पश्चिमी एवं पूर्वी पाकिस्तान ने जन्मते ही नारा लगाया—'हँसकर लिया है पाकिस्तान, लड़कर लेंगे हिंदुस्तान' एवं 'कश्मीर के बिना पाकिस्तान अधूरा है।' इसके साथ ही ठीक दो मास के पश्चात् अक्तूबर, 1947 में घुसपैठ करते हुए पश्चिमी पाकिस्तान ने कबाइली एवं फौज द्वारा भारत के जम्मू-कश्मीर भू-भाग पर आक्रमण कर दिया। भारत के तत्कालीन प्रधानमंत्री पं. नेहरूजी की अदूरदर्शिता व मातृभूमि को भूमि मात्र मानने की प्रवृत्ति ने एक के बाद एक भूलें कीं और जम्मू-कश्मीर का 40 प्रतिशत के लगभग भू-भाग पाकिस्तान अवैध रूप से झपटने में सफल हो गया, जो पाक अधिकृत कश्मीर कहलाता है तथा हमारे पास बचा अपना भू-भाग भी अंतरराष्ट्रीय शक्तियों का खिलौना व अड्डा बन गया।

पाकिस्तान ने 1947 के पश्चात् घुसपैठ व प्रत्यक्ष आक्रमण द्वारा सन् 1965 व 1971 में भी प्रयत्न किया कि जम्मू-कश्मीर पर कब्जा कर सके, परंतु उसे हर बार जमीन पर मुँह की खानी पड़ी, परंतु अंतरराष्ट्रीय षड्यंत्रकारी ताकतों के दबाव में भारत के राजनीतिक नेता (कांग्रेस) जमीन पर जीती बाजी को मेज पर (वार्त्ता में) हारते रहे। इस बीच, सन् 1959 में तिब्बत को हड़पने के पश्चात् सन् 1962 में चीन ने मध्य हिमालय में घुसपैठ कर भारत पर प्रत्यक्ष आक्रमण कर दिया। पं. नेहरू के नेतृत्व में भारत सरकार 'हिंदी-चीनी भाई-भाई' के नारे लगा रही थी और इसका लाभ उठाकर चीन 70 से 80 हजार वर्ग

किमी. भूमि लद्दाख (कश्मीर) व अरुणाचल आदि की हड़प कर गया। उस समय नवंबर, 1962 में भारतीय संसद् ने दल व पंथीय राजनीति से ऊपर उठकर चीन से एक-एक इंच भूमि खाली करवाने का प्रस्ताव पारित कर संकल्प लिया था, परंतु उस समय का पं. नेहरू का दुर्भाग्यपूर्ण कथन "Not even a blade of grass is growing there" इतिहास की सच्चाई बन चुका है। जब कश्मीर में आतंकवाद चरम सीमा पार कर चुका था, तब पाकिस्तानी तानाशाह परवेज मुशर्रफ ने सन् 1999 में करगिल युद्ध के रूप में पाक सपने को सच करने के प्रयास में पुनः पराजय का मुँह देखा।

पाकिस्तान को सन् 1971 में पूर्वी पाकिस्तान, जो आज बँगलादेश है, गँवा बैठने से यह ध्यान में आ चुका था कि प्रत्यक्ष युद्ध में वह भारत से जीत नहीं सकेगा। इन सब तथ्यों को ध्यान में रख वैश्विक इसलामिक आतंकवाद व कुटिल कूटनीति की एजेंसी आई.एस.आई. ने 'ऑपरेशन टोपेक' योजना बनाई। इसके अंतर्गत संपूर्ण भारत, विशेष रूप से जम्मू-कश्मीर के मुसलिम बहुल क्षेत्रों में राजनीतिक व आर्थिक अराजकता को मजहब के आधार पर भड़काकर वहाँ धन, नशीले पदार्थ व शस्त्रों की तस्करी को बढ़ावा दिया। स्थानीय कश्मीरी मुसलिम युवकों को जेहाद के नाम पर P.A.K., P.O.K., सूडान आदि में शस्त्र प्रशिक्षण देकर अनेक आतंकवादी गिरोहों को जन्म दे सन् 1986 में प्रयोग (Trailor) के रूप में कश्मीर घाटी में बहुत थोड़े दिन का रक्त व भय का तांडव किया। अनेक मंदिर व मूर्तियाँ ध्वस्त और अपवित्र की गईं। हिंदू संपत्तियाँ जलाई गईं। उसमें से उन्हें ध्यान में आ गया कि भारत के मुसलमान चुप रहे तथा जिन देशभक्त ताकतों ने इस हिंसा का विरोध किया, उनके विरुद्ध तथाकथित सेक्यूलरिज्म का लबादा ओढ़े राजनीतिक दल व मानवाधिकार समूह खड़े हो गए। इसके कारण सन् 1989 में आतंकवाद को इसलामिक जेहाद का नाम देकर जम्मू-कश्मीर, विशेष रूप से कश्मीरी घाटी को भयानक दहशत, हत्याएँ व पलायन के दौर और क्रूर दर्द ने अपनी चपेट में ले लिया। दिनदहाड़े हजारों (लगभग 45 हजार) की हत्याएँ व लाखों (लगभग 3 लाख कश्मीरी पंडित, सिख डोगरा आदि) का पलायन जम्मू-कश्मीर की त्रासदी बन गई, जो आज भी जिंदा है। इसी बीच विशेष रूप से कश्मीर घाटी में 25-26 छोटी-छोटी

संस्थाओं को एकजुट कर चुनावी राजनीति से दूर रहते हुए राजनीतिक दल 'हुर्रियत कॉन्फ्रेंस' के नाम से उभारा गया, जिसका काम था आतंकवादी गतिविधियों को भारत के विरुद्ध राजनीतिक संरक्षण देना। यह संस्था आज भी बिना जनाधार है, परंतु अंतरराष्ट्रीय ताकतों का यह खिलौना है, जिसे वे अपने-अपने उद्देश्यों के लिए उपयोग कर रही हैं।

यहाँ इन परिस्थितियों में एक बात और भी समझनी आवश्यक है। विश्व की तीन विदेशी विचार-शक्तियों का कश्मीर के प्रति क्या रुख है? एक-एक पंक्ति में संकेत में उसको लिखता हूँ। अमरीका यानी ईसाइयत की ताकतें कश्मीर को अपनी कॉलोनी बनाने के लिए हुर्रियत के माध्यम से U.N.O. के दखल से हिमालय में बैठना चाहता है। I.S.I. के नेतृत्व में इसलामिक कट्टरपंथी (जेहादी) ताकतें कश्मीर को पाकिस्तान में या एक स्वतंत्र मुसलिम देश के रूप में भारत विभाजन चाहती हैं। चीन यानी कम्युनिस्ट ताकत की नजर भी हिमालय पर है। इसलिए पाक के अंतरंग मित्र के रूप में इस समस्या को भड़काए व बनाए रखने में ही चीन का हित है। चीन कैलाश मानसरोवर पर कब्जा किए हुए है। हिमालय में सड़कें, रेल लाइन, शस्त्रागार व युद्ध स्थलों का निर्माण करता जा रहा है। हुर्रियत में इन सभी के एजेंट हैं। कश्मीर घाटी में प्रमुख राजनीतिक दलों का नेतृत्व भी भारत के संदर्भ में दोराहे पर खड़ा दिखाई देता है।

वर्तमान के गुरिल्ला यानी आतंकवाद यानी Proxy war के नारे रहे हैं—

- हमें क्या चाहिए—आजादी, आजादी।
- यहाँ (कश्मीर में) क्या चलेगा—निजामे मुस्तफा।
- हिंदुस्तानी कुत्तो—वापिस जाओ, वापिस जाओ।
- कश्मीर बनेगा जन्नत (स्वर्ग)—हिंदू (पंडित) औरतों के साथ, हिंदू मर्दों के बिना।

जम्मू-कश्मीर भारत की सांस्कृतिक एकता का सर्वोत्तम प्रतीक है। यह शैव दर्शन की साधना स्थली है। बौद्ध दर्शन के तर्कवाद को लेकर न जाने यहाँ कितने शास्त्रार्थ हुए। भक्तिपथ के उपासक देश भर से तीर्थयात्रा के लिए आज भी इस हिमालयी धाम का रुख करते हैं। यह राज्य सारे देश की तीर्थ-स्थली है। सूफी दर्शन के संश्लेषण के भी यहाँ अनेक प्रयोग हुए, जिसका प्रभाव

सर्वत्र दिखाई देता है, परंतु कालांतर में राज्य में तीर्थयात्राओं का प्रवाह मंद होने लगा। अनेक तीर्थस्थलों पर पाकिस्तान ने बलपूर्वक कब्जा कर लिया। तीर्थयात्रा प्रवाह के मंद होने से राज्य में अनेक समस्याओं का जन्म हुआ। मुझे लगता है, यदि इस प्रवाह को पुनः गति प्रदान की जाए तो राज्य के भीतर के अलगाव भाव को समाप्त करने में बहुत सहायता मिलेगी।

धार्मिक एवं तीर्थयात्रा योजना

संपूर्ण जम्मू-कश्मीर के भौगोलिक एवं सभ्यता की दृष्टि से वर्तमान में चार भाग हैं—1. जम्मू, 2. कश्मीर, 3. लद्दाख और 4. पाक अधिकृत कश्मीर (आक्रमित कश्मीर)। वैसे तो चीन अधिकृत लद्दाख (जम्मू-कश्मीर) भी एक भू-भाग है। इन सब क्षेत्रों की परिस्थितियाँ, रचना व समाज-जीवन भिन्न हैं। समस्या का रूप भी भिन्न है। इसलिए निदान भी वहाँ की आवश्यकता के अनुसार होना चाहिए और होगा। समस्या के समाधन के लिए कुछ सिद्धांत उभरते हैं, जो अलग-अलग क्षेत्र की परिस्थिति में अलग-अलग ढंग से लागू होंगे। **एक**—आतंकवाद के पीछे कौन है, कैसी उनकी सोच (उद्देश्य) व योजनाएँ हैं, यह स्पष्ट होना आवश्यक है। **दो**—आम समाज की आतंकवादियों से दूरी अर्थात् जनता उसे प्रश्रय (सहारा) न दे। **तीन**—आम समाज में आतंकियों से सुरक्षा का भाव। **चार**—आर्थिक क्षतिपूर्ति की पर्यायी व्यवस्था। **पाँच**—देश भर में एकता व अखंडता को बनाए रखने हेतु संघर्ष व बलिदान का भाव। **छह**—दुष्ट व दुश्मन को सरकार की राजनीतिक दृढ इच्छाशक्ति की स्पष्ट समझ होना अर्थात् उसकी मारक क्षमता का भय। **सात**—विदेशियों की चाल को नंगा करना। **आठ**—दंड व वार्त्ता दोनों का उद्देश्य आतंकवाद व अलगाववाद में फँसे युवकों को राष्ट्र के विकास, शांति व सुरक्षा की मुख्यधारा में लाना है। **नौ**—वोटबैंक की राजनीति के दलदल से नेताओं को ऊपर उठाना। ऐसी अनेक बातों को ध्यान में रखकर अनेक पर्यायी योजनाओं व कार्यक्रमों ने जन्म लिया। समस्या का समाधान केवल सरकार आश्रित नहीं, बल्कि समाज आश्रित भी है। समाज के गैर-राजनीतिक नेतृत्व की यह सोच महत्त्वपूर्ण है। अंग्रेजी में एक कहावत है—

"Cultural Frontier Saves Political & Economical Frontier".

इसमें से एक विश्वास व मार्ग दिखाई पड़ा। इस प्रांत (जम्मू-कश्मीर) में जो महत्त्वपूर्ण धार्मिक व ऐतिहासिक स्थल हैं, उनकी यात्राओं का प्रारूप बना जाति, दल, पंथ (मजहब, रिलीजन), भाषा व प्रांत से ऊपर उठकर इन तीर्थयात्राओं को देशव्यापी राष्ट्रीय स्वरूप प्रदान किया जाए। इसके अंतर्गत पी.ओ.के. के मुजफ्फराबाद में कृष्णगंगा किनारे स्थित माँ शारदा तीर्थ, कश्मीर घाटी में बाबा अमरनाथ यात्रा व क्षीर भिवानी मेला, लद्दाख में सिंधु नदी का स्नान व मेला, जम्मू क्षेत्र के राजौरी-पुंछ में बूढ़ा अमरनाथ तथा डोडा जिले में मचेल माता (जसंकर घाटी) या श्री स्थल माँ (किश्तवाड़) के साथ-साथ माता वैष्णो व आसपास के तीर्थों की यात्राओं को अधिकाधिक प्रभावी बनाया जाए। कुछ तीर्थ पहले से ही प्रसिद्ध व जाग्रत् हैं, कुछ को देश भर में जाग्रत् करना होगा।

(क) बाबा अमरनाथ यात्रा—वर्तमान में सैकड़ों वर्षों से यह यात्रा प्रचलित है। ज्येष्ठ पूर्णिमा से श्रावण पूर्णिमा अर्थात् रक्षाबंधन तक इस यात्रा का दो मास तक का प्रभावी समय है। सन् 1989 में प्रारंभ भयानक आतंकवाद के समय से यह यात्रा सन् 1989-95 तक लाखों यात्रियों के घटते-घटते दस-पंद्रह हजार यात्रियों में बदल गई। कश्मीर में पर्यटक संख्या इन वर्षों में लाखों से घटकर हजारों में रह गई। सुरक्षा का घोर संकट था। प्रतिदिन ही खून की होली खेली जा रही थी। लगने लगा था कि अब यात्रा दम तोड़ देगी तथा बाबा अमरनाथ तीर्थ कहीं पराया तो नहीं हो जाएगा? छड़ी मुबारक के कश्मीर घाटी के श्रीनगर में स्थित दशनामी अखाड़े व प्रत्यक्ष तीर्थयात्रियों पर आतंकी हमले हो चुके थे। इस यात्रा द्वारा कश्मीर में पर्यटक बढ़ाने, स्थानीय जनता की बिगड़ती आर्थिक स्थिति सुधारने, देश की जनता में कश्मीर के एक-एक इंच के लिए जूझने का भाव, आतंकियों व उनके पीछे की ताकतों को स्पष्ट संकेत 'जान देंगे, जमीन नहीं देंगे' का संकल्प, सन् 1999 में विहिप की युवा शाखा बजरंग दल ने देश भर में आह्वान किया 'चलो अमरनाथ'। 'जय भोले', 'जय बाबा', 'जय अमरनाथ' के नारे गूँज उठे। लोग हजारों-लाखों की संख्या में जाति, दल, संप्रदाय से ऊपर उठकर मातृभूमि व प्रभुभक्ति से ओतप्रोत मौत की

परवाह न करते हुए चल पड़े। उस समय प्रकृति ने भी बर्फानी तूफान के साथ भक्तों की परीक्षा ली। कहते हैं 'प्रकृति भगवान् है, भगवान् प्रकृति में है'। मैंने वे दृश्य स्वयं आँखों से देखें ही नहीं, बल्कि योजना को जन्म देने व धरातल पर प्रत्यक्ष साकार करने में योगदान किया है। अजीब उमंग थी 'युवक, बुजुर्ग, महिला, पुरुष सब चल पड़े साक्षात् मौत (आतंकी) को ललकारते'। आतंकवादियों की हमले-धमकियाँ, सरकार की ढीली-ढाली मनोशक्ति, समाज यानी यात्रियों का निहत्थे होना, तथाकथित सेक्यूलरिस्ट व मानवाधिकारी दलों द्वारा इस आह्वान का विरोध करना, परंतु सेना व कुछ प्रशासनिक अधिकारियों को एक नया सवेरा (प्रकाश) नजर आया।

कश्मीर में कुछ साधारण मुसलमानों को भी लगा कि खुशियाँ लौट सकती हैं। हिंदू समाज (विशेष रूप से कश्मीरी पंडित व सिख) को लगा, पलायन रुकेगा तथा आतंकवाद मरेगा। आई.एस.आई. का सात वर्ष का बरबादी का समय सबके सामने था। योजना बनी, प्रशासन व सेना पर सुरक्षा एवं व्यवस्था के लिए दबाव बना। संघ परिवार में से विशेष रूप से विहिप व उसकी युवा शाखा बजरंग दल के साथ-साथ धर्मयात्रा महासंघ के प्रमुख श्री मांगेरामजी आदि लोग जम्मू व कश्मीर घाटी पहुँच गए। सरकारी तंत्र से वार्त्ताओं के दौर चले, तालमेल, हमले व अन्य अनेक राजनैतिक दलों के विरोध के बावजूद भाजपा यात्रा के साथ डटकर खड़ी रही। धीरे-धीरे आतंकवाद दम तोड़ रहा है। कश्मीर घाटी में जनता के मन में शांति व खुशहाली की ललक बढ़ी है। देश की 'जनता की इच्छाशक्ति' राजनीति को भी हिम्मत देनेवाली सिद्ध हुई। कश्मीर में पर्यटक बढ़ने लगे। डल के किनारे रात्रि में पुनः जगमगाने लगे। कश्मीर में जीने की इच्छा दिखाई देने लगी। जिस हिंदुस्तान, भारत, इंडिया पर कीचड़ पोत दिया गया था, वह फिर चमकने लगा। इसके कारण कश्मीर घाटी में करोड़ों का व्यापार पुनः लौट आया।

(ख) क्षीर भिवानी मेला—ज्येष्ठ (प्रायः जून) मास की अष्टमी पर श्रीनगर से 30 कि.मी. दूर तुल्लमुल्ला (कश्मीर) में स्थित माँ क्षीर भिवानी मेला लगता है। स्वामी विवेकानंद के जीवन के अंतिम पड़ाव की मार्गदर्शिका, जहाँ स्वामीजी को माँ (प्रभु) के लिए सर्वस्व समर्पण अर्थात् उसकी रक्षा नहीं

बल्कि वह तो जननी है, उसके मार्ग पर चल दुष्ट दलन के ज्ञान का प्रकाश मिला। रामायण काल में लंका शासन में व्याप्त व्यभिचार व आतंकी वातावरण के कारण लंका की रक्षा छोड़ माँ ने कश्मीर में स्थापित होने का कार्य स्वयं हनुमानजी से संपन्न करवाया। ऐसा है यह माँ का ऊर्जावान स्थान। हजारों-लाखों कश्मीरी पंडितों के साथ-साथ अन्य प्रांतों के सैकड़ों-हजारों लोग इस स्थान पर एकत्र होते हैं। आतंकवादी हमलों में नृशंस हत्याएँ, प्रत्यक्ष तीर्थ पर हमला, जिसके कारण से प्राय: कश्मीरी पंडितों के साथ-साथ अन्य भारतपंथी जनता का लाखों में पलायन हो चुका था। सन् 1990 के पश्चात् एक बार ऐसा लगने लगा था कि कश्मीर घाटी हिंदू (भारतपंथी) विहीन हो गई है। ऐसे घोर संकट के समय में विवेकानंद केंद्र (कन्याकुमारी) अनंतनाग शाखा संजीवनी शारदा केंद्र, जम्मू (कश्मीरी विस्थापित संस्था) कश्मीर घाटी में प्रदेश सरकार में 'सरकारी कर्मचारी हिंदू संस्था' (विशेष रूप सें कश्मीरी पंडित) व अर्ध सैनिक बल के मन में इस तीर्थ को पुन: जाग्रत् करने का भाव पैदा हुआ। मेरा स्वयं सबसे मिलना हुआ।

सन् 1990 से 1999 तक क्षीर भिवानी मेले में जानेवाले बंधु एवं भगिनियों की संख्या सैकड़ों में रह गई थी। मुझे अपने साथियों के साथ सन् 1995 में माँ के दर्शन व पूजा का सौभाग्य मिला। अर्ध सैनिक बलों द्वारा ही नित्य के सभी कर्म किए जा रहे थे। उस समय वहाँ की विस्तृत जानकारी मिली और सन् 1997-98 में प्रशासन द्वारा ऊपर वर्णित सभी संस्थाओं का सहयोग करते हुए, संघ ने भी ज्येष्ठ अष्टमी पर क्षीर भवानी माँ के दर्शन हेतु 'श्रीनगर (कश्मीर) चलो' का प्रचार विशेष रूप से देश भर में बिखरे कश्मीरी पंडितों में किया। अनेक प्रश्न व कठिनाइयाँ सामने आईं। कश्मीरी पंडित भी स्वाभाविक रूप से दोराहे पर खड़ा था, परंतु उनमें कश्मीर जाने, देखने व माँ के चरणों की पूजा कर अपने कर्तव्य को पूरा करने की इच्छा बलवती थी। इन संस्थाओं ने लंगर लगाए। प्रशासन व अर्ध सैनिक बलों ने व्यवस्था देखी व प्रचार भी किया। अपने चेहरे को लोकतंत्रवादी दिखाने के लिए राजनीतिक दल व कट्टरपंथियों ने भी कश्मीरी पंडितों को मेले व पूजा के लिए आने हेतु आह्वान किया। स्थानीय मुसलिम बंधुओं को मेले के कारण कमाई होगी व पड़ोसियों की रक्षा

न कर सकने का दाग मिटेगा, यह एहसास हुआ। मैं व अन्य बंधु कई वर्षों वहाँ उपस्थित रहे। आज देश भर से हजारों कश्मीरी व अन्य लोग एक दिन के लिए नहीं, बल्कि अनेक दिनों के लिए भी जाने लगे हैं। वर्ष भर में हिंदू पर्यटकों का भी अब क्षीर भिवानी दर्शनार्थ जाना होने लगा है। स्थानीय जनता के चेहरे पर खुशियाँ लौटीं, कश्मीरी पंडितों में यह पहले से था ही 'कश्मीर जाना है'। अब एक कदम आगे बढ़ा व घाटी आने-जाने लगे तथा अपने घरों को देखने लगे। परंतु यह दर्द भरी दास्ताँ है कि भारत व प्रदेश सरकार इस अनबूझ पहेली का कैसे समाधान (हल) करेगी। षड्यंत्रकारी ताकतों को ध्यान में आ गया है कि कश्मीर हिंदुस्तान में था, है और रहेगा। कश्मीरी पंडितों के बिना कश्मीरियत अधूरी है।

(ग) सिंधु दर्शन व स्नान यात्रा—संघ अधिकारियों का पिछले 35-40 वर्षों से लद्दाख में जाना प्रारंभ हुआ था। सन् 1983 में जम्मू-कश्मीर का दायित्व आने के पश्चात् मेरा सन् 1987 से प्रत्येक वर्ष लद्दाख जाना होता रहा। वर्षों पूर्व भारत में उदीयमान बौद्धमत जब तिब्बत से होता हुआ लद्दाख पहुँचा, वहाँ का जनजीवन धीरे-धीरे शैव मतावलंबी से बौद्ध मतावलंबी हो गया। उसके पश्चात् खाड़ी देशों से उठी इसलाम मजहब (पंथ) की आँधी ने आज से 800-1000 वर्ष पूर्व हिमालय में पाँव पसारने प्रारंभ किए, तब लद्दाख की एक बड़ी जनसंख्या इसलाम के रंग में रँग गई। आज लद्दाख के दो जिलों में करगिल मुसलिम बहुल है। लेह बौद्ध बहुल है। इसमें ही आज भी कुछ जनसंख्या शैव मतवालों व प्रकृति-पूजकों की भी मिलती है। सिंधु नदी के उद्गम स्थल को 'सिंधे' कहते हैं। सन् 1947 के विभाजन व जम्मू-कश्मीर के 40 प्रतिशत भू-भाग पर पाक कब्जे के बावजूद आज प्रथम 150 कि.मी. तक सिंधु नदी भारत में ही बह रही है।

पी.ओ.के., पाक व सिंध से बहती हुई यह नदी हिंद महासागर के अरब सागर में जा मिलती है। सिंधु से भी इस भारतवर्ष (भारतखंड) की पहचान, हिंदुस्तान व हिंदू मानी जाती है। लद्दाख अति दुर्गम क्षेत्र है, जिसका एक बड़ा भू-भाग बर्फ से ढका रहता है। यह 7000 से 24000 फीट की ऊँचाई के बीच प्राणवायु ऑक्सीजन की कमी का क्षेत्र है। सन् 1962 में चीन ने आक्रमण कर

(37555) वर्ग कि.मी. के लगभग अक्साई चिन (सियाचिन) के नाम से लद्दाख के भू-भाग पर कब्जा कर लिया है। लद्दाख के लोग दूर दुर्गम क्षेत्र, जहाँ पहुँचने में कभी दिनों और महीनों लगते थे, होने पर भी राष्ट्रीय मुख्यधारा के साथ जुड़ने को लालायित रहे हैं। उनकी देशभक्ति असंदिग्ध रही है। सन् 1950-54 में स्वतंत्र भारत के संविधान में जब जम्मू-कश्मीर प्रदेश को अलगाववादी धारा 370 के अंतर्गत विशेष दर्जा व सुविधाएँ दी जा रही थीं, उस समय लद्दाख के विशेष रूप से बौद्धों ने LBA के तत्त्वावधान में तत्कालीन प्रधानमंत्री पं. नेहरू को पत्र लिखा था कि नवजात बालक चिल्ला-चिल्लाकर आँखों में आँसू भर माँ को निहार रहा है और कह रहा है— माँ मुझे गोद में ले लो, परंतु लद्दाख का भारत में पूर्ण विलय करने की बजाय भारत की तत्कालीन कांग्रेस सरकार ने लद्दाख को कश्मीर की कट्टरपंथी व अलगाववादी भट्ठी में फेंक दिया और लद्दाख उस घोर पीड़ा को आज भी भुगत रहा है, परंतु इस अपमानपूर्ण पीड़ा के बावजूद लद्दाखियों में अलगाववाद व हिंसा का स्वर नहीं उभरा। वर्तमान में लद्दाख का क्षेत्रफल 56-60 हजार वर्ग कि.मी. व जनसंख्या 2 लाख 75 हजार के लगभग है। लद्दाख में विदेशी पर्यटक तो बहुत आता है, परंतु भारतीय पर्यटक नगण्य ही है। लद्दाख में सिंधु नदी बह रही है, इसके बारे में स्वयं भारत के उपप्रधानमंत्री रहे श्री लालकृष्ण आडवाणी सन् 1998 में कहते हैं कि जब चुनाव के सिलसिले में मैं लद्दाख में ठहरा, तब गेस्ट हाउस के पीछे बहती नदी के बारे में पूछने पर पता चला कि यह सिंधु नदी है और फिर वे नंगे पाँव ही प्रणाम करने व जल छूने के लिए दौड़ पड़े। यह इस बात का द्योतक है कि आम भारतीय को अपनी एक मुख्य पहचान जिससे है, उस क्षेत्र के बारे में कितना ज्ञान होगा ? लद्दाखी चेहरे व वेशभूषा को दिल्ली व अन्य प्रांतों में देख वहाँ के लोग कई बार यह तक समझ बैठते हैं कि यह चीनी है।

कश्मीरी शासकों के भेदभावपूर्ण रवैये में लद्दाखी बुरी तरह पिस रहा है। लद्दाख वर्तमान में चीन, पाक व यूरोपीय एजेंसियों का अड्डा बन रहा है। सिंधु हिंदुस्तान में है, सिंध हिंदुस्तान में था, सिंध आज भी भारत के राष्ट्रगान में है। लद्दाख की जीवन-रेखा है सिंधु। सिंधु केंद्रित दर्शन व मेले का एक

प्रारूप मतांतरण रोकना, लद्दाखियों एवं शेष भारतीयों का एक-दूसरे से समरस होना, समृद्धि अर्थात् खुशहाली, देश भर में इंच-इंच भूमि के प्रति प्यार जागे, वैदिक बौद्ध समन्वय आदि बहु उद्देशीय नजरिए से तैयार किया गया। दो वर्ष तक अनेक बंधुओं से विस्तृत चर्चा हुई। 'लद्दाख कल्याण संघ' के नाम पर लेह में राष्ट्रवादी गतिविधियाँ जागरण व सेवा के रूप में प्रारंभ हो चुकी थीं। दिल्ली में पांचजन्य के संपादक श्री तरुण विजयजी ने इस योजना को साकार रूप देने का बीड़ा उठाया और लेह में इसके लिए सामाजिक, धार्मिक, प्रशासनिक एवं राजनीतिक समर्थन मिले, इसकी व्यवस्था करने का काम मेरे ऊपर आया। दूरभाष व प्रत्यक्ष रूप से सभी प्रकार के सभी वर्गों से संपर्क कर LHC के अध्यक्ष श्री थुपसत्न छेंबाग (वर्तमान सांसद) स्वागताध्यक्ष तथा वहाँ की व्यवस्थाओं के लिए संयोजक निश्चित हुए। हिल काउंसिल की प्राप्ति व बौद्धों के ईसाई व मुसलिम मतांतरण से बचाव के लिए प्रमुख बौद्ध नेतृत्व संघ कार्यकर्ताओं का सदैव ऋणी है। सन् 1999 के जुलाई मास में तत्कालीन गृहमंत्री लालकृष्ण आडवाणी, पर्यटक विभाग (दिल्ली व केंद्र सरकार) अखिल भारतीय सिंधी सभा, धर्मयात्रा महासंघ व अन्य अनेक संस्थाओं के नेतृत्व में देश भर से यात्री सड़क व हवाई मार्ग से लेह पहुँचे। लद्दाख हिल काउंसिल, लद्दाख बुद्धिस्ट एसोसिएशन, हिंदू सभा, लद्दाख फांदे छोस्पा (कल्याण संघ) आदि अनेक संस्थाओं ने यात्रियों का स्वागत किया। पाँच वर्षों में यात्री संख्या बढ़ते-बढ़ते हजारों में पहुँचने लगी, देश भर में ही नहीं, विश्व में सिंधुयात्रा को प्रसिद्धि मिलने लगी। परंतु कुछ बौद्ध कट्टरपंथी व तथाकथित सेक्यूलरिस्ट राजनेताओं के बहकावे में आ गए। इन बौद्धों ने यह प्रचार प्रारंभ किया कि संघ व भाजपा हमें हिंदू बनाने आ रहे हैं। बौद्ध पहचान को भारी खतरा है। अगर आडवाणीजी को सिंधु से बहुत प्यार है तो हम लद्दाखी दो-तीन पानी के टेंकर दिल्ली भेज देते हैं और वे उसमें सिंधु स्नान कर लें। प्रथम दो वर्ष सतत कई-कई घंटे की बैठकों का सिलसिला चला। अंततोगत्वा बौद्धों को यह समझाने में प्रत्यक्ष सफलता मिली कि यात्रा के कारण लद्दाख में वर्ष भर का भारतीय पर्यटक बढ़ने के कारण लाखों का व्यापार बढ़ा है। वैदिक बौद्ध समन्वय विचार सम्मेलनों ने नई ऊर्जा प्रदान की है। लद्दाखियों को अखिल भारतीय

परिदृश्य में स्थान मिला है।

करगिल युद्ध के क्षेत्रों में शहीद सैनिकों व परिवारों को अद्वितीय सम्मान मिला। सेना द्वारा व्यवस्था से सैनिकों को गौरव प्राप्त हुआ है। बौद्ध पहचान सुरक्षित है, उसको लेशमात्र भी चोट नहीं पहुँची। देश में एकता मजबूत हो रही है। लेह व आसपास के क्षेत्रों में विकास कार्य प्रारंभ हो गए। गोंफाओं में भारतीय दर्शनार्थी श्रद्धा से जाने लगे। पूज्य सरसंघचालक मा. सुदर्शनजी, रक्षामंत्री जार्ज फर्नांडीस, स्वामी अवधेशानंदजी, सेविका समिति संचालिका प्रेमिला ताई व देश के अनेक मूर्धन्य नाम इस यात्रा को शोभायमान कर चुके हैं। सन् 2004 आया, एन डी ए सरकार बदल गई। यू पी ए के रूप में कांग्रेस कम्युनिस्टों के सहयोग से सत्तासीन हुई। उन्हें अर्थात् केंद्र की नई वर्तमान सरकार को इस यात्रा में राजनैतिक द्वेष के कारण सांप्रदायिकता की दुर्गंध आने लगी। उन्होंने सन् 2005 में लगभग इस यात्रा का गला घोंट दिया और यात्रा अवरुद्ध होकर मृतप्राय: होने जा रही थी। सच है कि राजनीति तोड़ती है, संस्कृति जोड़ती है, यह कहावत यथार्थ दिखने लगी। स्वयं लद्दाख के लोग केंद्र सरकार के रवैए से सख्त नाराज थे। सिंधी समाज ने तुरंत सिंधु दर्शन व सिंध यात्रा समिति का गठन किया। हिमालय परिवार व धर्मयात्रा महासंघ ने अपना समर्थन दिया। गैर-सरकारी आधार पर ही यात्राएँ विकसित होने की दबी इच्छा प्रकट हुई। मैं निर्णय प्रक्रिया में सम्मिलित हुआ। सिंधी समाज को हौसला व हिम्मत दी और मृत होती यात्रा जीवंत हो उठी। 18 जून, 2005 को श्री मुरलीधर मखीजाजी के नेतृत्व में दिल्ली से दो बसों तथा छोटी गाड़ी व हवाई मार्ग से यात्री सिंधु दर्शन व स्नान हेतु लेह पहुँच गए। समाज ने निर्णय किया कि इस वर्ष से यह यात्रा समाज व धर्म के नाते गैर-सरकारी रूप में प्रतिवर्ष ज्येष्ठ शुक्ल त्रयोदशी, चतुर्दशी व पूर्णिमा को होगी। तीन दिन का सिंधु उत्सव (मेला व स्नान) का कार्यक्रम रहेगा। इस वर्ष लेह प्रशासन व धार्मिक, सामाजिक संस्थाओं ने यात्रियों का भरपूर स्वागत व सहयोग किया।

(घ) बूढ़ा अमरनाथ (पुंछ-राजौरी) यात्रा—जम्मू प्रदेश के राजौरी, पुंछ जिले पाकिस्तान से सटे हुए हैं तथा पीरपंचाल पार करते ही कश्मीर घाटी

है। पुंछ 88 प्रतिशत, राजौरी की पुंछ से लगती दो तहसीलें 92 प्रतिशत मुसलिम बहुल हैं। जम्मू से सड़क मार्ग से राजौरी शहर पार करने के पश्चात् राजौरी से पुंछ तक लगभग 100 कि.मी. लंबा मार्ग है (जबकि जम्मू से राजौरी तक का 150 कि.मी. लंबा मार्ग हिंदू बहुल क्षेत्र है)। दुर्गम पहाड़ी क्षेत्र है, पानी होने के कारण हरा-भरा है, परंतु घोर आतंकवाद से ग्रस्त है। अनेक सामूहिक अमानवीय हिंसा की घटनाओं (आँखें निकालना, स्तन काटना, गला रेतकर मारना आदि) को आतंकवादी अंजाम दे चुके हैं। 10 प्रतिशत हिंदू इस क्रूर आतंकवाद और भयग्रस्त माहौल में भी डटकर रहने की मानसिकता में हैं, परंतु धीरे-धीरे माहौल में पलायन का भाव घर करने लगा। मुसलमानों में भी कुछ संख्या ऐसी दिखाई देने लगी, जो बहू-बेटी की इज्जत व देशभक्ति संवेदना की रक्षा हेतु पलायन करने लगी है।

जीवन जीना दूभर होने लगा। ऐसे में भगवान् शिव ने भक्तों को संकेत किया और संघ परिवार के कार्यकर्ताओं को पुंछ जिले के एक ग्राम 'मंडीलोरान' में स्थित बूढ़ा अमरनाथ में आशा की किरण दिखाई दी। इस तीर्थ की देखभाल पुंछ की सनातन धर्म सभा के साथ वर्तमान में सेना कर रही है। स्थानीय हिंदू भारी संख्या में तथा कुछ-कुछ स्थानीय मुसलिम भी पूजा हेतु मंदिर में जाते हैं, परंतु यह तीर्थ कुछ कट्टरपंथियों के निशाने पर है, ऐसे समाचार भी मिलते रहते थे। पुंछ महाबली रावण के नाना पुलस्त्य ऋषि की साधना-स्थली माना जाता है। पुलस्त्य का अपभ्रंश धीरे-धीरे पुंछ बोला जाने लगा। ऋषि पुलस्त्य प्रतिमास बाबा अमरनाथ के दर्शन व जलाभिषेक हेतु जाते थे। जब वे वृद्ध हो गए तथा बाबा अमरनाथ गुफा तक जाना कठिन होने लगा, तब उन्होंने जीवनपर्यंत पूजा हेतु भगवान् शिव से अपने पास आने की प्रार्थना की। लोककथा है कि भगवान् शिव पुंछ के इलाके में प्रकट हुए। आज उसी को 'बूढ़े के अमरनाथ' से 'बूढ़ा अमरनाथ' पुकारने लगे हैं। जम्मू क्षेत्र में इसका प्रचार प्रत्यक्ष स्वयंसेवकों के साथ-साथ सनातन धर्मसभा, विश्व हिंदू परिषद् तथा उसकी युवा शाखा बजरंग दल व संघ परिवार के विविध कार्यों ने करना प्रारंभ किया। धीरे-धीरे यात्रियों की संख्या बढ़ने लगी। सेना व प्रशासन ने व्यवस्था को

बढ़ाना व अच्छा करना प्रारंभ कर दिया। सन् 2005 में बजरंग दल के आह्वान पर अगस्त मास में 25 से 30 हजार के लगभग प्रदेश व देशभर से यात्री बूढ़ा अमरनाथ के दर्शनार्थ गए। इस वर्ष से इस यात्रा को भी अखिल भारतीय स्वरूप मिल गया। जमीन से जुड़ी जानकारी मिली कि पिछले 15 वर्ष में पाकिस्तान व आतंकवाद ने उसे मौत, भय, गरीबी दी, उससे तो अच्छा भगवान् शिव व हिंदू हैं, जिन्होंने इस दलदल में से निकलने का मार्ग दिखाया। प्रशासन के हौसले बुलंद हुए। सेना में ताजगी आई। आतंक का भय टूटा। एक नई आशा दिखाई देने लगी। यह तीर्थ जम्मू से सात-आठ घंटे की सड़क यात्रा की दूरी पर स्थित है।

(ङ) माँ वैष्णो के आसपास के तीर्थों का विकास—श्री जगमोहन प्रथम बार 1986 तथा दूसरी बार जनवरी 1990 में जम्मू-कश्मीर के राज्यपाल बनकर आए। मेरा उनसे निकट का घनिष्ठ परिचय हुआ। उन्होंने माँ वैष्णो, तीर्थ का अधिग्रहण कर उसके विकास की योजना ही नहीं बनाई, बल्कि उसे अति व्यवस्थित धार्मिक स्वरूप प्रदान किया। यात्रियों की संख्या बढ़ी। ऊधमपुर जिले की रियासी तहसील में कटड़ा नामक कस्बे से 13 कि.मी. पैदल चलकर त्रिकूट पर्वत पर माँ अपने भव्य रूप में विराजमान है। यह क्षेत्र भी दो ओर से आतंकवादी गतिविधियों के अति निकट है और उनके निशाने पर भी है। मैंने तथा अन्य अनेक बंधुओं ने श्री जनमोहन से माँ के भवन से 60-80 कि.मी. तक की दूरी तक अनेक ऐतिहासिक व धार्मिक स्थलों के विकास के बारे में विस्तृत चर्चा की। इस विषय की चर्चा संघ व समाज में व्यापक रूप में उभरी। श्री जगमोहनजी की दूरदृष्टि ने सबकुछ भाँप लिया और कुछ ही समय में कटड़ा में शंकराचार्य पहाड़ी, देवा माई, बाबा जितो, रियासी में जनरल जोरावर सिंह का किला, शिव खोड़ी अर्थात् भगवान् शिव की गुफा, ऊधमपुर में देवका (गुप्त नदी), चनैनी से आगे शुद्धमहोदव व मान तलाई, जम्मू का मोहमाया आदि मंदिरों ने भव्य स्वरूप प्राप्त कर लिया। माँ वैष्णो के दर्शनार्थ आए लाखों यात्रियों में हजारों से बढ़ते-बढ़ते कुछ लाख अब इन सभी तीर्थों पर भी जाने लगे हैं। ये सभी तीर्थ प्रायः हिंदू बहुल क्षेत्र में हैं। इन तीर्थों के विकास के कारण इन क्षेत्रों पर विभिन्न प्रकार से क्या प्रभाव पड़ा है, यह अध्ययन करने

की आवश्यकता है। माता वैष्णो यात्रा तो जम्मू क्षेत्र की आत्मा है, जीवन-रेखा है। प्रतिवर्ष अरबों-खरबों का व्यापार देती है। सुरक्षा व संवर्धन प्रदान करती है। सच कहा है 'भक्ति में शक्ति है'। कटड़ा में संघ प्रेरणा से माता वैष्णो लोक कल्याण संस्थान द्वारा केशव आश्रम धर्मशाला का निर्माण माँ के भक्तों द्वारा हो चुका है। अनेक सेवा व धर्मकार्यों में यह संस्थान सहयोग कर रहा है।

(च) माँ शारदा तीर्थ—इस तीर्थ की महिमा अनंत है। कृष्ण गंगा के संगम पर मुजफ्फराबाद जिले में स्थित यह स्थान कभी विशाल विश्वविद्यालय रहा है। इतिहास व धार्मिक ग्रंथों में वर्णन मिलता है। समुद्र-मंथन से निकले चौदह रत्नों में एक अमृत-कलश था। अमृत का देवताओं में वितरण हुआ। एक राक्षस ने धोखे से अमृत पान किया। वह सुदर्शन चक्र की महिमा के कारण राहू-केतु में बदल गया। उस अमृत-कलश को लेकर देव-दानव-मानव में सतत संघर्ष को समाप्त करने के लिए प्रभु (ब्रह्मा, विष्णु, महेश) ने दैवीय उत्पत्ति की, जिसे माँ शारदा के नाम से जानते हैं। माँ ने अमृत-कलश धारण किया और प्रत्यक्ष में सदैव के लिए लोप हो गईं। इसी स्थान को ज्ञान-तीर्थ कहते हैं। विश्व भर से छात्र नाना विषयों के अध्ययन व शोध के लिए यहाँ आते थे। कालक्रम में इसका लोप हुआ, परंतु कश्मीरवासी ही नहीं, पृथ्वीवासी इस तीर्थ पर आते रहते थे। राष्ट्र के दुर्भाग्यपूर्ण विभाजन को समाप्त कर अखंडता को प्राप्त करना तथा तीर्थ को पुनः जाग्रत् करने के माँ के संकेत ने जम्मू-कश्मीर विचार मंच, संजीवनी शारदा केंद्र, राष्ट्र सेविका समिति व अन्य संस्थाओं को प्रेरित किया। माँ शारदा तीर्थ पर साहित्य (पुस्तक व पत्रक) तैयार हुआ। तीर्थ मुक्ति हेतु समिति का गठन हुआ। हजारों-लाखों के हस्ताक्षर हुए। साहित्य वितरित हुआ। पू. स्वामी राजराजेश्वराश्रम, श्री आचार्य गिरिराज किशोर व अन्य धार्मिक महापुरुषों के नेतृत्व में सन् 2000 में जम्मू नगर में एक विशाल कार्यक्रम संपन्न हुआ। माँ के दर्शनार्थ जाने हेतु प्रदेश व केंद्र सरकार से पत्र व्यवहार करने का निर्णय करते हुए संकल्प किया गया कि इस जागरण यज्ञ (आंदोलन) को जारी रखेंगे। यह तीर्थ आज POK में है।

(छ) डोडा जिले की बनिहाल, भद्रवाह, डोडा व किश्तवाड़ तहसील तथा ऊधमपुर जिले की गुलगुलाबगढ़ तथा मौहर तहसील का कश्मीर घाटी से

जुड़ा हजारों वर्ग कि.मी. का क्षेत्रफल मुसलिम बहुल है, आतंकवाद ग्रस्त है। डोडा बचाओ के नाम से देशव्यापी सत्याग्रह में हजारों लोगों ने भाजपा के नेतृत्व में जम्मू में गिरफ्तारियाँ भी दीं। इस सारे क्षेत्र में भद्रवाह का कैलाश पर्वत व झील तीर्थ, किश्तवाड़ में माँ श्री स्थल मंदिर व मचेल मंदिर (जंसकार) यात्रा में कोई एक यात्रा को धीरे-धीरे अखिल भारतीय स्वरूप दिया जाने का विचार हुआ। 'मचेल यात्रा' कठिन है, परंतु इस यात्रा को स्थानीय रूप मिल चुका है। वैसे तो स्थानीय रूप में सभी तीर्थों पर लोग जाते हैं। आगामी वर्षों में मचेल यात्रा को जाग्रत् किया जाए, यह विचार है, ताकि डोडा जिले में पनपते आतंकवाद व अलगाववाद को रोकने में समाज अपनी भूमिका निभा सके।

संघ परिवार राजनीति, खुशामद (वोट बैंक), कट्टरता, प्रसिद्धि व सांप्रदायिकता से दूर रहकर कैसे हिंदुत्व आधारित समाज व राष्ट्र का संपूर्णता में विचार करता है। दल, जाति, पंथ, भाषा व क्षेत्र के वादों को भी दूर करने का प्रयत्न करता है। आतंक, अलगाव से जूझता है तथा सरकारी तंत्र को सहयोग करता है। समाज को रोजगार व खुशहाली मिले, देश की एकता व अखंडता मजबूत हो, इसकी प्राप्ति के प्रयत्नों में से एक प्रकार के चिंतन, कार्य, कार्यक्रम व योजना को हमने जाना है। संघ परिवार के कार्यों को कोसने व बदनाम करनेवाले अपने-अपने गिरेबान यानी अंदर झाँककर देखें, तब सत्य को ठीक से समझा जा सकेगा और स्वीकार करने का साहस भी जाग्रत् होगा तथा समस्या के समाधान में देश एकजुट होकर खड़ा होगा।

□

शारदा संस्कृति ही कश्मीरियत है

कहते हैं कि हर निराशा में एक आशावाद छुपा है। प्रत्येक पतन में उत्थान के बीज भी होते हैं। प्रत्येक संकट में संकल्प करना पड़ता है। आवश्यकता है संकल्प धारण कर पुरुषार्थ करने की। जी-जान से उसे पूरा करने हेतु जुट जाने की। आज दो जर्मनी एक हो गए हैं। हांगकांग वर्षों के पश्चात् चीन को मिल सकता है तो भारत अखंड क्यों नहीं हो सकता। महर्षि अरविंद, डॉ. हेडगेवार, स्वामी विवेकानंद व अनेक युगद्रष्टाओं का कथन है—अखंड भारत ही नियति है। हम आतंकवाद को मुँहतोड़ जवाब क्यों नहीं दे सकते? पाक अधिकृत कश्मीर में एक जिला है मुजफ्फराबाद। यह जिला बारामूला जिले से सटा है। मुजफ्फराबाद जिले की सीमा पर कृष्ण-गंगा नामक नदी बहती है, जिसके किनारे पर वैदिक काल से 'माँ शारदा' का प्राचीन मंदिर स्थित है। यह शारदा पीठ आज पाकिस्तान के कब्जे में है। 'शारदा पीठ' की कथा अत्यंत रोमांचकारी तथा प्रेरणादायी है। माँ शारदा ज्ञान व शक्ति की प्रतीक हैं।

शारदा माता मंदिर भारतीय संस्कृति की भव्य विरासत

शारदा गाँव में स्थित शारदा माता मंदिर प्राचीन भारत के प्रसिद्ध तीर्थस्थलों में एक है। आज यह मंदिर पाकिस्तान अधिकृत कश्मीर के भू-भाग में प्राचीन हिंदू संस्कृति के स्मृति-चिह्न के रूप में विद्यमान है। देश विभाजन से पूर्व हर वर्ष भाद्रपद शुक्ल पक्ष अष्टमी के दिन यहाँ वार्षिक उत्सव मनाया जाता था और हजारों की संख्या में भक्तजन अखंड भारत वर्ष के कोने-कोने से देवी दर्शन हेतु आते थे। इसी दिन हरमुकुट गंगा (गंगबल) पर भी वार्षिक धार्मिक पर्व मनाया जाता है। इसीलिए भादों की शुक्ल पक्ष की अष्टमी को गंगाष्टमी (गंगा आठम)

तथा शारदा अष्टमी (शारदा आठम) कहते हैं।

कश्मीर कुपवाड़ा से लगभग डेढ़ किलोमीटर की दूरी पर दो गाँव हिंदू सांस्कृतिक दृष्टिकोण से प्रसिद्ध हैं—टिक्कर एवं गुशी। टिक्कर से लगभग चालीस किलोमीटर की दूरी पर शारदा गाँव किशन-गंगा घाटी में पड़ता है। टिक्कर से यहाँ तक पहुँचने के दो मार्ग हैं। यात्री एवं भक्तजन टिक्कर से मुरद्यामा, मुरद्यामा से जुमगंड और जुमगंड से शारदा पहुँचते थे। टिक्कर से शारदा जाने का एक और मार्ग भी है, जो टिक्कर से बाटपोरा, बाटपोरा से गुथामडूर, गुथामडूर से थैयन और थैयन से शारदा जाता है। शारदा तीर्थ श्रीनगर से 130 किलोमीटर की दूरी पर स्थित है और मुजफ्फराबाद से शारदा तक की दूरी लगभग 140 किलोमीटर है। यह गाँव जिला मुजफ्फराबाद के तहसील अट्टमुकाम (Authmuqam) में पड़ता है। शारदा माता का मंदिर किशनगंगा (दरिया-ए-नीलम) के बाएँ किनारे पर वहाँ स्थित है, जहाँ मधुमती नदी का मिलन किशनगंगा के साथ होता है। भादों की अष्टमी को यहाँ पितृश्राद्ध भी होता था और मृत परिजनों की अस्थियों का विसर्जन भी।

संस्कृत में शारदा सरस्वती एवं दुर्गा, दोनों का वाचक है। एक प्रकार की वीणा (वाद्ययंत्र) भी शारदा कहलाती है। सरस्वती तो ज्ञान, विवेक और विद्या की देवी हैं और दुर्गा सती या पार्वती का रूप हैं। विश्वास यह है कि पार्वती ने ही देवताओं की प्रार्थना पर असुरों के संहार हेतु दुर्गा का रूप धारणा किया। प्राचीनकाल से ही कश्मीर ज्ञान, विवेक एवं शास्त्र अध्ययन का केंद्र रहा है। यही कारण है कि कश्मीर को शारदा पीठ, शारदा भूमि या शारदा नगरी तक कहा गया है। कश्मीरवासियों ने शारदा को सरस्वती अर्थात् विद्या की देवी के रूप में ही स्वीकारा।

अमृत रूपा माँ शारदा के तीर्थस्थल के साथ कई पौराणिक कथाएँ जुड़ी हैं, जिनमें तीन कथाएँ विशेष रूप से महत्त्वपूर्ण हैं—

(अ) कथा इस प्रकार है—जब समुद्र-मंथन हुआ, तब समुद्र से 14 रत्न निकले। उनमें एक रत्न अमृत भरा कलश था। अमृत का सेवन करनेवाला मृत्यु एवं दुःख से सदा-सदा के लिए मुक्ति पा जाता है। इस अमृत को प्राप्त करने के लिए देव व असुरों में झगड़ा होने लगा। भगवान् विष्णु चिंतित हुए और देवताओं

की प्रार्थना सुनकर व मोहिनी रूप धारण कर अवतरित हुए, देवताओं को अमृतपान कराया तथा धोखे से अमृत पान करनेवाले राक्षस का वध भी किया, परंतु उसके पश्चात् समस्या खड़ी हुई कि शेष अमृत को कहाँ रखा जाए। बह्मा, विष्णु, महेश एकत्र हुए। ब्रह्माजी की मानसपुत्री को नया रूप दिया गया, जो आज भी शारदा के नाम से जानी जाती हैं। माँ शारदा अर्थात् माँ सरस्वती का नया रूप अर्थात् ब्रह्माजी ने माँ शारदा के नाम पर एक लिपि का निर्माण किया, जो आज भी तिब्बतीयन (भोटी), कश्मीरी आदि भाषाओं की मूल लिपि शारदा है और शारदा का मूल संस्कृत अर्थात् देववाणी है। पूना के भांडारकर नामक विशाल ग्रंथालय में शारदा में लिखित ग्रंथों का एक बड़ा संग्रह सुरक्षित है। माँ शारदा को ब्रह्माजी ने अमृतकलश सौंपा, माँ उसे धारणा कर पृथ्वी में लोप हो गईं और उस स्थान पर एक विशाल शिला प्रकट हुई। माँ शारदा का यह स्थान ज्ञान, विद्या के अर्जन का उच्च कोटि का केंद्र बन गया तथा पौराणिक ग्रंथों में कश्मीर का नाम 'शारदा देश' मिलता है। अलबरूनी, हुनसांग, मि. स्टेन आदि अनेक लेखकों व इतिहासकारों ने शारदा पीठ का अति सुंदर वर्णन किया है।

(आ) एक दिन महर्षि वसिष्ठ ने अपनी पत्नी को पुत्रवती होने हेतु माघमास में पूर्णमासी तक उपवास करके भगवान् शिव की उपासना करने का सुझाव दिया। यह बात किसी तरह एक अनुसूचित जाति के व्यक्ति ने सुनी, जो स्वयं पुत्र-प्राप्ति के लिए व्यग्र था। उसने भी अपनी पत्नी को उपवास रखकर शिवोपासना का सुझाव दिया। उन्हें सिद्धि प्राप्त हुई और एक पुत्र-रत्न ने उनके घर में जन्म लिया, जिसका नाम शांडलि रखा गया। कहते हैं कि ब्राह्मणों ने उसका यज्ञोपवीत संस्कार करने से इनकार कर दिया और महर्षि वसिष्ठ के कहने पर वे भारत के उत्तरखंड में स्थित शारदा माता के दर्शनार्थ चल पड़े। कुपवाड़ा से गुशी पहुँचे, जहाँ उन्हें अनहदनाद सुनाई दिया और वे बटपोरा के मार्ग से गुथमडूर से होकर थैयन पहुँचे। शारदा के निकट जलकुंड में स्नान करने से उनका आधा शरीर सोने (स्वर्ण) का हो गया और माता के दर्शन पाकर सिद्ध महात्मा शांडलि (शांडिल्य) मुनि के नाम से प्रसिद्ध हुए। माँ के एक स्तुति मंत्र में इसका उल्लेख है—

श्री श्री शैल स्थिताया प्रहुसित वदना
पार्वती शूल हस्ता वह्नि सूर्येन्दुनेत्रा
त्रिभुवन जननी षड्भुजा सर्वशक्तिः।
शाण्डिल्येनोपवीता, जयति भगवती भक्त गम्यानुयातां।
सा नः सिंहासनस्था हयभिमत कलदा शारदा शं करोतु॥

(इ) कहते हैं, कश्मीर के एक हिंदू राजा महेशकर्ण (मनकन) ने यहाँ एक महामंदिर का निर्माण कराया। महेशकर्ण के विषय में यह बात प्रसिद्ध है कि उसके दोनों कान भैंस के कानों के समान थे। इस कारण राजा मन-ही-मन अपने भद्दे रूप पर लज्जित थे। नाई द्वारा उसके महिषी कानों का समाचार जनता तक पहुँचा और इस कारण वे और अधिक व्याकुल हो उठे। कहते हैं कि एक रात स्वप्न में उन्हें किसी दिव्यशक्ति ने शारदा पहुँचने का परामर्श दिया। वे माता शारदा की शरण में आए और उनके दोनों कान मनुष्य-कर्ण में बदल गए। इसीलिए कश्मीरी में यह कहावत प्रसिद्ध है—

मनकरन राजस मोशे कन
शारदापि यलि वाति तेलि बलहन।

माँ शारदा ऋद्धि एवं सिद्धि प्राप्ति का देवीगृह

- जगद्गुरु आदि शंकराचार्य को भी यहाँ माता के दर्शन हुए थे तथा भक्त एवं भगवान् (माँ) में सीधा संवाद भी हुआ, इसलिए शारदापीठ को सर्वज्ञपीठ भी कहा जाता है।
- कश्मीर के प्रसिद्ध मुसलिम शासक सुलतान जेन-उल-आब्दीन (1420-1470 ई.) भी यहाँ सफलता का वरदान पाने हेतु दर्शनार्थ आए थे।
- डोगरा शासनकाल में यह तीर्थ पर्याप्त प्रसिद्ध हुआ। मंदिर की प्रबंध-व्यवस्था सरकार ने अपने अधिकार में ली थी और इस देवीस्थान के रख-रखाव के लिए सारा खर्चा सरकार की ओर से होता था।

- प्रसिद्ध फारसी विद्वान् अलबरूनी (Alberuni), जिन्हें मुहम्मद गजनी भारत अपने साथ लाया था, वे भारत के उत्तर-पश्चिम क्षेत्र में कई वर्षों तक रहे और उनका देहांत 1048 ई. में 75 वर्ष की अवस्था में हुआ, ने अपनी पुस्तक 'तारीख -ए-हिंद' में लिखा है कि भारत में हिंदुओं के प्रसिद्ध तीर्थों में मुलतान के प्रसिद्ध सूर्य मंदिर के बाद शारदा मंदिर का नाम आता है। स्पष्ट है कि शारदा संपूर्ण भारत के हिंदुओं के प्राचीनतम तीर्थस्थलों में से एक है।
- आठवीं शताब्दी में राजा ललितादित्य के समय में भी मंदिर का उल्लेख मिलता है। कुछ प्रमुख विदेशी यात्री कश्मीर आए, जिन्होंने अपने सफरनामों में शारदा मंदिर का उल्लेख किया है। चीनीयात्री ह्वेनसांग 632 ई. में कश्मीर आए, और दो साल तक यहाँ रहे। ह्वेनसांग ने लिखा है कि उन्होंने शारदा में असाधारण प्रतिभावान और कुशाग्र बुद्धि के पंडितों को देखा, जिन्होंने मानवी आध्यात्मिक सोच में अपना उल्लेखनीय योगदान दिया है।
- 13वीं शताब्दी की एक घटना यहाँ उल्लेखनीय है, जब वेदांत के दार्शनिक रामानुज ने शारदा स्थल की यात्रा की, तो वे केरल से यहाँ आए थे। बताया जाता है कि वे मंदिर से सटे पुस्तकालय से एक प्राचीन पांडुलिपि उठा ले गए थे, पर कड़ी निगरानी की वजह से उन्हें खोहला (कोहाला) पुल के पास पकड़ा गया था और उक्त पांडुलिपि को वापस छीन लिया गया था।

प्रसिद्ध अंग्रेज शोधकर्ता सर एम.ए. स्टेन (Sir M.A Stein), जिन्होंने कल्हण पंडित की राजतरंगिणी का अनुवाद अंग्रेजी भाषा में किया और दो भागों में 'Chronicles of the Kings of Kashmir' शीर्षक से सन् 1900 ई. में प्रकाशित हुआ, का मानना है कि शारदा मंदिर से पूर्व दिशा में लगभग एक मील की दूरी पर एक समतल भूखंड है, जहाँ कुछ ऐतिहासिक भग्नावशेष (Remains, ruins) भी मिले हैं, वहीं अध्ययन-अध्यापन का प्रसिद्ध विद्याकेंद्र हिंदू राज्यकाल में विद्यमान था, जिसे कुछ लोग शारदा विश्वविद्यालय कहते हैं। यहाँ वेदों की विधिवत् शिक्षा देने की पूर्ण व्यवस्था थी। इस महान् विद्यापीठ में

गुरुकुल परंपरा का दृढता से पालन किया जाता था। देश के भिन्न-भिन्न क्षेत्रों से विद्वान् वेद, षट्दर्शन, तर्कशास्त्र, ज्योतिष विद्या एवं शैव मत का अध्ययन करने हेतु यहाँ आते थे और निश्चित समय-अवधि तक रहकर विद्यालाभ प्राप्त करते थे। बंगाल के गौड़ ब्राह्मण विद्या प्राप्ति एवं शास्त्र अध्ययन के लिए यहाँ पहुँचते थे। पाठ्यक्रम को सफलतापूर्वक समाप्त करने पर प्रत्येक शिक्षार्थी को अपनी योग्यता का प्रमाण देना होता था तथा सफल स्नातकों को विशारद की डिग्री प्रदान की जाती थी और इस हेतु दीक्षांत समारोह प्रतिवर्ष गौरी तृतीया (माघ शुक्ल पक्ष तृतीया) को संपन्न होता था। देश विभाजन के समय भी मंदिर परिसर में एक भव्य पुस्तकालय एवं कई गोष्ठी-कक्ष मौजूद थे। पुस्तकालय में वेद, षट्दर्शन एवं शैव मत से संबंधित अलभ्य पुस्तकें एवं शारदा लिपि में लिखित पांडुलिपियाँ सुरिक्षित थीं। एक पूर्व निश्चित षड्यंत्र के अंतर्गत शताब्दियों से संचित इस ज्ञान-भंडार को नष्ट किया गया। इस प्रकार कश्मीर के प्राचीन कालीन हिंदू इतिहास के सैकड़ों अनमोल रहस्यों से हम वंचित हो गए।

दिव्य रूप माता मंदिर

शिला देवी के परिसर से प्रवाहित जलस्रोत (Spring) के सम्मुख काली चट्टान पर माँ सरस्वती की प्रतिमा उत्कीर्ण थी, जो हिंदू राज्यकाल के भव्य मूर्तिशिल्प का ऐतिहासिक साक्ष्य होने के साथ-साथ शारदा भूमि की बौद्धिक संपदा—तत्त्वज्ञान, व्यवहार ज्ञान, तर्क एवं विवेकपूर्ण वाणी का प्रतीक-चिह्न भी है।

मंदिर के चारों ओर ग्यारह फीट ऊँची दीवार है, जो किशनगंगा के किनारे से और भी अधिक ऊँची दिखाई देती है, क्योंकि मंदिर तनिक ऊँचाई पर एक टेकरी पर स्थित है। मंदिर परिसर के बीच में मुख्य मंदिर स्थित है, जिसका वास्तुशिल्प कश्मीर के अन्य मंदिरों के समान है। मंदिर के भीतर एक समतल-सपाट शिला सात फुट लंबी, छह फुट चौड़ी और छह इंच मोटी है। यह शिला उस अमृत कुंड को ऊपर से ढक रही है, जिसमें माता के दर्शन पाकर संतुष्ट होते हैं। नदी घाट से मंदिर तक बढ़ने हेतु पक्की सीढ़ी है, जिसमें 64 पाये हैं। मंदिर षट्कोणाकार (Hexa Angular) है, जो माँ शारदा की छह अलौकिक शक्तियों,

षट्भुजाओं अथवा माँ की निम्नलिखित छह विशेषताओं का द्योतक है—

1. माँ सर्वव्यापक है।
2. माँ अपने आप में परिपूर्ण है।
3. माँ चेतन प्रज्ञा का व्यक्त रूप है।
4. माँ सर्वशक्ति संपन्न है।
5. माँ असीम दिव्यशक्ति का अमृतस्रोत है।
6. माँ सर्वसिद्धिदात्री है।

माँ शारदा ही कश्मीरियत

आज भी अनेक कश्मीरी पंडित ही नहीं, बल्कि देश की अन्य जातियों के अनेक लोग मिलते हैं, जिन्होंने सन् 47 से पूर्व माँ शारदा के मंदिर के दर्शन किए हैं। देश की अनेक ऐसी ब्राह्मण व अन्य जातियाँ हैं, जिनमें यज्ञोपवीत संस्कार के समय बालक सात कदम आगे कश्मीर की ओर जाता है। उस समय में जो श्लोक पढ़े जाते हैं, उनका अर्थ होता है कि मैं उच्च ज्ञान हेतु शारदा देश जा रहा हूँ और फिर वह बालक सात कदम पीछे आता है, उस समय जो श्लोक पढ़े जाते हैं, उनका अर्थ है कि मैं शारदा देश से विद्या अध्ययन कर लौट रहा हूँ। शारदा के मंदिर का पुनरुद्धार हो तथा पूरे देश के लोगों को ऐसे पवित्र स्थान की यात्रा करने की पूर्ण स्वतंत्रता मिले, यह आवश्यक है। 'शारदा' की आजादी 'लिबरेशन ऑफ शारदा' हेतु पूरा देश एकजुट होकर खड़ा होना चाहिए। हमारी कमजोरी व गलत नीतियों के कारण 'माँ' विदेशियों के कब्जे में है, अत्याचार से पीड़ित है।

आज दुनिया में प्रचारित किया गया है कि कश्मीर इसलामिक भूभाग है, यह सत्य नहीं। कश्मीर में सन् 1320 से पूर्व एक भी इसलाम मतावलंबी नहीं था। सन् 1320 में पहला तुर्की अब्दुल रहमान बुलबुल शाह कश्मीर आया और उसने मतांतरण प्रारंभ किया। उसके पश्चात् विदेशियों ने घोर अत्याचार द्वारा जोर-जबरदस्ती मतांतरण कर कश्मीर को इसलाम में रँग दिया। शेख मो. अब्दुल्ला ने अपनी जीवनी 'आतिशे-चिनार' में लिखवाया है, उसके पाँच पीढ़ी पूर्व के पूर्वज श्रेष्ठ कौल ब्राह्मण थे। आज भी हजारों-लाखों ऐसे उदाहरण पूरी घाटी में

मिलते हैं। महाराजा रणवीर सिंह के समय सन् 1860 के पश्चात् लाखों कश्मीरी मुसलिम पुन: हिंदू धर्म में लौटने के लिए तैयार हो गए थे, परंतु समय की कैसी विडंबना है कि काशी व कश्मीर के कुछ कट्टर ब्राह्मण अड़ गए और कहने लगे कि ये म्लेच्छ हैं, ये पुन: हिंदू नहीं हो सकते, तो भी महाराजा का मत सभी को हिंदू बनाने का था, परंतु इन कट्टरपंथियों के झेलम में डूब मरने की घोषणा ने महाराजा को ब्रह्म हत्या दोष से भययुक्त कर दिया। इसका परिणाम सामने है—कश्मीर समस्या का विकराल रूप। पुंछ जिले में आज भी ऐसे ताम्र-लेख मिलते हैं, जिन पर छपा है कि ''इस समय घोर जुल्मों का युग है। हम मजबूरी में धर्म बदल रहे हैं, परंतु जब भी भारत स्वतंत्र हो तथा हिंदू मजबूत बने, तब तुम लोग हमारी संतानो, हमारे पापों का प्रायश्चित्त करने हेतु पुन: अपने मूल धर्म, हिंदू धर्म में लौट जाना।''

ऐसे सभी प्रमाण कहते हैं कि कश्मीर की सांस्कृतिक, ऐतिहासिक व भाषायी पहचान शारदा है। आज कश्मीर के मुसलिमों को इंडोनेशिया की वतनपरस्ती व पूर्वजों की विरासत को बनाए रखने के मार्ग पर अग्रसर होने की आवश्यकता है। डॉ. जफ्फर, कुर्त्तन, राही, हसरत गड्डा आदि अनेक कश्मीरी मुसलिम विद्वानों का कहना है कि कश्मीरियत इसलाम का सूफीइज्म है, जिसको मुल्लाइज्म ने जकड़ा हुआ है, उसके कारण कश्मीर रक्त-रंजित हो रहा है। आज कश्मीरियत का मूल शैवइज्म, बौद्धइज्म व सूफीइज्म है और होना चाहिए। इन तीनों को नकार देने से कश्मीर समस्या कभी हल नहीं होगी।

शारदा पीठ मुक्ति यानी हिमालय में शांति

अभी कुछ वर्ष पूर्व 22 फरवरी, 1994 को देश के दोनों सदनों लोकसभा व राज्यसभा में सभी दलों ने एकमत से यह प्रस्ताव पारित किया था कि भारत व पाक के बीच सभी विवाद निपट गए हैं, अब अगर विवादग्रस्त कुछ है तो पाक अधिकृत कश्मीर है। आक्रमण सुरक्षा का उत्तम उपाय है (Offence is the best defence)की नीति का अवलंबन कर हमें 'शारदा की आजादी' का देशव्यापी आंदोलन छेड़ना चाहिए। इसके लिए जयघोष है 'जय शारदे, जय भारत' अर्थात् माँ शारदा की जय यानी भारत माता की जय। जय शारदे अर्थात्

कश्मीर की असली सांस्कृतिक पहचान लौटाना। कश्मीर को उसका स्वर्णिम इतिहास देना। कश्मीर को उसकी समृद्ध भाषा सौंपना। देश की एकता व अखंडता की सुरक्षा सुनिश्चित होना, इससे ही हिमालय के अशांत वातावरण में शांति के गीत गाए जा सकेंगे। देश के स्वाभिमान को जाग्रत् कर संगठित भारत द्वारा एक स्वर से आतंकवाद तथा उसको पालने-पोसनेवाले देश पाकिस्तान व अमरीका आदि को मुँहतोड़ जवाब देना। देश के विभाजन के पश्चात् इस पावन तीर्थ-स्थल की क्या दशा है, कुछ ज्ञात नहीं है।

आओ, हम 'हिमालय परिवार' के झंडे के नीचे जगद्गुरु शंकराचार्य श्री राजराजेश्वराश्रमजी महाराज के नेतृत्व में संकल्प करें कि माँ शारदा की आजादी के इस नारे 'जय शारदे, जय भारत' को व्यक्ति-व्यक्ति का संकल्प बनाएँगे। भारत सरकार का आह्वान करते हैं कि माँ शारदा मंदिर के पुनरुद्धार का कारगर मार्ग अपनाए, ताकि भारतवासी अपनी माँ शारदा के दर्शन हेतु पूर्ण स्वतंत्रता के साथ तीर्थ यात्रा कर सकें। सत्य कहा है It is not the logic, but the sword which decides the border. सीमाओं की रक्षा संवाद से नहीं, शक्ति से होती है। भारतीय समाज, सरकार व नेताओं को इस सत्य को ध्यान में रखकर नीति का निर्धारण करना होगा।

नमस्ते शारदे देवि काश्मीर पुरवासिनी
त्वामहं प्रार्थये नित्य विद्यां ज्ञानंऽच देहिमे॥

□

खंड-4

जम्मू-कश्मीर समस्या समाधान की दिशा

समय ऐसा आ गया है कि जब कश्मीर की समस्या का योग्य समाधान निकाल लेना जरूरी है। इसके लिए सर्वप्रथम यह समझना होगा कि समस्या है क्या? समस्या के सही स्वरूप और उसके उद्‌गम को जानने के लिए शेख अब्दुला और रफी अहमद किदवई के एक संवाद को जान लेना अत्यंत रुचिकर होगा। इसी से स्पष्ट हो जाता है कि समस्या शेख अब्दुला की अति महत्त्वाकांक्षा और नेहरू की तुष्टीकरण नीति से पनपी और बढ़ी।

करीब 960 पृष्ठों की उर्दू भाषा में लिखित 'आतिश-ए-चिनार' नामक आत्मकथा में शेख अब्दुल्ला ने अगस्त, 1953 में जम्मू-कश्मीर राज्य के प्रधानमंत्री पद से अपनी बर्खास्तगी तथा गिरफ्तारी के हालात पर टिप्पणी करते हुए लिखा है कि (शेख के घोर सांप्रदायिक तानाशाही दमन के विरोध स्वरूप) धारा 370 को हटाकर जम्मू-कश्मीर के भारत में पूर्ण विलय की माँग को लेकर प्रजा परिषद् का आंदोलन छिड़ने के पश्चात् पं. नेहरू भी कश्मीर तथा स्वयं शेख अब्दुल्ला से किए गए वायदों से मुकरने लगे थे। आंदोलन की तीव्रता से नेहरूजी का शेख से ईमान भी डाँवाँडोल हो गया था और शेख को भी आभास हो गया था कि नेहरूजी अपनी साख बचाने के लिए कश्मीर तथा केंद्र के दरम्यान हुए वायदों को रद्‌दी की टोकरी में डाल देंगे।

इस संदर्भ में शेख ने केंद्रीय गुप्तचर विभाग के तत्कालीन निदेशक श्री बी.एन. मलिक की पुस्तक (माई इयर्ज विद् नेहरू) का हवाला देते हुए कहा कि जवाहरलाल ने भी मलिक से कहा था कि स्वयं उन्हें भी जनसंघ तथा प्रजा

परिषद् के आंदोलनों के उद्देश्यों से पूरी हमदर्दी है और वह भी कश्मीर को भारत से पूर्णतया मिला देना चाहते हैं, किंतु राष्ट्रसंघ की सुरक्षा परिषद् में शोर मच जाएगा।

(शेख के शब्दों में) भारत में जनसंघ के आंदोलन से जो माहौल बन रहा था, उसका अंदाजा इस बात से होता है कि जयप्रकाश नारायण तथा आचार्य कृपलानी जैसे नेता भी प्रजा परिषद् की तहरीक की हिमायत कर रहे थे और जवाहर को उनसे अपील करनी पड़ी कि वह इस मामले में टाँग अड़ाकर हालात को और पेचीदा (जटिल) न बनाएँ।

मनमुटाव

'आतिश-ए-चिनार' में 144 पृष्ठ पर लंबी समीक्षा में शेख के ऊपर लिखित टिप्पणी करते हुए स्वयं उसके एक अंतरंग मित्र कमाल अहमद सिद्दीकी ने लिखा है कि यहाँ अपनी पुस्तक में शेख साहब ने एक अन्य महत्त्वपूर्ण घटना बयान नहीं की, जो कि श्री सिद्दीकी को स्वयं शेख ने बताई थी और जिस कारण शेख का नेहरूजी से मनमुटाव और बढ़ गया। यह घटनाक्रम वार्त्तालाप के रूप में हुआ, जो कि संसद् भवन में प्रधानमंत्री के कमरे में केंद्रीय मंत्री रफी अहमद किदवई तथा शेख के बीच स्वयं नेहरूजी की उपस्थिति में हुआ। रफी अहमद किदवई पं. नेहरू के 'ट्रबल-शूटर' अर्थात् कष्ट निवारक के रूप में जाने जाते थे और वह भी शेख को हटाने के पक्षधर हो गए थे। श्री किदवई एक कुशल प्रशासक तथा एक वास्तविक सेक्यूलरवाद का जीता-जागता नमूना थे। अपनी दृढता के कारण उन्हें 'कांग्रेस में नेहरू गुट का सरदार पटेल' कहा जाता था। जैसे कि निम्नलिखित वार्त्तालाप से विदित है कि वह कश्मीर समस्या को मुसलिम लीगी मनोवृत्ति का ही एक नया रूप मानते थे और समझते थे कि शेख के पृथकतावाद का मूल कारण कश्मीर में मुसलमान बहुसंख्यकवाद है। श्री सिद्दकी, जो लगभग 30 साल तक श्रीनगर में आकाशवाणी प्रोग्राम प्रोड्यूसर रहे तथा उर्दू के उच्च कोटि के साहित्यकार हैं, ने श्री किदवई तथा श्री अब्दुल्ला के वार्त्तालाप का दृश्य तथा ब्योरा इस प्रकार दिया है—

नेहरूजी के कमरे में (दोपहर भोजन से कुछ देर पहले) सोफे पर रफी अहमद किदवई तथा शेख अब्दुल्ला विराजमान हैं तथा नेहरूजी जरा दूर कुरसी पर बैठे एक फाइल देखने में मगन हैं, परंतु ध्यान उनका वार्त्तालाप में ही है, जो इस प्रकार है—

रफी अहमद किदवई : शेख साहब, कश्मीर के हालात कैसे हैं?

शेख अब्दुल्ला : ला-हमद-अल्लाह (अर्थात् अल्लाह की पूर्ण कृपा है)

किदवई : अखबार तो कुछ और ही कहते हैं?

शेख : आप अखबार की हर बात को सच समझते हैं?

किदवई : वह दूसरी बात है। जम्हूरियत (लोकतंत्र) में अखबारों को नजरअंदाज नहीं किया जा सकता।

शेख : वह आप जानें।

किदवई : आपका भी तो उससे ताल्लुक (संबंध) है।

शेख : मेरे बारे में आप परेशान न हों। मैं अपनी देखभाल कर सकता हूँ।

किदवई : ठीक है, शेख साहब! लेकिन आप अगर जानते हैं तो बताइए, रायशुमारी (जनमत संग्रह) हो तो वादी (कश्मीर घाटी) में वोट किसको अधिक मिलेंगे?

शेख : मैं देख लूँगा। वह मेरा सिरदर्द है, लेकिन जम्मू में जो शोरश (आंदोलन) हो रही है, उसका रद्दे अमल (प्रतिक्रिया) कश्मीर के मुसलमानों पर बुरा हो रहा है।

किदवई : गोया (अर्थात्) आजादाना हालात में रायशुमारी हो तो यकीन (निश्चित) नहीं कि फैसला हिंदोस्तान के हक में होगा?

शेख : अगर जम्मू में शोरश खत्म नहीं हुई तो शायद ऐसा ही होगा।

किदवई : जम्मू भी तो आपकी अमलदारी (प्रशासन क्षेत्र) में है।

शेख : लेकिन जो ल़ोग वहाँ (यानी जम्मू में) रेशादवानियाँ (षड्यंत्र) कर रहे हैं, उन्हें यहाँ (अर्थात् दिल्ली) से मदद मिल रही है, जहाँ आपकी अमलदारी है।

किदवई : हिंदोस्तान जम्हूरी मुल्क है। हम मुखालफों (विरोधियों) को दबा नहीं सकते।

शेख : यह आप जानें, पर उनकी रेशादवानियाँ अपनी अमलदारी तक सीमित रखिए।

किदवई : जम्मू-कश्मीर भी हमारी अमलदारी में है।

शेख : ऐसा है तो जम्मू की शोरश (आंदोलन) को खत्म कीजिए वरना कश्मीर पर इसके बहुत बुरे असरात (प्रभाव) होंगे।

किदवई : ऐसा है तो इसका भी इलाज है।

शेख : वह क्या?

किदवई : मुल्क के दूसरे हिस्सों में शरणार्थी बसाए गए हैं। पूर्वी पाकिस्तान से आए लोगों को कश्मीर में बसाया जा सकता है।

शेख : (क्रोध में आकर) किदवई साहब! आप क्या कह रहे हैं? बजाय इसके कि जम्मू के आंदोलन से परदे के पीछे गुप्त ढंग से हाथ खींचें, आप कश्मीर को भी मुसलिम अकलियत (अल्पसंख्यक) का इलाका बनाना चाहते हैं। यह मेरे जीते जी न होगा। मैं 370 के लिए अपनी जान दे दूँगा। मैं किसी नॉन स्टेट सब्जेक्ट (राज्य के बाहर से भारतीय नागरिकों) को वोट का हक नहीं दूँगा। (इस पर जवाहरलाल चौंकते हैं कि सारे मकालात अर्थात् वार्त्तालाप उन्होंने सुने हैं।)

जवाहरलाल : क्या हुआ? क्या बात हो रही है?

नेहरू की चिंता

(इसके पश्चात नेहरूजी शेख अब्दुल्ला के कंधे पर हाथ रखकर उन्हें खाने की मेज की ओर ले जाते हैं।) स्वयं शेख द्वारा सुनाए गए ऊपर लिखित वार्त्तालाप का वर्णन करने के पश्चात् सिद्दिकी कहते हैं कि जवाहरलाल चिंतित थे कि जम्मू आंदोलन का भारत में उनकी साख पर बुरा प्रभाव पड़ रहा था। वह आंदोलन के औचित्य से भी सहमत थे। शेख को तो कश्मीर की कुछ चिंता नहीं थी, क्योंकि नेशनल कॉन्फ्रेंस के स्थानीय प्रयासों (जिन्हें खडपंच कहा जाता था अर्थात् पीस ब्रिगेड तथाकथित शांति सेना से लोग कबाइली दरिंदों से

भी अधिक डरते थे) की सहायता से शेख के उम्मीदवार चुनाव में सौ फीसदी बिना मुकाबला (निर्विरोध) जीत सकते थे, जैसा कि 1952 के चुनाव में प्रजा परिषद् के 42 प्रत्याशियों के नामांकन पत्र रद्द करने से हुआ और घाटी में एकमात्र विरोधी प्रत्याशी पंडित शिव लाल फोतेदार को लालच देकर बिठा दिया गया, परंतु श्री सिद्दिकी के शब्दों में, जवाहरलाल भारत में बिना मुकाबला चुनाव नहीं जीत सकते थे।

वोट लेने के लिए उन्हें आम लोगों के पास जाना पड़ता था, इसलिए वह चिंतित थे। (ऊपर लिखित सारा ब्योरा उर्दू साहित्यिक त्रैमासिक पत्रिका 'असरी अदब', जनवरी-अप्रैल, 1990 के अंक से लिया गया है)। (पांचजन्य साप्ताहिक के 11-02-1996 के अंक में यह श्री वेदप्रकाश भाटिया द्वारा प्रकाशित हुआ है।)

राष्ट्रीय स्वयंसेवक संघ ने आज से 50 वर्ष पूर्व अस्थायी धारा 370 को संविधान से समाप्त कर कश्मीर घाटी में जनसंख्या का संतुलन स्थापित कर अलगाववादी व पाकिस्तानी षड्यंत्रों का मुँहतोड़ जवाब देते हुए हिंदुस्तानपरस्त ताकतों को सशक्त करने का उपाय सुझाया था। ऊपर वर्णित वार्त्ता भी इस बात को ही कश्मीर समस्या का सर्वोत्तम समाधान सिद्ध करती है, परंतु कांग्रेस सदैव कट्टरवाद के सामने झुकती रही है तथा राष्ट्रवाद को नकारती रही है। इस वार्त्ता से यही बात सिद्ध होती है कि राष्ट्रवादी किदवई ठुकराए गए तथा अलगाववादी शेख अब्दुल्ला (जिनको बाद में वतन व कौम के साथ गद्दारी के कारण 22 वर्ष जेल में रहना पड़ा) नवाजे गए, जिसका परिणाम है आज का झुलसता जम्मू-कश्मीर। कांग्रेस द्वारा राष्ट्रवाद को नकारना व कट्टरवाद को नवाजना। इसके अनेक उदाहरणों में एक बड़ा उदाहरण है—'शाहबानो केस', जिसमें राष्ट्रवादी मो. आरिफखान ठुकराए गए और कट्टरवादी शहाबुद्दीन नवाजे गए। काश! आज भी कांग्रेसी नेताओं को सद्बुद्धि आ जाए और वे अस्थायी धारा 370 को हटाने के पक्षधर बन जाएँ तो भी कश्मीर समस्या के सामधान का मार्ग खुल जाएगा।

सूत्र रूप में कहना हो तो जम्मू-कश्मीर जिन कारणों से आज भी चर्चा में रहता है, वे निम्न हैं—

1. पं. नेहरू द्वारा जम्मू-कश्मीर विलय को स्वीकारने में देरी करना। समस्या

को गृह मंत्रालय की बजाय प्रधानमंत्री कार्यालय के अंतर्गत लेना।

2. जम्मू-कश्मीर के राजनीतिक शिखर पर शेख अब्दुल्ला को बिठाना।
3. भारतीय सेना के बढ़ते कदमों में इकतरफा युद्ध-विराम की घोषणा कर बेड़ियाँ डाल P.O.K. का निर्माण करवाना तथा एक युद्ध-विराम रेखा को जन्म देना। समस्या के जन्म को रोकने का अवसर गँवा बैठना।
4. घरेलू झगड़े को U.N.O. में ले जाने के कारण कश्मीर समस्या का अंतरराष्ट्रीयकरण होना।
5. संविधान निर्माण में जम्मू-कश्मीर को विशेष दर्जा देने के लिए धारा-370 को जोड़ना, जिससे अलगाववाद को हवा मिली (अलग झंडा, अलग नागरिकता, संविधान, पद आदि का सृजन हुआ)।
6. जम्मू-कश्मीर का भारत में पूर्ण विलय हो, इसके लिए चलने वाले प्रजा परिषद् आंदोलन को कुचलना और डॉ. मुखर्जी की श्रीनगर जेल में रहस्यमयी मौत पर परदा डालना।
7. धारा-370 को जिद के साथ बनाए रखने का दुष्परिणाम है—घाटी में लगातार राष्ट्रवाद की बजाय अलगाववाद का बढ़ना।
8. विदेशी दबाव में आकर 1950 में कराची समझौता (इंग्लैंड का दबाव), 1966 में ताशकंद समझौता (रूसी दबाव), 1972 में शिमला समझौता (अमरीकी दबाव) में जीती जमीन व बाजी हार बैठना। जमीन पर जीते, मेज पर हारे।
9. 1971 में 93-94 हजार पाक कैदियों को बिना समस्या समाधान के छोड़ना। एक और स्वर्णिम अवसर गँवा देना।
10. शेख अब्दुल्ला को रिहा कर 1975 में इंदिरा-समझौता कर पुनः शेख अब्दुल्ला की ताजपोशी करना।
11. कश्मीर घाटी में तुष्टीकरण की नीति के आधार पर भारत विरोध अर्थात् कट्टरपंथियों को सह देना और वतनपरस्त ताकतों का शोषण करना। कश्मीर घाटी को मुख्य राष्ट्रीय धारा में लाने के आज तक कमजोर प्रयत्न।

12. सन् 1962 के चीनी आक्रमण के पश्चात् भारतीय भू-भाग, जो चीन के कब्जे में चला गया, उसको भूमि मात्र मानकर पं. नेहरू द्वारा यह कहना कि Even a blade of grass is not growing there. मातृ-भू के प्रति भक्तिभाव को भारी ठेस पहुँचना।
13. भारत के उच्चतम न्यायालय की लापरवाही के कारण सन् 2001 में रद्दी की टोकरी अर्थात् अलमारी में बंद पुनर्वास बिल का विधेयक बनना, जिससे पाकिस्तानी नागरिक जम्मू-कश्मीर में बस सके।

कट्टरपंथियों व अलगाववादियों का षड्यंत्र : पुनः विभाजन

इन आतंकवादियों के विचित्र तर्क हैं कि जब 15 अगस्त, 1947 को हिंदुस्तान और पाकिस्तान बने, तब जम्मू-कश्मीर न हिंदुस्तान में था, न पाकिस्तान में और जब पाकिस्तान ने 20 अक्तूबर, 1947 को जम्मू-कश्मीर पर हमला किया तो 27 अक्तूबर को भारत ने भी जम्मू-कश्मीर पर हमला किया, लेकिन अंतरराष्ट्रीय ताकतें यह नहीं चाहती थीं कि एक महायुद्ध पुनः हो जाए, इसलिए उन्होंने दबाव डाला और पाकिस्तान और हिंदुस्तान के बीच युद्ध-विराम करा दिया। इस तरह जम्मू-कश्मीर का 40 प्रतिशत पाकिस्तान के कब्जे में और 60 प्रतिशत हिंदुस्तान के कब्जे में रह गया। इसलिए कश्मीर की मुसलिम जनता इस आजादी की जंग को लड़ रही है। पाकपरस्त आतंकवादियों का कहना है कि 1947 में आजादी और विभाजन के समय यह नियम बना था कि भारत की पश्चिमी और पूर्वी सीमा पर जो मुसलिम बहुमत के इलाके होंगे, वे पाकिस्तान में मिलाए जाएँगे। इसलिए जम्मू-कश्मीर, क्योंकि मुसलिम बहुमतवाला क्षेत्र है और भारत इसको छोड़ नहीं रहा है, यह आतंकवादी अपने हक की लड़ाई लड़ रहे हैं।

दोनों प्रकार के आतंकवादी गिरोहों ने इतिहास की सच्चाई को तोड़-मरोड़कर पेश किया है। इन दोनों प्रकार के आतंकवादी गिराहों के पीछे अंतरराष्ट्रीय ताकतें काम कर रही हैं, वह अपने पक्ष को मजबूत करने के लिए पं. नेहरू द्वारा की गई गलतियों का भी उपयोग करते हैं, जैसे कि जम्मू-कश्मीर को गृह मंत्रालय के बजाय विदेश मंत्रालय के अंतर्गत रखना और दूसरा, इस घरेलू मामले को सुलझाने

के लिए संयुक्त राष्ट्र संघ में जनमत संग्रह की बात मान लेना।

इतिहास का सच यह है कि जम्मू-कश्मीर हमेशा हिंदुस्तान का हिस्सा रहा है। 1946-47 में विभाजन और आजादी के लिए जो फॉर्मूला बना, उसमें हिंदुस्तान की रियासतों को यह हक दिया था कि वह हिंदुस्तान या पाकिस्तान में जाएँ। जम्मू-कश्मीर के महाराजा हरीसिंह ने 26 अक्तूबर, 1947 को विलय संधि पर हस्ताक्षर करके जम्मू-कश्मीर को पूरी तरह हिंदुस्तान में मिला दिया था। जम्मू-कश्मीर में भारतीय संविधान के अंतर्गत चुनाव कराए गए और लोगों ने चुनाव में भाग लेकर हिंदुस्तान के लोकतंत्र में अपनी आस्था प्रकट की।

अमरीकी खेल : कश्मीर स्वतंत्र कॉलोनी के रूप में

इस अंतरराष्ट्रीय षड्यंत्र का एक हिस्सा यह भी है कि विश्व-शक्ति का ख्वाब लेकर आनेवाले कल में भारत और चीन अमरीकी इरादों को चुनौती न दे सकें, इसलिए वह तिब्बत और कश्मीर को अपनी कॉलोनी के रूप में इस्तेमाल करना चाहता है। आर्थिक रूप से अमरीका और बहुराष्ट्रीय कंपनियों को एशिया के देशों में बाजार चाहिए, इसलिए कश्मीर को वे स्वतंत्र कॉलोनी के रूप में चाहते हैं और जम्मू-कश्मीर में आजादी के आतंकवादी आंदोलन को हर संभव मदद दिए जा रहे हैं।

डॉ. फारुख का सुझाव : भारत से स्वायत्तता

इस जम्मू-कश्मीर की समस्या के समाधान के लिए एक मार्ग डॉ. फारुख अब्दुल्ला ने दिया है। इसके अंतर्गत एल.ओ.सी. को अंतरराष्ट्रीय सीमा में बदल दिया जाए तथा पाक अधिकृत कश्मीर को स्थायी रूप से पाकिस्तान को दे दिया जाए। यह फॉर्मूला अलगाववादी है और देश की एकता और अखंडता के लिए घातक है। हमें यह नहीं भूलना चाहिए कि 22 फरवरी, 1994 को हिंदुस्तान की लोकसभा और राज्यसभा में सामूहिक रूप से देश के सभी राजनीतिक दलों तथा सांसदों ने एक मत से यह प्रस्ताव पारित किया है कि पाकिस्तान के साथ हमारा कोई विवाद शेष नहीं है, अगर कुछ विवाद बचा है तो इतना कि जम्मू-कश्मीर का जो हिस्सा 1948-49 में पाकिस्तान ने हथिया लिया था, उसे पाकिस्तान के कब्जे से मुक्त कराना है। इसलिए एल.ओ.सी. को अंतरराष्ट्रीय सीमा में बदलना

देश की संसद् और यहाँ की एक अरब जनता के साथ धोखा होगा।

इसी के साथ-साथ डॉ. फारुख अब्दुल्ला तथा उनकी पार्टी के लोग अधिकतम स्वायत्तता की बात करते हैं तो प्रश्न उठता है कि भारत सरकार जम्मू-कश्मीर की जनता के साथ कौन से अत्याचार और भेदभाव कर रही है, जिसका वे इशारा कर रहे हैं, जबकि सच्चाई यह है कि पिछले 52 वर्षों में केंद्र सरकार ने अन्य राज्यों की तुलना में जम्मू-कश्मीर को सबसे अधिक सहायता दी है। आज भी भारत की संसद् जो कानून बनाती है, वह हिंदुस्तान के प्रत्येक राज्य में तुरंत लागू हो जाता है, जबकि कश्मीर में वह तभी लागू होता है, जब जम्मू-कश्मीर की विधानसभा उसको अनुमति देती है। आज भी भारत के किसी भी प्रांत का राज्य-ध्वज नहीं, परंतु जम्मू-कश्मीर प्रदेश का अलग से राज्य-ध्वज है, जो कि लाल रंग का है, बीच में सफेद हल और तीन सफेद खड़ी धारियाँ डंडे की तरफ तथा आकार में आयताकार है। आज भी पूरे देश के अंदर केवल भारतीय नागरिकता ही है, किसी भी प्रदेश की अपनी अलग से नागरिकता का प्रावधान नहीं है, जबकि जम्मू-कश्मीर में प्रदेश की नागरिकता का प्रावधान है और जो केवल भारतीय नागरिक है, जम्मू-कश्मीर का नागरिक नहीं है, उसको संपत्ति खरीदने का, स्थानीय निकायों में वोट देने का, व्यावसायिक पाठ्यक्रम में प्रवेश लेने तथा प्रदेश में नौकरी पाने के अधिकार से वंचित रखा गया है। इसलिए जब डॉ. फारुख अब्दुल्ला अधिकतम स्वायत्तता की बात करते हैं तो मन में संशय उठता है कि क्या वे प्रदेश में पहले की तरह राज्यपाल की बजाय राष्ट्रपति पद और मुख्यमंत्री की बजाय प्रधानमंत्री पद चाहते हैं? क्या वे चाहते हैं कि पहले की तरह फिर से हिंदुस्तान और जम्मू-कश्मीर के बीच परमिट सिस्टम लागू किया जाए? क्या वह विश्व के अन्य देशों के साथ अपने संबंधों और व्यापार में आजादी चाहते हैं? अधिकतम स्वायत्तता का नारा एक धोखा है, जिसमें अलगाववाद और कट्टरवाद की बू आती है। डॉ. फारुख जुबान से देशभक्त हैं, परंतु मन-मस्तिष्क से अलगाववादी तथा भारत से आजादी के पक्षधर हैं।

तिब्बत के बाद हिमालय को हड़पने की साजिश

सन् 1949 में चीन ने तिब्बत पर बलात् कब्जा किया। तिब्बत के धार्मिक

गुरु एवं राजनीतिक मुखिया श्री दलाईलामाजी भारत में निर्वासित जीवन जी रहे हैं। चीनी सेना द्वारा तिब्बतियों की हत्याएँ करना, हजारों की संख्या में तिब्बती युवतियों का चीनी युवकों से जबरन विवाह रचाना तथा लाखों की संख्या में चीनियों को तिब्बत में बसाकर चीन भारत के लिए सदैव एक खतरा बन चुका है। चीन चाहता है कि भारत-पाकिस्तान आपस में लड़ते रहें, ताकि भारत का ध्यान लड़ाई में लगा रहे और भारत कभी भी तिब्बत की आजादी को खुला समर्थन तथा सहयोग न दे सके। इसलिए चीन पाकिस्तान को खुला समर्थन देने के साथ-साथ भारत के विरोध में पाक नीति का समर्थक है। भारत-पाक के आपसी तनाव व छद्मयुद्ध के रहते भारत चीन के साथ झगड़ा करने में समर्थ नहीं बन पा रहा है और एक साथ पाक व चीन दोनों देश के साथ खुली लड़ाई उचित भी नहीं है, जबकि सच्चाई यह है कि स्वतंत्र तिब्बत भारत की सुरक्षा की गारंटी बनता है, फिर भी पिछले अनेक वर्षों से चीन के विरुद्ध बोलना तो दूर की बात है, भारत चीनी नीति के दबाव में आकर तिब्बत का समर्थन न करते हुए चीन की मित्रता का समर्थन करता दिखाई दे रहा है। आज चीन को भारत की सीमा से हटाना तो दूर, अक्साईचिन एवं उत्तरपूर्व आदि इलाके, जो चीन ने हड़प किए हुए हैं, उनको भी चीन से खाली करवाने के लिए भारत आवाज बुलंद नहीं कर पा रहा है, जबकि सच्चाई यह है कि भारतीय जनता एवं नेता (साम्यवादियों को छोड़कर) तिब्बत की स्वतंत्रता के पक्षधर हैं। धीरे-धीरे चीनी साम्राज्यवादियों ने संपूर्ण हिमालय में अपने सशस्त्र अड्डे बना लिए हैं। आज चीन भारतीय हिमालयीन प्रदेशों के साथ-साथ नेपाल व भूटान पर अपनी नजर गड़ाए हुए है। एक मत यह भी है कि चीन पाकिस्तान से भी अधिक खतरनाक पड़ोसी सिद्ध होगा। आज भी चीन लद्दाख, अरुणाचल आदि को भारत का भू-भाग नहीं मानता है, बल्कि चीन का भू-भाग कहकर नक्शे में दिखाता है। चीन पाक समर्थक देश माना जाता है। भारतीय संसद् में 14 नवंबर, 1962 को एकमत से सभी सांसदों ने प्रस्ताव पारित कर चीन से एक-एक इंच जमीन खाली करवाने का संकल्प लिया है।

पाकपरस्त आतंकवाद का उद्देश्य

आतंकवाद का नारा भारत से आजादी अर्थात् विभाजन का है। सन् 1989-

92 के बीच आतंकवाद ने झेलम दरिया पर अर्थात् कश्मीर घाटी में नंगा नाच किया। 2.50 लाख कश्मीरी पंडितों, सिखों, डोगरों व पंजाबियों को उजाड़ा, सैकड़ों हत्याएँ कीं व माताओं-बहनों की इज्जत से खिलवाड़ किया। सन् 1992-98 के बीच आतंकवाद ने चिनाव दरिया तक अपना घिनौना खेल खेला और डोडा-राजौरी व पुंछ जिलों के लाखों हिंदुस्तानियों का उजड़ना, हजारों की हत्याओं के साथ-साथ इस सारे दौर में पहाड़ी व गुर्जर मुसलमान, जो हिंदुस्तानी माना जाता है, पर भी अमानवीय अत्याचार हुए। सन् 1998 से आज तक अब आतंकवाद रावी दरिया तक अपनी खूनी होली खेलने लगा है। रघुनाथ मंदिर, राजीव नगर, त्रिकूट पर्वत, जम्मू रेलवे स्टेशन, पुलिस एवं सैनिक छावनी कालूचक पर हमलों में हुए नरसंहारों के घाव अभी भी ताजा ही हैं। आतंकवाद के तेरह-चौदह (1989-2002) वर्ष के अभी तक के सारे दौर में तथा सीमा पर लगातार पाक गोलाबारी के कारण जम्मू-कश्मीर प्रदेश के 3 लाख के लगभग लोग उजड़ी जिंदगी जीने को मजबूर हैं। विस्थापित कैंप उनकी दर्दनाक स्थिति को बता रहे हैं। हजारों-हजार (लगभग 30,000 से अधिक परंतु 17,000 मृतक आतंकवादी संख्या छोड़कर) सुरक्षाकर्मी एवं नागरिक मारे जा चुके हैं। औरतें विधवा हुए हैं, बच्चे अनाथ हुए हैं, माँ-बाप बेसहारा होकर असहाय जिंदगी जी रहे हैं। सैकड़ों माताओं-बहनों की इज्जत लूटी, जिंदगी का खौफनाक चेहरा है आतंकवाद। अब तक भारत सरकार सीमा व जानमाल सुरक्षा हेतु इस आतंकवाद के युद्ध को कुचलने हेतु 46,000 करोड़ रुपए खर्च कर चुकी है, परंतु अमन, भाईचारा, सुरक्षा, एकता व अखंडता पर हर प्रकार का खतरा कायम है। आतंकवाद का उद्देश्य है सन् 2007 तक भारत का पुनः विभाजन और सीमा होगी रावी दरिया अर्थात् सैकड़ों वर्ग कि.मी. हिमाचल व पंजाब का भू-भाग कटेगा और जम्मू-कश्मीर पूरे का पूरा भारत से कटकर अलग होगा। भारत का मुकुट धूल-धूसरित होकर विधर्मी व विदेशियों के कब्जे में होगा और फिर सन् 1947 की तरह लाखों लाख, लगभग 35 लाख हिंदुस्तानी (भारतीय) रिफ्यूजी के रूप में रावी पार कर भारत में आ रहे होंगे।

(आतंकवादी समूहों व शिविरों के कुछ नाम और पकड़ा गया असलहा।)

आतंकवादी प्रशिक्षण केंद्र	आतंकवादी समूह	सन् 1990 से 2001 तक पकड़े गए हथियार
बाला कोट, खोजाबंडी	जे.के.एल.एफ.	कुल हथियार : 38,000
कोटली, बाटापुरा	हिजबुल मुजाहिदीन	विस्फोटक हथियार : 1,36,000
मुजफ्फराबाद, गिलगित	लश्करे-ए-तैयबा	राउंड, गोली : 35,00,000
सेथर, हिप्पा बैल्ली	हरकत-उल-अंसार	ए.के. राइफल : 23,500
एबटाबाद, हाजीपीर	जैश ए मोहम्मद	पिस्तौल, रिवॉल्वर : 9,144
मीरपुर	अल बर्क	युनिवर्सल मशीनगन : 985
गढ़ी हब्बीबुल्ला	अल बद्दर	रॉकेट प्रोजेक्टाइल गन : 947
मिम्बर	अल्लाह टाइगर्ज	रॉकेट लांचर्स : 707
गुंड	तहरीके-उल-जेहादी	स्नीफर राइफल : 328
गढ़ी दुपट्टा	दुःखतराने मिल्लत	रॉकेट बूस्टर्स : 2,149
अटोक	लश्कर-ए-जब्बार	लाइट मशीनगन : 81
पेशावर		ग्राउंड पोजीशन मोर्टारगन : 63

142 लाख हिंदुस्तानियों को उजाड़ने का कानून

शेख अब्दुल्ला ने सन् 1982 में इस कानून को जन्म दिया और सन् 2001 में डॉ. फारुख के समय में यह कानून अपना खेल खेलने लगा है। देश-भर में सन् 1947 के पाकिस्तानियों की व्यक्तिगत संपत्ति हिंदुस्तानियों के नाम हो चुकी है, परंतु जम्मू-कश्मीर में यह संपत्ति आज भी पाकिस्तानियों के नाम पर ही है। पुनर्वास विधेयक के अनुसार सन् 1947 के जनसंख्या बदली के 2 लाख जम्मू क्षेत्र के पाकिस्तानी, जो अब 10-15 लाख से भी अधिक हो चुके हैं, वे अथवा उनकी संतानें अपनी संपत्ति का रिकार्ड दिखाकर जम्मू-कश्मीर में आकर बस सकते हैं। उन्हें संपत्ति, नागरिकता, मतदान, शिक्षा व नौकरी आदि का अधिकार मिलेगा। लाखों पाकिस्तानी विशेष रूप से जम्मू सूबे में आकर बसेंगे और उसी जमीन पर बसे लाखों हिंदुस्तानी बिना लाठी, गोली, बम के ही रिफ्यूजी बनने को मजबूर होंगे। जबकि सन् 1947 से लेकर सन् 1971 तक के पाकिस्तान व पाक आक्रमित कश्मीर के लाखों रिफ्यूजियों के साथ जम्मू-कश्मीर के अंदर आज भी भारी भेदभावपूर्ण व्यवहार हो रहा है।

सर्वाधिक सामूहिक नरसंहार

सन् 1990 से 96 तक, जब जम्मू-कश्मीर पर हिंदुस्तान की सरकार का

सीधा नियंत्रण अर्थात् राज्यपाल शासन था, उस अवधि में पाँच सामूहिक नरसंहार हुए, परंतु 1996 से 2002 तक, जब प्रदेश में चुनी हुई डॉ. फारुख की सरकार थी, उस अवधि में 42 से अधिक सामूहिक नरसंहार की घटनाएँ घट चुकी हैं। वर्ष 1990 में आतंकवाद कश्मीर घाटी अर्थात् झेलम नदी पर था। सन् 1996 तक आतंकवाद चिनाब दरिया के किनारे पहुँचना शुरू हो गया है, परंतु डॉ. फारुख सरकार के समय में यह आतंकवाद रावी दरिया के किनारे को छूने लगा है अर्थात् तत्कालीन प्रदेश सरकार ने आतंकवाद को कश्मीर घाटी से लाकर जम्मू में बिठा दिया है। सन् 2000 से 2002 के बीच आतंकवादियों ने जम्मू के रेलवे स्टेशन, रघुनाथ मंदिर, त्रिकूट पहाड़ी, सैनिक छावनी, कालूचक, राजीव नगर आदि में खून की होलियाँ खुलेआम खेली हैं। आतंकवादी हमलों में कभी कोई नहीं बचता, परंतु फारुख व उनके बेटे उमर पर पाँच से अधिक हमलों का नाटक हुआ, जिसमें इनको खरोंच तक नहीं आई। एन.सी. व अन्य मुसलिम नेताओं में से उन्हीं की हत्या होती है, जो अलगाववाद व डॉ. फारुख के विरोधी हैं, आज जनता की ऐसी सोच बनी हुई है।

हुर्रियत कॉन्फ्रेंस

कश्मीर घाटी की 26 से अधिक छोटी-छोटी संस्थाओं के गठबंधन को हुर्रियत कॉन्फ्रेंस कहते हैं। हुर्रियत अमरीका की कठपुतली है तथा पाकिस्तान का हित साधने हेतु एक मंच है। इनका घाटी में जनाधार नहीं है। लद्दाख और जम्मू में तो इनके जनाधार का प्रश्न ही नहीं उठता है। हुर्रियत कॉन्फ्रेंस को कश्मीर घाटी में अलगाववादियों व कट्टरपंथियों की एक राजनीतिक संस्था माना जा सकता है, जो आतंकवाद का भी राजनीतिक चेहरा है, परंतु इनसे ही वार्त्ता करके समस्या का समाधान निकलेगा, यह कश्मीर समस्या को अधिक उलझाना ही नहीं, बल्कि विदेशी साजिश का शिकार होना भी है। इस तथ्य को देश के विभिन्न दलों के राजनेताओं, मीडियाकर्मी एवं तथाकथित बुद्धिजीवियों को जरूर समझना चाहिए। आज हुर्रियत के प्रत्येक नेता को अंदर तक जानना महत्त्वपूर्ण है। संपत्ति का अथाह समुद्र कहाँ से, कैसे, किनके द्वारा इनमें से प्रत्येक नेता के पास है, यह सब जानना जरूरी है। ये कश्मीर को अमरीका की कॉलोनी के रूप में स्थापित

करवानेवाले एजेंट हैं। विदेशी हस्तक्षेप के पक्षधर हैं। इनसे वार्त्ता नहीं करना, बल्कि इन्हें Marginalise करना आवश्यक है। डॉ. फारुख के कारनामों को जाँचने से पता चलेगा कि वह पाक के विरोध में हैं, परंतु भारतभक्त नहीं हैं, बल्कि भारत को आँख दिखाने की कोशिश करते हैं।

विद्वान् कहते हैं कि अगर समस्या मनुष्य निर्मित है तो इसका उपाय भी मनुष्यों के द्वारा ही संभव है। कश्मीर समस्या इसलामिक आंदोलन के अंतर्गत पाकिस्तान के कुत्सित इरादों तथा मुसलिम तुष्टीकरण की नीति की देन है। पिछले 52 वर्षों में भारत द्वारा भी कोई एकमत होकर ठोस नीति लेकर सख्त कदम न उठाने के कारण भी समस्या उलझती रही है। पिछले 15-16 वर्षों में जम्मू-कश्मीर का गहराई से अध्ययन करने पर अनेक प्रकार के उपाय सामने आते हैं, जिनका वर्गीकरण तीन प्रकार के उपायों में किया गया है।

धारा 370 हटाना, जनसंख्या संतुलन बनाना

भीषण रूप से फैलती जा रही आतंकवाद की चुनौती का उत्तर कैसे दिया जाए, यह यक्षप्रश्न आज केंद्र सरकार और समाज के सामने है। कश्मीर के बारे में विचार करते समय सबसे पहले जो मुद्दा सामने आता है, वह है कश्मीर को दिया गया विशेष दर्जा और यह दर्जा देने वाली संविधान की धारा 370। इस धारा के कारण भारत का कोई भी नागरिक जम्मू-कश्मीर में जमीन नहीं खरीद सकता। इतना ही नहीं, बल्कि भारतीय संसद् द्वारा पारित कोई भी कानून जम्मू-कश्मीर विधानसभा की सहमति के बिना वहाँ लागू नहीं होता। आज आम भारतीय नागरिकों ने कश्मीर घाटी में जाना करीब-करीब छोड़ ही दिया है। वैष्णो देवी, अमरनाथ यात्रा पर इसी तरह से हमले होते रहे तो धीरे-धीरे जम्मू में भी भारतीय नागरिकों का जाना रुक जाएगा। ऐसी परिस्थिति में देशभर में निजी निवेश का, विकास के दरवाजे बंद करने का, लोगों के आने-जाने में प्रमुख अवरोध बनी धारा 370 को जारी रखना और उसे रद्द करने की माँग करने वालों पर सांप्रदायिकता की मुहर लगाने से देश का क्या भला होगा? असल में संविधान में ही धारा 370 का वर्णन संविधान निर्माताओं ने 'अस्थायी और परिवर्तन के योग्य' (टेंपरेरी एंड ट्रांजिएंट) शब्दों में किया है। ऐसी परिस्थिति में धारा 370 को रद्द करना केवल देशहित में ही नहीं, बल्कि कइयों के लिए जीवनदायी निर्णय साबित होगा।

जम्मू-कश्मीर प्रदेश एक राजनीतिक इकाई रहे, परंतु कानून बनाने में, विकास में और रोजगार आदि अनेक विषयों में तीनों इलाकों की अलग-अलग क्षेत्रीय परिषद् बनाकर उनको अधिकार युक्त किया जाए। तीन क्षेत्र बहुत स्वाभाविक हैं और इनका आधार भौगोलिक, सांस्कृतिक एवं भाषायी बनता है, न कि सांप्रदायिक। भा.ज.पा. तथा अनेक राष्ट्रवादी लोगों की भी यह माँग रही है कि लद्दाख को यू.टी. का दर्जा दिया जाए तथा जम्मू व कश्मीर को अलग से काउंसिल दी जाए। इन तीन क्षेत्रीय परिषद् के बावजूद यह प्रश्न बना रहेगा कि क्षेत्रीय तनाव एवं भेदभाव कैसे दूर होंगे ? प्रदेश सत्ता व क्षेत्रीय परिषद् आपस में टकराएँ नहीं और कहीं प्रशासनिक व्यय बढ़ तो नहीं जाएगा, प्रशासनिक व्यय न बढ़े, इसका भी ध्यान रखना जरूरी है।

डॉ. फारुख अब्दुल्ला द्वारा बनाई गई रीजनल आटोनॉमी कमेटी में 8 रीजनल काउंसिल का प्रावधान बताया गया है। तीन की बजाय 8 रीजनल काउंसिल बनाने से प्रदेश पर आर्थिक बोझ बढ़ेगा तथा प्रदेश के तीनों रीजंस—जम्मू, कश्मीर और लद्दाख के राजनीतिक, सांस्कृतिक, धार्मिक आदि सब प्रकार का जनजीवन इसके कारण बिखरकर आपसी टकराव में बदल जाएगा, क्योंकि 8 रीजंस—यह सांप्रदायिक विभाजन है। इसलिए 8 रीजनल काउंसिल की बजाय 3 रीजनल काउंसिल का फॉर्मूला अधिक उपयुक्त है, परंतु इसमें आतंकवाद को कुचलने तथा घुसपैठ को रोकने के लिए अलग से कोई प्रावधान नहीं है। आतंकवाद और घुसपैठ ज्यों-के-त्यों चलते रहेंगे। उनको रोकने का काम प्रदेश सरकार करेगी या रीजनल काउंसिल की भी जिम्मेवारी होगी, इसके अलावा कश्मीर घाटी में विस्थापित वापस कैसे अपने हक-हकूक प्राप्त कर सम्मान के साथ रहने जाएँगे, यह प्रश्न भी बना रहेगा। धारा 370 हटानी चाहिए। स्वतंत्रता के 50 वर्ष बीत गए हैं। अनेक राजनीतिक दल व बुद्धिजीवियों ने अस्थायी धारा 370 की वकालत की तथा अपनी-अपनी कश्मीर नीति पर चले, परंतु समय आ गया है कि प्रत्येक दल व बुद्धिजीवी अपने राजनीतिक चिंतन व स्वार्थ से ऊपर उठकर विचार करे कि हमने धारा 370 से क्या पाया और क्या खोया ? 50 वर्ष के लेखा-जोखा का मूल्यांकन करें। मुझे विश्वास है कि राष्ट्रहित में ईमानदारी से सोचने पर धारा 370 हटाने के बारे में सभी एकमत होंगे। धारा 370 हट जाने के पश्चात् भी घाटी में जनसंख्या संतुलन

बदलने का मार्ग इसमें से निकलता दिखाई नहीं देता है। आज हालात बहुत खतरनाक मोड़ ले चुके हैं। उस सारी स्थिति में यह प्रथम उपाय बहुत कारगर सिद्ध नहीं होगा, परंतु जाति, पार्टी और मजहब से ऊपर उठकर एकजुट भारत इस उपाय की ओर बढ़ सकता है, परंतु अन्य सभी प्रश्नों के समाधान का मार्ग भी खोजना जरूरी होगा, जो अब इस उपाय से संभव नहीं होगा।

समाधान का एकमात्र उपाय राज्य का पुनर्गठन

कश्मीर घाटी, जम्मू और लद्दाख—इन तीन क्षेत्रों में बँटे कश्मीर प्रांत में एक और माँग जोर पकड़ रही है, जिसे नजरअंदाज नहीं किया जा सकता। जम्मू और लद्दाख के लोगों का कहना है कि जम्मू-लद्दाख की जनता को धारा 370 नहीं चाहिए। जम्मू-लद्दाख मिलाकर कश्मीर प्रांत की 60 प्रतिशत जनसंख्या और 85 प्रतिशत भू-प्रदेश बनता है। इसीलिए उनकी ऐसी माँग है कि 15 प्रतिशत भूमि व 40 प्रतिशत जनता में भी कुछ लोगों की माँगों के लिए हमें उसमें न जकड़ा जाए, जम्मू-लद्दाख को अलग करते हुए उसे पूर्ण भारत में समाहित किया जाए और जरूरी लगे तो कश्मीर घाटी में धारा 370 को जारी रखा जाए। वे तर्क देते हैं कि इससे कश्मीर घाटी हाथ से चली जाएगी, तो इसका उत्तर इस तरह से दिया जा सकता है कि तब तो कश्मीर घाटी ही क्या, जम्मू और लद्दाख तो क्या, दिल्ली भी चली जाएगी! इस नई माँग पर भी पूर्वग्रह को एक ओर रखकर विचार करना चाहिए। एक और पर्याय है वर्तमान कानूनों का चौखट में रहते हुए प्रभावी क्रियान्वयन, लेकिन आज देश का आम नागरिक धर्मनिरपेक्षता के नाम पर मुसलिमों व ईसाइयों के तुष्टीकरण के खतरे के बारे में जाग्रत् होकर राष्ट्रवाद की ओर भले ही झुकता हुआ दिख रहा हो, फिर भी 20-25 वर्ष पहले प्रशासनिक नौकरी में गए उच्चाधिकारी अब भी पुरानी मानसिकता में ही दिखाई देते हैं। इसके अलावा इस संभावना से भी इनकार नहीं किया जा सकता कि सारे देश को सता रहा भ्रष्टाचार का मसला यहाँ भी प्रभाव डाल रहा होगा।

जम्मू-कश्मीर को तीन भागों में बाँट देना 'ट्राइफरकेशन अथवा रिऑर्गेनाइजेशन', इसमें लद्दाख का क्षेत्रफल 59,241 वर्ग कि.मी. तथा जनसंख्या 2.5 से 3 लाख तक है। इसके अतिरिक्त केंद्रीय नौकरियों, व्यवसायों तथा मजदूर आदि के रूप में भी बहुत सी जनता लद्दाख में बसी हुई है। इसे केंद्रशासित

प्रदेश का दर्जा दिया जाए। जम्मू का क्षेत्रफल 26,253 वर्ग कि.मी. है, जनसंख्या 44 लाख और जो बिना राज्य की नागरिकता के लोग हैं, वे नागरिक भी 5 से 6 लाख होंगे। यदि जम्मू को अलग राज्य बनाया जाए तो उसकी जनसंख्या 49 से 50 लाख हो जाएगी। जम्मू एवं लद्दाख आतंकवाद, अलगाववाद, कट्टरवाद एवं भेदभाव आदि से मुक्त प्रांत एवं केंद्रशासित क्षेत्र बन जाएँगे।

कश्मीर घाटी का क्षेत्रफल 15,853 वर्ग कि.मी. है और जनसंख्या 43 लाख, जिसमें से ढाई लाख लोग उजड़कर जम्मू, दिल्ली और देश भर में फैल गए हैं। इसमें सभी जातियों के लोग हैं। इस समय भी कश्मीर घाटी में 50 हजार से एक लाख के लगभग विभिन्न प्रांतों के भारतीय हैं, जो जम्मू-कश्मीर राज्य के नागरिक नहीं हैं। यह वह इलाका है, जिसमें आतंकवाद, अलगाववाद एवं कट्टरवाद का रूप बहुत भयानक है। कश्मीर घाटी को अलग राज्य का दर्जा दिया जाए, जो कि 45-46 लाख के लगभग जनसंख्या का होगा। अब तीनों राज्यों—लद्दाख, कश्मीर घाटी तथा जम्मू क्षेत्र का अलग-अलग विचार किया जाना जरूरी है। पाकिस्तान द्वारा भी जम्मू-कश्मीर राज्य के पुनर्गठन का विरोध चौंकानेवाला है, इसका अध्ययन करना भी जरूरी है।

(क) कश्मीर घाटी व अन्य विस्थापित

जो ढाई-तीन लाख लोग कश्मीर घाटी से बेघर हुए हैं, उनको किसी एक स्थान पर सुरक्षित क्षेत्र बनवाकर अथवा घाटी के 6 जिलों में प्रत्येक जिलों में एक या दो सुरक्षित बस्तियाँ बनाकर समूहों में बसाना चाहिए। इन क्षेत्रों को बड़े नगर, Security Zone अथवा Autonomous Distt. अथवा U.T. कहा जाए। दूसरी बात, घाटी में हिंदू अल्पसंख्यक हैं, क्या उनको घाटी में अल्पसंख्यक का दर्जा देकर विशेष सुविधाएँ और अधिकार देने चाहिए, जैसे—उनका राज्यसभा में एक सदस्य मनोनीत किया जाना चाहिए? कश्मीर घाटी की विधानसभा में हिंदुओं (कश्मीरी पंडितों) के जिले के अनुसार एक-एक विधानसभा अर्थात् कुल छह सीट आरक्षित की जाएँ? तीसरी बात, सारी हिंदू धार्मिक संपत्ति का एक ट्रस्ट बनाना चाहिए, जिसको सरकार का संरक्षण प्राप्त हो तथा इन धार्मिक स्थानों के विकास के लिए सरकार से सुविधाएँ प्राप्त हों। चौथी बात, देशभर से

एक लाख के लगभग पूर्व सैनिकों को उनके परिवार सहित आवास सुविधाएँ तथा बच्चों की पढ़ाई व नौकरियों की व्यवस्था आदि अनेक बातों का प्रावधान बनाकर घाटी में बसाना जरूरी है। अन्य अनेक प्रकार के उपयोगों का विचार भी करना आवश्यक है। सन् 1947 से लेकर करगिल युद्ध तक के विस्थापितों के बारे में पूर्णतया विचार कर उनके साथ होने वाले भेदभाव को समाप्त करने के लिए उचित कदम उठाने चाहिए। इस दूसरे प्रकार के उपाय का अध्ययन गहराई से करना चाहिए। जम्मू-कश्मीर प्रदेश को तीन भागों में बाँटने का आधार सांप्रदायिक नहीं है। लद्दाख में 55 प्रतिशत बौद्ध व हिंदू तथा 45 प्रतिशत मुसलिम रहते हैं। जम्मू में 70 प्रतिशत हिंदू (सिख मिलाकर) तथा 30 प्रतिशत मुसलिम हैं। कश्मीर घाटी में वर्तमान में 99 प्रतिशत मुसलिम हैं, जबकि सेक्यूलरिज्म, मानवतावाद तथा उच्च इसलामिक जीवन-मूल्यों का यह तकाजा है कि 14 से 20 प्रतिशत हिंदुओं (कश्मीरी पंडित, डोगरे, सिख आदि) को कश्मीर घाटी में बसाना चाहिए।

कश्मीर घाटी

अनेक लोगों के मन में भ्रम उपजता है कि यह सांप्रदायिक विभाजन है। यह उनके मन का वहम है, क्योंकि यह पुनर्गठन है, जिसका आधार भूगोल, इतिहास, परंपराएँ, वेशभूषा, भाषा, रंग-रूप, मौसम, संस्कृति, विकास तथा आपसी समानताएँ हैं। अतः उनका वहम निराधार है। अगर किसी जाति अथवा मजहब की बहुलता सांप्रदायिकता है तो फिर विश्व का प्रत्येक देश सांप्रदायिक देश है, फिर तो कोई भी देश सेक्यूलर नहीं है, इसलिए सांप्रदायिकता की यह परिभाषा ही गलत है। कुछ लोगों के मन में यह भय भी समाया है कि राज्य पुनर्गठन की माँग करनेवाले कश्मीर घाटी को छोड़ रहे हैं या कश्मीर घाटी को पाकिस्तान को तश्तरी में रखकर दे रहे हैं। इस भय में से प्रश्न खड़ा होता है कि आज कश्मीर घाटी किन कारणों से भारत के साथ है। एक—केंद्रीय सरकार की राष्ट्रीय-अंतरराष्ट्रीय संकल्पशक्ति कि वह समझौते में कश्मीर को देनेवाली नहीं है। दो—सीमाओं पर सैनिकों की उपस्थिति और उनमें देश के लिए बलिदान होने की उत्कट भावना। तीन—कश्मीरियों की पाकिस्तान में न जाने की इच्छा। कारण—

पिछले 50 वर्षों से पाकिस्तान अधिकृत कश्मीर अभी तक पाकिस्तान में सम्मिलित नहीं हुआ है। अगर कोई यह सोचता होगा कि जम्मू व लद्दाख कश्मीर घाटी के साथ हैं, इसलिए कश्मीर घाटी हिंदुस्तान में है, यह उनकी कल्पना नहीं है और सत्य से यह कल्पना कोसों दूर है। कश्मीर घाटी को अलग राज्य बनाने के पश्चात् भी यह सभी राष्ट्रवादी तत्त्व बने ही रहने वाले हैं, बल्कि कश्मीरी अधिक दृढता से पाकिस्तानी से लड़ेगा। देश में जो भी लोग इस वहम अथवा भय से ग्रस्त हैं, उनको भ्रम भरी बातों द्वारा सांप्रदायिकता का विषैला माहौल न बनाकर आम मुसलिम समुदाय को अधिकाधिक भारतीय बनाना चाहिए और इस दिशा में ही काम करना जरूरी है। पुनर्गठन में इस बात को सुनिश्चित करना जरूरी है, जिससे हिंदुओं को कश्मीर घाटी में बसाना संभव हो जाए।

(ख) लद्दाख

जोजिला दर्रा से कैलाश मानसरोवर के बीच एक तरफ बाल्टिस्तान (पाक अधिकृत) तथा तिब्बत (चीन अधिकृत), दूसरी ओर जम्मू क्षेत्र, कश्मीर घाटी तथा समुद्रतल से 9000 से 24000 फीट की ऊँचाई के बीच बसा यह इलाका, जिसमें वर्षा वर्षभर में 4-5 इंच होती है। तापमान अधिकतम 30 डिग्री तथा न्यूनतम -40 डिग्री सेल्सियस होता है। जमीन में नमक कम है। जलवायु में प्राणवायु (Oxyzen) कम है। इस कारण खुश्की आना, रक्तचाप बढ़ना, साँस फूलना, स्मरणशक्ति कमजोर होना आदि शारीरिक समस्याएँ रहती हैं। वर्ष में छह मास से अधिक के लगभग भारी बर्फ के कारण दोनों सड़क मार्ग (मनाली-लेह तथा श्रीनगर-करगिल-लेह) बंद रहते हैं। उस समय केवल हवाई मार्ग ही यातायात के लिए उपलब्ध रहता है। एक वर्ग कि.मी. में 4-5 जनसंख्या रहती है। हजारों वर्ग कि.मी. तो ऐसा है, जहाँ मानवजीवन ही नहीं है। भाषा लद्दाखी है, जिस पर संस्कृत का प्रभाव है, परंतु जिसकी लिपि भोटी है। वेशभूषा, आकृति एवं रंगरूप बिल्कुल भिन्न हैं। परंपराएँ, नृत्य-उत्सव भिन्न हैं। जाति व्यवस्था में छुआछूत बहुत कम है, बल्कि नहीं के बराबर है। बौद्ध मतावलंबी तथा मुसलिम, अधिक शिया और थोड़ा सुन्नी भी हैं। बौद्ध धर्म का प्रभाव अधिक है। इसलाम 8वीं और 15वीं शताब्दी में आया और द्रुतगति से फैलता गया। महिला प्रतिशत

प्रकृति के कारण अधिक है, धार्मिक परंपरा के कारण से एक परिवार से एक लामा, सामाजिक रीति के कारण बड़े भाई की शादी सभी भाइयों की शादी तथा आर्थिक कारण से जमीन बँटे नहीं, इस कारण महिला संख्या बढ़ती गई और इस सारे का लाभ विदेशी इसलामी मतावलंबियों ने उठाया तथा यह फैलता चला गया। वैसे अब यह मतांतरण कम हुआ है। यह क्षेत्र पढ़ाई में पिछड़ा है, विश्वविद्यालय तो दूर की बात, औद्योगिक शिक्षा संस्थान तथा महाविद्यालय भी अभी-अभी खुला है। उच्च शिक्षा (डॉक्टर, इंजीनियर, वकील आदि) के लिए जम्मू, चंडीगढ़, दिल्ली व देश के अन्य भागों में जाना पड़ता है। सन् 1962 में चीनी आक्रमण के पश्चात् भारत का ध्यान लद्दाख की ओर अधिक गया। भारतीय सेना भारी संख्या में है। उसके कारण लद्दाख के आर्थिक जीवन ने करवट ली है। विदेशी पर्यटक खूब आते हैं। अब भारतीय पर्यटकों की संख्या भी बढ़ने लगी है। सिंधु नदी व अनेक छोटी-बड़ी बर्फीली नदियाँ, नाले, जड़ी-बूटियाँ, ऊन, पश्मीना, कृषि में फल, सब्जी आदि विकास का आधार हैं। कृषि योग्य धरती कम है, परंतु अब यह भूमि बढ़ने लगी है। 'आमची' नामक चिकित्सा पद्धति का विकास हो सकता है। पिछले 50-52 वर्षों में कश्मीरियों के पास लगातार राजनीतिक सत्ता रहने के कारण लद्दाख व लद्दाखी भयानक भेदभाव तथा तनाव का शिकार रहा है। मतांतरण का कुचक्र जारी है, जिसको कश्मीरी राजनेताओं का वरदहस्त प्राप्त है। सन् 2000 में 11 जुलाई को तीन लामाओं की हत्या से यह सिद्ध होता है कि अब लद्दाख भी आतंकवाद की चपेट में आनेवाला है। करगिल युद्ध 1999 ने बताया है कि लद्दाख में घुसपैठ का स्वरूप भयानक है। लद्दाख के लोगों की माँग है कि उन्हें केंद्रशासित प्रदेश का दर्जा दिया जाए, क्योंकि वे कश्मीरी भेदभाव के तनाव से मुक्त होना चाहते हैं।

भा.ज.पा. ने 1996, 1998, 1999 के विधानसभा व लोकसभा चुनाव में लद्दाख को केंद्रशासित राज्य का दर्जा देने की वकालत की है। भा.ज.पा., कांग्रेस व अन्य दलों व विशेषज्ञों ने यह माना है कि लद्दाख को भेदभाव, आतंकवाद, घुसपैठ, मतांतरण मुक्त करना है तो उसको स्वतंत्र राजनीतिक व प्रशासनिक व्यवस्था देने से ही यह संभव है और लद्दाख के विकास मॉडल के आधार भी बिल्कुल भिन्न हैं। लद्दाख के लोग धारा 370 जैसी विशेष व्यवस्था को न चाहकर

भारत व भारतीय संविधान का अखंड भाग बनना चाहते हैं। लद्दाख क्षेत्रफल में देश के अनेक प्रांतों से बड़ा है। इस समय लद्दाख में केंद्रशासित प्रदेश बनाने के लिए आंदोलन चल रहा है। लद्दाखी देशभक्ति के लिए प्रसिद्ध रहे हैं।

(ग) जम्मू

लखनपुर (रावी नदी) से पीर-पंचाल के बीच बसा यह क्षेत्र अनेक प्रकार की विविधताएँ लिये हुए है। पिछले 50-52 वर्षों में कश्मीरी राजनीतिक व प्रशासनिक सत्ता के भेदभाव के शिकार जम्मूवासी आज जम्मू राज्य की माँग कर रहे हैं। जम्मू के लोग बिना धारा 370 अथवा अन्य कोई विशेष संवैधानिक सुविधा के भारत के साथ पूर्ण एकता व अखंडता चाहते हैं। जनसंख्या व क्षेत्रफल में देश के अनेक प्रांतों से बड़े अथवा समकक्ष इस प्रदेश की जनसंख्या 49-50 लाख बनती है। इसमें 12-13 लाख मुसलिम हैं तथा 36-37 लाख हिंदू (सिख आदि मिलाकर) बनते हैं। 12-13 लाख मुसलिम में 7-8 लाख गुर्जर, बकरवाल (एस.सी. व एस.टी) आदि हैं। डेढ़-दो लाख मुसलिम राजपूत हैं। गुर्जर एवं राजपूत, ये दोनों समुदाय अखिल भारतीय स्तर की इनकी सभाओं से जुड़े हैं, जो कि हिंदू बहुल हैं। आज भी अधिकांश मुसलिम समुदाय को इस बात का एहसास है कि वे पूर्वजों से हिंदू हैं अर्थात् धर्मांतरित मुसलिम हैं तथा अरबी कट्टरवाद का ये लोग शिकार नहीं हुए हैं। कश्मीरी मुसलिम इन्हें हीन दृष्टि से देखता तथा व्यवहार करता है। पिछले पाँचों युद्धों (विशेष रूप से चार पाकिस्तानी हमले) में जम्मू प्रांत के मुसलिमों ने देशभक्ति का परिचय दिया है। जम्मू तथा कश्मीर घाटी में हिंदुओं पर आतंकवादियों के अत्याचार के बावजूद इस क्षेत्र में सांप्रदायिक फसाद नहीं हुए हैं। आर्थिक रूप से पिछड़ा बनाने की कोशिश है। जम्मू प्रांत की भाषा डोगरी व गोजरी है। पिछले अनेक वर्षों से उर्दू का प्रचलन बढ़ा है। डोगरी एवं गोजरी बोलनेवालों का प्रमाण 90 प्रतिशत से भी अधिक है। इन दोनों भाषाओं की लिपि देवनागरी है। वेशभूषा, रीति-रिवाज, रंग-रूप व आकृति से लद्दाख व कश्मीर से भिन्न हैं।

समुद्रतल से 800 फीट से लेकर 18000 फीट की ऊँचाई के बीच बसा यह क्षेत्र मैदानी (समतल), कंडी तथा ऊँची बर्फीली पहाड़ियों अर्थात् तीन प्रकार

का भूगोल रखता है। तापमान अधिकतम 45 डिग्री, न्यूनतम –10 डिग्री तक जाता है। वर्षा वर्ष भर में 40–50 सेमी. होती है। कंडी का क्षेत्र सूखा होने के कारण न तो कृषि है और उद्योग भी न होने के कारण बहुत पिछड़ा है। बेरोजगारी अधिक है। मैदानी क्षेत्र में कृषि (अन्न, सब्जी व फल आदि) एवं उद्योग आदि हैं। पहाड़ी क्षेत्र में जंगल, कृषि व अन्य वस्तुएँ ऊन, पश्मीना, मसाले, फल आदि हैं। पर्यटक स्थल बहुत हैं, जिनका विकास ही नहीं हुआ है। सड़कें टूटी-फूटी हैं तथा कम हैं। उद्योग-धंधों की संभावना बहुत है, परंतु वर्तमान प्रदेश के कश्मीरी शासन ने इसे अनदेखा किया है। जाति से बहादुर होने के कारण डोगरा युवक फौज में बहुत संख्या में जाते हैं। माता वैष्णो व अन्य तीर्थों के कारण देश भर से 50 लाख से अधिक तीर्थयात्री जम्मू में आते हैं। अनेक नदियों, विशेष रूप से चिनाव, रावी, तवी, उज्झ, सेवा आदि ऊर्जा के स्रोत हैं। जम्मू ऊर्जा प्रदेश बनकर अन्य प्रदेशों को भी बिजली दे सकता है। जड़ी-बूटी के कारण दवाइयों के क्षेत्र में अग्रणी बन सकता है। कश्मीरी प्रशासन के अंतर्गत जम्मू भयानक भेदभाव के साथ-साथ मतांतरण का शिकार भी हो रहा है। जनसंख्या के संतुलन को भी बिगाड़ने की कोशिशें जारी हैं, पिछले अनेक वर्षों से पाकपरस्त तत्त्वों की सक्रियता बढ़ रही है। इस कारण जम्मू आतंकवाद, घुसपैठ का शिकार है। आम युवा आतंकवाद के खिलाफ V.D.C. के रूप में लड़ रहा है, जबकि पाकपरस्त प्रशासनिक तत्त्व इसमें बहुत बड़ी बाधा हैं।

पुनर्गठन : पाकिस्तान को मुँहतोड़ उत्तर

आज पूरे प्रदेश में राज्य के पुनर्गठन की माँग जोर पकड़ रही है। इस माँग को लेकर बड़ी (सत्तापक्ष व विपक्ष) पार्टियाँ दुविधा में हैं। कुछ नेता कहते हैं कि इससे तो कश्मीर घाटी को हम तश्तरी में रखकर पाकिस्तान को दे देंगे। जब ये नेता यह बात कहते हैं तो इसका यह अर्थ निकलता है कि घाटी के लोग हिंदुस्तानी नहीं, पाकिस्तानी हैं और जिन्होंने भी पचास साल राज किया, वे घाटी को हिंदुस्तानी बनाने में असफल सिद्ध हुए हैं। इससे यह सिद्ध होता है कि ऐसे लोगों व पार्टियों को वहाँ राज करने व बोलने का हक ही नहीं है। फिर तो धारा 370 हटाकर भारतीय मानस की जनसंख्या को कश्मीर घाटी में बसाना और जरूरी हो जाता है।

- दूसरी बात : पाकिस्तान एक इंच भी जमीन तब लेकर जा सकता है, जब हिंदुस्तान की सेनाएँ भाग खड़ी हों, जो कि संभव ही नहीं। पिछले चार युद्धों में भारत रणभूमि में जीता, परंतु मेजनीति में हारा है।
- तीसरी बात : संभव है कि भारत की केंद्रीय सरकार विदेशी दबाव में झुककर समझौता कर बैठे, जैसे कि पिछले कराची, ताशकंद व शिमला समझौतों में हुआ। इसके चलते चीन व पाकिस्तान जम्मू-कश्मीर का क्रमश: 42,735 वर्ग कि.मी. व 78,114 वर्ग कि.मी. क्षेत्र दबाकर बैठ गए हैं। अगर सरकार झुकी तो वह आज भी झुक सकती है और कुछ भी खोया जा सकता है। फिर कश्मीर ही क्यों, जम्मू व पठानकोट भी जा सकते हैं, जबकि आज इन सब बातों की कोई संभावना नहीं है। इसलिए केंद्रीय नेताओं को इस भ्रम में रहने की जरूरत नहीं है कि कश्मीर घाटी पाकिस्तान में चली जाएगी।
- यह भी एक सोच बनती है, जैसा कि बहुत से कश्मीरी मुसलमान व संस्थाएँ कहती हैं कि हमने 1947, 65 व 1971 में पाकिस्तानियों को भुगता है। वे तो गुंडे व दरिंदे हैं।
- पाकिस्तान में उसके अपने घर में पंजाबी पाकिस्तान से बलूच, पख्तून, सिंधी, मुहाजिर, बाल्टिस्तानी, मुजफ्फराबादी व मीरपुरिये अलग होना चाहते हैं। जब कश्मीर व कश्मीरी भी एक प्रदेश (राज्य) होगा तो कश्मीरी भी पाकिस्तान एवं पाकिस्तानियों से अपनी रक्षा करेंगे और लड़ना पड़ा तो पाकिस्तानियों के खिलाफ डटेंगे। इस पुनर्गठन के नारे के कारण पाकिस्तान व कश्मीर घाटी में आजादी, पाकिस्तानी तत्त्व तथा ऑटोनोमी (स्वायत्तता) की बात करने वाले षड्यंत्रकारी परेशान हैं, क्योंकि उनका जम्मू-कश्मीर को हड़पने का सपना नष्ट हो रहा है।

पुनर्गठन लाभदायक तथा आवश्यक

राज्य के पुनगर्ठन की माँग करने वालों का कहना है कि पुनर्गठित राज्यों के विकास पर अधिक खर्च नहीं होगा। इससे रोजगार बढ़ेगा और बेकार युवकों को काम मिलेगा। नवयुवक पाकिस्तानी भटकाव में आकर आतंकवादी भी नहीं

बनेंगे। बड़े कारखाने खुलेंगे। जम्मू-कश्मीर व लद्दाख में तो पहले ही विधायिका है, सचिवालय है, सभी प्रकार के दफ्तर (कार्यालय) हैं, व्यवस्थाएँ हैं। कश्मीरी हिंदुओं आदि के लिए बनने वाले सुरक्षा क्षेत्र को ही कुछ व्यवस्थाएँ (सहूलियतें) देनी पड़ेंगी, जिसकी कीमत सुरक्षा व्यय के कम होने के कारण उसी में से निकल आएगी। सुरक्षा व्यय में कमी होने के कारण भारत का आर्थिक बोझ भी कम होगा।

कश्मीर समस्या का 50 वर्षों से उपचार करने वाले भारतीय चिकित्सकों—कांग्रेस, जनतादल, साम्यवादी दल, समाजवादी दल, मानवाधिकारवादी व बुद्धिजीवियों से मेरा अनुरोध है कि उन्होंने इस समस्या के समाधान हेतु उपचार पद्धति व दवाई के रूप में धारा 370 का उपयोग किया है। क्या इससे यह समस्या व हालात सुधरे हैं अथवा हालात दिन-प्रतिदिन बिगड़ रहे हैं। क्या उनका Diagnose व Treatment ठीक है। अगर ठीक है तो इन सबको कहना चाहिए कि कश्मीर के हालात में सुधार है। अगर वे मानते हैं कि समस्या दिन-प्रतिदिन गंभीर होती जा रही है, कश्मीर कैंसर बन रहा है तो फिर मानवता व राष्ट्रवाद का तकाजा है कि इन्हें यह मानना चाहिए कि उनका Diagnose व Treatment गलत है। क्या इन नेताओं व बुद्धिजीवियों में देश की एकता व अखंडता की सुरक्षा के लिए इतनी हिम्मत है कि वे अपनी गलती को स्वीकार करें। देश बड़ा है कि पार्टीबाजी, नेतागीरी और घातक बुद्धिवादी तर्क-वितर्कपना। दुर्भाग्य है कि जिनके हाथ में सत्ता की बागडोर है, वे ही राष्ट्र नौका को पार लगाने की जगह डूबने दे रहे हैं।

इसमें से एक प्रश्न खड़ा होता है, जिसके उत्तर में पुनगर्ठन की माँग करने वालों का तर्क है कि कश्मीर घाटी को अलग प्रदेश बनाने से संभवतया उन्हें धारा-370, Autonomy की जरूरत नहीं रहेगी, परंतु अगर वे फिर भी अधिक स्वायत्तता का राग अलापते हैं तो केंद्र को सभी प्रकार से विचार कर कश्मीरियों से बात कर उनकी समस्याओं के समाधान हेतु उचित कदम उठाने चाहिए। वैसे डॉ. फारुख की वर्तमान स्वायत्तता की माँग देश को तोड़ने की प्रक्रिया को तीव्र ही करेगी। इससे देश के दूसरे राज्य अधिक स्वायत्तता माँगने लगेंगे। Autonomy (अधिक स्वायत्तता) की भावना अलगाववादी मानसिकता का प्रतीक है, जो कि

खतरनाक है। फिर भी कश्मीर व कश्मीरियों को कोई विशेष छूट देने या अधिकार देने की आवश्यकता है तो केंद्र को उस पर विचार कर सुविधा देनी चाहिए। कश्मीरियों व कश्मीर का आतंकवाद से बहुत नुकसान हुआ है। उसकी भरपाई करने के बारे में सहानुभूतिपूर्वक सोचना व हल निकालना जरूरी है, परंतु डॉ. फारुख से अधिकतम अधिकार देने के बारे में बात करना और जम्मू, लद्दाख व हिंदू विस्थापितों की माँग को ठुकरा देना एवं केंद्रीय सत्ता व विपक्षी दलों के द्वारा देश की एकता व सुरक्षा पर सौदेबाजी करना बहुत ही खतरनाक कदम है।

- केंद्र सरकार को जनता को कश्मीर घाटी में स्वतंत्र व निष्पक्ष चुनाव की गारंटी भी देनी होगी, क्योंकि यह कश्मीरी अवाम की माँग है, जिसको पूरा करना ही चाहिए। डॉ. फारुख इस माँग का विरोध करेंगे, क्योंकि निष्पक्ष चुनाव प्रक्रिया से वे जीत नहीं सकेंगे।

पुनर्गठन समस्या ही समाधान का मार्ग

इसलिए राज्य के पुनगरठन की माँग करने वालों का कहना है कि इससे भेदभाव समाप्त होगा, आपसी भाईचारा बढ़ेगा, जनहानि बहुत कम हो जाएगी। निरर्थक सुरक्षा व्यय कम होगा। सेनाएँ सीमाओं की रक्षा के लिए लगेंगी। घुसपैठ पर रोक लगेगी। रोजगार बढ़ेगा। आम युवक भटकने से बचेगा। पाकिस्तान के पास एक इंच भी जमीन नहीं जाएगी, बल्कि गुलाम (पाक अधिकृत) कश्मीर के साथ एकीकरण बढ़ेगा। विकास तेजी से होगा। भाषा, संस्कृति, परंपराएँ फलें-फूलेंगी। हिंदू-मुसलिम मेल बढ़ेगा। द्विराष्ट्रवाद का सिद्धांत कमजोर होगा। अशांत क्षेत्र कम हो जाएगा और आतंकवाद व पाकिस्तान को मुँहतोड़ जवाब देना सरल होगा।

देशभर में इस पर सभी स्तरों पर सार्थक चर्चा होनी चाहिए, ताकि वर्षों से लंबित समस्या का संवैधानिक, नैतिक हल निकले। एक बार मन बनेगा तो संविधान भी रास्ता देगा। सब मिलकर मार्ग खोजेंगे तो मार्ग अपने आप निकल आएगा। अगर संविधान संशोधन देश की एकता व अखंडता के लिए आवश्यक है तो किया जाए। आज जम्मू-कश्मीर समस्या के एक पक्ष पाकिस्तान व आतंकवाद को लेकर देश चितिंत है, जो कि बहुत ही आवश्यक है, परंतु इस आंतरिक संकट को न समझना और उसके उपाय न खोजना अधिक खतरनाक होगा।

मेरी नजर में कश्मीर समस्या के समाधान के लिए तीन फॉर्मूले हैं—

पहला फॉर्मूला है—जम्मू-कश्मीर प्रदेश एक राजनीतिक इकाई रहे, परंतु कानून बनाने में, विकास में और रोजगार आदि अनेक विषयों में रीजनल काउंसिल को अधिकार संपन्न किया जाए। डॉ. फारुख अब्दुल्ला द्वारा बनाई गई रीजनल काउंसिल कमेटी में 8 रीजनल काउंसिल का प्रावधान बताया गया है। तीन की बजाय 8 रीजनल काउंसिल बनाने से प्रदेश पर आर्थिक बोझ बढ़ेगा तथा प्रदेश के तीनों रीजंस, जम्मू, कश्मीर और लद्दाख के राजनीतिक, सांस्कृतिक, धार्मिक आदि सब प्रकार का जनजीवन इसके कारण बिखरकर आपस में टकराव में बदल जाएगा। इसलिए 8 रीजनल काउंसिल के बजाय 3 रीजनल काउंसिल का फॉर्मूला अधिक उपयुक्त है। परंतु इसमें आतंकवाद को रोकने के लिए अलग से व्यवस्था विकसित करनी पड़ेगी। इसके अलावा कश्मीर घाटी में विस्थापित पुनः वापस कैसे अपने हक-हकूक प्राप्त कर सम्मान के साथ जाएँगे, इसे भी निश्चित करना होगा। धारा 370 हटानी चाहिए। संविधान बनने के 50 वर्ष बीत गए हैं। अनेक राजनीतिक दलों व बुद्धिजीवियों ने अस्थायी धारा 370 की वकालत की तथा अपनी-अपनी कश्मीर नीति पर चले, परंतु अब समय आ गया कि प्रत्येक दल व बुद्धिजीवी अपने राजनीतिक चिंतन व स्वार्थ से ऊपर उठकर विचार करें कि हमने धारा 370 से क्या पाया, क्या खोया? 50 वर्ष का लेखा-जोखा करें। मुझे विश्वास है, राष्ट्रहित में ईमानदारी से सोचने पर धारा 370 हटाने के बारे में सभी एकमत होंगे।

दूसरा फॉर्मूला है—जम्मू-कश्मीर को तीन भागों में बाँट देना, 'पुनर्गठन'। इसमें लद्दाख का क्षेत्रफल 5924 वर्ग कि.मी. है, जनसंख्या 2.5 लाख और जो भारतीय वहाँ जम्मू-कश्मीर की नागरिकता के बगैर रहे रहे हैं, वह 1 लाख हैं, जैसे—केंद्रीय नौकरियों में या मजदूर आदि के रूप में। इसे U.T. का दर्जा दिया जाए। जम्मू का क्षेत्रफल 26,253 वर्ग कि.मी. है, जनसंख्या 44 लाख और जो बिना राज्य की नागरिकता के रह रहे हैं, वह 5 से 6 लाख हैं। यदि जम्मू को अलग राज्य बनाया जाए तो उसकी जनसंख्या 50 लाख हो जाएगी। जम्मू एवं लद्दाख आतंकवाद, अलगाववाद, कट्टरवाद एवं भेदभाव आदि से मुक्त प्रांत बन जाएगा।

कश्मीर घाटी का क्षेत्रफल 15,853 वर्ग कि.मी. है और जनसंख्या 44 लाख, जिसमें से 3 लाख उजड़कर जम्मू, दिल्ली और देश भर में फैल गए। इसमें सभी जातियों के लोग हैं। इस समय भी कश्मीर घाटी में 2 लाख के लगभग वे भारतीय हैं, जो जम्मू-कश्मीर राज्य के नागरिक नहीं हैं। यह इलाका है, जिसमें आतंकवाद, अलगाववाद एवं कट्टरवाद का रूप बहुत भयानक है।

जो 3 लाख लोग बेघर हुए हैं, उनको किसी एक स्थान पर सुरक्षा बनाकर स्वायत्त जिले के रूप में या घाटी के 6 जिलों में प्रत्येक जिले में एक या दो सुरक्षित बस्तियाँ बनाकर समूहों में बसाना चाहिए। दूसरी बात, घाटी में हिंदू अल्पसंख्यक हैं, उनको घाटी में अल्पसंख्यक का दर्जा देकर विशेष सुविधाएँ और अधिकार देने के बारे में विचार करना चाहिए। उनका राज्यसभा में एक सदस्य मनोनीत किया जाना चाहिए तथा प्रत्येक जिले में एक विधानसभा सीट उनके लिए आरक्षित की जानी चाहिए। सारी हिंदू धार्मिक संपत्ति का एक ट्रस्ट बनाना चाहिए, जिसको सरकार का संरक्षण प्राप्त हो तथा इन स्थानों के विकास के लिए सरकार से सुविधाएँ प्राप्त हों। देश भर से एक लाख के लगभग पूर्व सैनिकों को उनके परिवार सहित आवास सुविधाएँ तथा बच्चों की पढ़ाई व नौकरियों की व्यवस्था का प्रावधान बनाकर घाटी में बसाना जरूरी है। अन्य अनेक प्रकार के उपायों का विचार भी करना अति आवश्यक है।

तीसरा फॉर्मूला है—उन लोगों का है, जो पाकिस्तान से युद्ध करना चाहते हैं। करगिल युद्ध के बाद देश में एक नवीन राष्ट्रवाद का उदय हुआ है, जो अंतरराष्ट्रीय षड्यंत्रकारी ताकतों एवं पाकपरस्त ताकतों से पूरा-पूरा हिसाब करने के लिए दो-दो हाथ करना चाहता है। उनकी भावनाओं को कवि ने निम्न भावों में प्रकट किया है—

अब तो नगाड़ा बज ही चुका है,
सरहद पर शैतान का।
नक्शे पर से नाम मिटा दो
पापी पाकिस्तान का।

इस तरह का विचार रखनेवाले लोग कहते हैं कि हम शांति एवं भाईचारे

के लिए लाहौर बस यात्रा करते रहे हैं, करते रहेंगे, परंतु लगता नहीं कि पाकिस्तान माननेवाला है। इसलिए वक्त की जरूरत है कि हम पाकिस्तान से युद्ध करके 1947 के पहलेवाली स्थिति बना लें।

पाकिस्तान के बारे में बहुतांश लोगों का मत है—

गलती करके पछताए उसे इनसान कहते हैं
गलती करके न पछताए उसे शैतान कहते हैं
गलती करे, बार-बार गलती करे,
उसे पाकिस्तान कहते हैं

इन तीन फॉर्मूलों पर राष्ट्र में बहस होनी चाहिए और इसमें से किसी एक फॉर्मूले को सारा देश माने अर्थात् वर्तमान की सबसे महत्त्वपूर्ण आवश्यकता है कि देश व दल एक मत होकर कश्मीर समस्या के समाधान के लिए काम करें। मुसलमानों को कट्टरपंथियों, अलगाववादियों के सहारे पर नहीं छोड़ें, बल्कि राष्ट्रवादी मुसलिम नेतृत्व प्रत्येक स्तर पर खड़ा करने के हरसंभव मार्ग से आगे बढ़ना चाहिए। जब तक समस्या का समाधान नहीं निकलता, आतंकवाद को कुचलने हेतु अनेक कठोर कदम उठाने पड़ेंगे। आतंकवाद को देशद्रोह मानकर उसको समाप्त करने की रणनीति तैयार करना ही उचित रहेगा।

आतंकवादी शिविरों को नष्ट करना

भारत के लिए पर्याप्त राजनीतिक साहस दिखाते हुए पाकिस्तान स्थित आतंकवादी शिविरों को नष्ट करना और उससे निर्मित संभावित युद्ध का सामना करने की तैयारी रखना भी एक पर्याय है। इस पर्याय के उच्चारण से ही बिदकनेवाला और भयभीत हो जानेवाला एक बुद्धिजीवी वर्ग इस देश में है। संसार में हमें 'युद्धखोर' कहा जाएगा, युद्ध में हिंसा होगी, अर्थव्यवस्था पर बुरा प्रभाव पड़ेगा, इत्यादि तर्कवाद ये लोग तुरंत शुरू कर देते हैं, लेकिन देश का इतिहास यह कहता है कि पिछले चौवन वर्षों में हमारे हर प्रधानमंत्री ने यत्नसपूर्वक पाकिस्तान से युद्ध को टालने का ही प्रयास किया है। इस अवधि में हुए आठ-दस प्रधानमंत्रियों में से एक ने भी ऐसा नहीं कहा कि 'युद्ध से हम भयभीत नहीं होंगे' या 'अमुक समस्या का हल न निकला तो युद्ध भी करेंगे।' हमने संसार के हर मंच से यही

कहा कि शांति स्थापना के लिए हम भरसक प्रयत्न करेंगे। अनेक चर्चाएँ और समझौते किए। फिर भी चौवन वर्षों में भारत को पाँच युद्धों का सामना करना पड़ा है। इन युद्धों में एक लाख से भी अधिक सैनिक शहीद हुए हैं। जिस बांग्लादेश के कई लाख शरणर्थियों का भार वर्षभर सहते हुए भारत ने उसके स्वतंत्रता युद्ध में मदद की, उस देश ने हमें बदले में कई लाख घुसपैठिए उपहारस्वरूप दिए हैं और भारतीय जवानों का अकारण ही अपमान किया है। यहाँ एक अन्य तथ्य तुलना करने योग्य है। 1958 से चीन की घुसपैठ की खबरें लगातार भारत में आ रही थीं, लेकिन 'युद्ध नहीं चाहिए' की भावना के मान पर उसे नजरअंदाज किया गया और 1962 में अपमानजनक हार का सामना करने की नौबत आई। इसके विपरीत करगिल में गुप्तचर संस्थाओं की असफलता की बात मान भी ली जाए, फिर भी जब घुसपैठ होने की बात ध्यान में आई, उसी समय काररवाई शुरू कर दी गई। इस करगिल युद्ध में सबसे कम यानी 560 सैनिक शहीद हुए। हर सैनिक की जान बहुमूल्य होती है, लेकिन पिछले बारह वर्षों में कश्मीर में 28,000 निरपराध लोगों की जानें गई हैं। इसे ध्यान में रखें तो पता चलेगा कि प्रत्याक्रमण के विचार को केवल 'युद्धखोरी' की मुहर लगाकर टाला नहीं जा सकता।

कश्मीरी विस्थापितों की घर वापसी हेतु सुरक्षित क्षेत्र

वर्षों से कश्मीर घाटी में रह रहे कश्मीरी पंडित, डोगरा (हिंदू, सिख) व कुछ सैकड़ों मुसलिम, जो इस आतंकवाद व कट्टरवाद के कारण पिछले 10-12 वर्षों से विस्थापितों की दर्दनाक जिंदगी जी रहे हैं, ये सभी लामबंद होकर, P.K., P.K.M., J.K.V.M. आदि मंचों से कश्मीर घाटी में अपने लिए स्थान माँग रहे हैं। जब ये कश्मीरी पंडित उजड़ रहे थे, तब रुहानी व इनसानी तबीयत के मुसलिमों ने डर के कारण तथा अन्य किसी भी मुसलिम नेता व संस्था ने आतंकवाद का विरोध कर पंडितों के जानोमाल की सुरक्षा नहीं की।

- तब सांस्कृतिक संस्था आर.एस.एस. तथा राजनैतिक दल भा.ज.पा. आगे आए। जम्मू-कश्मीर सहायता समिति के द्वारा कई करोड़ (लगभग 3 से 4 करोड़) रुपए की राशि व सामान मदद के रूप में बाँटा गया है। इनके दु:ख-दर्द में सम्मिलित होकर हमने हर संभव सहायता की। बेटी

का विवाह हो या उच्च शिक्षा प्राप्ति का प्रश्न, भयंकर बीमारी हो अथवा अन्य कोई भी तकलीफ, सभी को मदद दी गई, बल्कि कुछ मुसलिम परिवारों को भी संघ द्वारा सहारा दिया गया, परंतु विशेष रूप से देशभर में बिखरे व व्यवस्थित हो रहे कश्मीरी पंडितों के नेताओं में घाटी के मुसलमान नेताओं के प्रति रोष है कि वे हमारी मदद के लिए आगे क्यों नहीं आए ? परंतु कश्मीरी हिंदुओं, डोगरों, सिखों का कहना है कि हम कश्मीर घाटी में बसने का अपना हक लेकर ही रहेंगे।

- कश्मीर हिंदुओं (पंडितों) पर हुए भेदभावपूर्ण जुल्मों को सारा देश जानता है। उनके साथ दर्दनाक हादसे, हत्याएँ व विस्थापन की भयंकर पीड़ा है, जो कश्मीरी भुगत रहा है। इसके लिए उनका कहना है कि 1,500 वर्ग किलोमीटर लगभग क्षेत्र हमें दक्षिण कश्मीर में होमलैंड, सुरक्षा क्षेत्र अथवा स्वायत्तशासी जिले के रूप में दिया जाए, हम सभी पुनः वहीं जाकर बसेंगे। उस स्थिति में हम संवैधानिक रूप से, राजनीतिक रूप से तथा शिक्षा की दृष्टि से पूर्णतया सुरक्षित होंगे। आर्थिक दृष्टि से भी हम अपना विकास करने में स्वतंत्र होंगे। उस इलाके में रहने वाले मुसलमान अथवा उजड़े मुसलिम परिवार हमारे साथ रह सकते हैं। यह आंदोलन भी दिन-प्रतिदिन उग्र हो रहा है।
- कश्मीरी पंडितों व डोगरों को लड़वाने व बदनाम करने की साजिश के अंतर्गत डॉ. फारुख ने ऊधमपुर के कश्मीरी विस्थापित कैंप बटलवालियाँ में 17 अगस्त, 2001 को भाषण देते हुए कहा कि आपकी औरतें व लड़कियाँ डोगरों के यहाँ सुरक्षित नहीं हैं। इससे पता चलता है कि डॉ. फारुख का चरित्र कितना घिनौना है तथा वे किसी भी हद तक गिर सकते हैं। हिंदुस्तान की जनता व नेताओं ने डॉ. फारुख के चरित्र को समझने में भूल करके बहुत नुकसान उठाया है। आँकड़े बोलते हैं कि डॉ. फारुख के मुख्यमंत्री बनने से पूर्व प्रदेश में पाँच नरसंहार और बाद में आज तक 40 के लगभग नरसंहार हो चुके हैं।

□

कांग्रेस जबाव दे, क्या यह सत्य नहीं है?

सन् 1948 में कश्मीर मसले के हल के लिए पं. नेहरू कश्मीर मामले को यू.एन.ओ. में ले गए और अपने गृह मामले का अंतरराष्ट्रीयकरण करने का भारी अपराध उन्होंने किया।

सन् 1947 से लेकर 1997 तक केंद्र में 11 कांग्रेसी सरकारें रहीं या फिर कांग्रेस से निकले प्रधानमंत्री नेताओं की। और 50 वर्षों की इस अवधि में भारत का जम्मू-कश्मीर, नेफा (अरुणाचल आदि), कच्चा टीबू, तीन बीघा, बेरूबाड़ी आदि का बहुत सारा भू-भाग दुश्मनों के कब्जे में चला गया है।

1. 20 अक्तूबर, 1947 को जम्मू-कश्मीर (हिंदुस्तान) पर होनेवाले कबाइली (पाकिस्तान) हमले की पूर्व सूचना उस समय की सरकार को राष्ट्रीय स्वयंसेवकों ने 4, 5 अक्तूबर को ही दे दी थी।
2. सरदार पटेल (तत्कालीन गृहमंत्री) के निवेदन पर राष्ट्रीय स्वयंसेवक संघ के द्वितीय सरसंघचालक परम पूजनीय गुरुजी ने 17 अक्तूबर, 1947 को महाराजा हरीसिंहजी से श्रीनगर में भेंट कर महाराजा साहब को जम्मू-कश्मीर को हिंदुस्तान में विलय करने के लिए तैयार किया। इस अवसर पर डॉ. कर्णसिंह चोटग्रस्त थे, परंतु महल में उपस्थित थे।
3. सन् 1947 में पाकिस्तानी आक्रमण का प्रतिरोध करने के लिए भारतीय फौजों को उतरने हेतु जम्मू शहर, पुंछ व श्रीनगर की हवाईपट्टियों की मरम्मत करने का कार्य राष्ट्रीय स्वयंसेवक संघ के स्वयंसेवकों ने गोलियों की वर्षा के बीच में किया।
4. पाकिस्तान ने 1947 में प्रथम आक्रमण भारत पर किया और इंग्लैंड (लार्ड माउंटबेटन) के दबाव में आकर तत्कालीन प्रधानमंत्री पं. नेहरू

ने सन् 1948 में जम्मू-कश्मीर विषय को गृह मंत्रालय से निकालकर विदेश मंत्रालय के अंतर्गत ले लिया।

5. सन् 1948 में कश्मीर मसले के हल के लिए पं. नेहरू कश्मीर मामले को यू.एन.ओ. में ले गए और अपने गृह मामले का अंतरराष्ट्रीयकरण करने का भारी अपराध प्रधानमंत्री पं. नेहरू ने किया।
6. जब भारतीय फौजें पाकिस्तानियों को मार-मारकर भारतीय भू-भाग से भगा रही थीं, ऐसे समय में पं. नेहरू ने 1 जनवरी, 1949 को सेना अध्यक्षों की सलाह को ठुकराते हुए तथा केंद्रीय मंत्रिमंडल को बिना विश्वास में लिये इंग्लैंड के दबाव में आकर इकतरफा युद्धविराम घोषित कर दिया, जिसके परिणामस्वरूप 78114 वर्ग किलोमीटर का भारतीय भू-भाग पाकिस्तान के कब्जे में चला गया, जो आज पाक अधिकृत कश्मीर कहलाता है।
7. पं. नेहरू ने शेख अब्दुल्ला को जम्मू-कश्मीर का वजीरेआजम अर्थात् प्रधानमंत्री बनाया और महाराजा हरीसिंहजी को जम्मू-कश्मीर से निर्वासित कर दिया। इसके कारण जम्मू-कश्मीर की जनता में व्याप्त भारी रोष को शांत करने के लिए 18-20 वर्षीय डॉ. कर्णसिंह को सदरे रियासत (राष्ट्रपति) का पद देकर एक ही देश में दो राष्ट्रपति व दो प्रधानमंत्री पदों को सृजन करने के लिए कांग्रेस व उसके नेता दोषी हैं।
8. जम्मू-कश्मीर का एक अलग झंडा भी उसी समय कांग्रेसी नेताओं द्वारा स्वीकार कर लिया गया और आज तक जम्मू और श्रीनगर के सचिवालय तथा मंत्रियों की गाड़ियों पर भी दो-दो झंडे लहराते हैं। एक झंडा है भारतीय तिरंगा और दूसरा है प्रदेश का (हलवाला), जबकि पूरे देश के प्रत्येक प्रांत में एक ही ध्वज भारतीय तिरंगा लहराता है।
9. पूरे देश में एक ही भारतीय संविधान लागू होता है। परंतु जम्मू-कश्मीर में कांग्रेसी नेताओं ने यहाँ के संविधान को 1950 में ही अलग मान्यता दे दी थी, जिसके कारण आज भी यहाँ दो संविधान लागू हैं।
10. राष्ट्रीय स्वयंसेवक संघ की प्रेरणा से जम्मू में दो निशान, दो प्रधान, दो विधान के खिलाफ सन् 1948 से 1953 के बीच प्रजा परिषद् के रूप में

आंदोलन प्रारंभ किया गया, जिसका उद्देश्य था भारतीय गणतंत्र को एकरूप बनाना तथा परमिट सिस्टम खत्म करना। परंतु तत्कालीन केंद्रीय (कांग्रेसी) सरकार ने शेख अब्दुल्ला के झाँसे में आकर इस देशभक्त आंदोलन को कुचला और कांग्रेस का आशीर्वाद प्राप्त प्रदेश सरकार के दमनचक्र के कारण पाँच स्थानों पर गोलियाँ चलने से 18 बंधु शहीद हुए, 5000 से अधिक लोग जेलों में बंदी बनाए गए और उन पर घोर जुल्म किए गए।

11. डॉ. श्यामाप्रसाद मुखर्जी की 23 जून, 1953 को श्रीनगर जेल में हत्या करवा दी गई। केंद्र में कांग्रेस सरकार से उनकी पू. माता द्वारा तथा जनता के बार-बार निवेदन करने पर भी आज तक अपराधी को दंडित नहीं किया गया। हत्या के समय डॉ. कर्ण सिंह सदरे रियासत थे।

12. महाराजा हरीसिंह निर्वासित होने के पश्चात् मुंबई में रहने लगे। महाराजा साहिब तो युवराज डॉ. कर्णसिंह के कांग्रेसी नेताओं के हाथों बिकने तथा देशभक्त समाज के साथ धोखा करने पर इतने नाराज थे कि उन्होंने अपनी वसीयत में डॉ. कर्णसिंह (उनके एकमात्र पुत्र) को उनका अंतिम संस्कार करने की अनुमति नहीं दी। इसलिए जम्मू-कश्मीर की जनता में डॉ. कर्णसिंह को लेकर आज भी नारे लगते हैं—

—'जो न बना बाप का, तो क्या खाक बनेगा आपका?'

—'जिसने स्वार्थ के लिए ठुकराया जनता को,
जनता उसे सबक सिखाने हेतु ठुकराएगी चुनाव में।'

— इसीलिए कांग्रेसी नेता डॉ. कर्णसिंह में हिम्मत नहीं हुई जम्मू-कश्मीर से चुनाव लड़ने की, क्योंकि यह सत्य है कि···

— 4 मार्च, 1960 को महाराजा द्वारा वसीयत लिखी गई और 26 अप्रैल, 1961 को महाराज की मृत्यु हुई। मृत्यु के समय डॉ. कर्णसिंह इटली में थे।

13. जम्मू-कश्मीर का 1947 में कुल क्षेत्रफल 2,22,236 वर्ग किलोमीटर था। सन् 1971 आते तक यह भू-भाग 1,01,387 वर्ग किलोमीटर ही भारत में शेष रह गया है। 1,20,849 वर्ग किलोमीटर जम्मू-कश्मीर का

भू-भाग इन दुश्मनों के कब्जे में चला गया। इस अवधि में केंद्र में कांग्रेसी सरकारें ही थीं।

14. डॉ. कर्णसिंह के बारे में जम्मू-कश्मीर की जनता में यह धारणा है कि वह जीवन में किसी का सगा नहीं है, वह केवल स्वार्थ का सगा है। 1948-49 में इसने बाप से तथा समाज से धोखा किया। 1953 में शेख अब्दुल्ला से धोखा किया। 1977 में इंदिरा से धोखा किया तथा कांग्रेस छोड़ जनता पार्टी में गया। जनता पार्टी छोड़ी तो विराट हिंदू समाज की स्थापना की। विराट हिंदू सम्मेलन के नाम पर एकत्र धन को खाया और फिर स्वतंत्र उम्मीदवार बना, उनके पश्चात् नेशनल कॉन्फ्रेंस में सम्मिलित हुआ, और इसी बीच फिर से कांग्रेस में सम्मिलित हो गया।

15. महाराजा रणवीर सिंहजी ने जनकल्याण एवं धर्मजागरण हेतु 'धर्मार्थ ट्रस्ट' बनाया। महाराजा हरीसिंहजी ने अपनी संपत्ति आर्य समाज को देकर जनकल्याण के अनेक संस्थान प्रारंभ कराए, परंतु डॉ. कर्णसिंह इन ट्रस्टों का सोल ट्रस्टी बनकर उस धन व संपत्ति को व्यापार में बदल रहा है तथा इस बात के सैकड़ों प्रमाण विभिन्न मुकदमों में संतों, महंतों तथा प्रबुद्ध नागरिकों ने न्यायालय में प्रस्तुत किए हैं, जिसमें इस जनकल्याण के लिए एकत्र धन को डॉ. कर्णसिंह ने चुनावों में खर्च किया, इसके सबूत हैं। 'धर्मार्थ ट्रस्ट' के संविधान में लिखा है कि इसका एक पैसा खाना या अन्य कामों में लगाना हजार गायों के कत्ल के समान है तथा गऊ मांस खाने जैसा निम्नकोटि का पाप है। महंत सीताराम, पुरानी मंडी, जम्मू, श्री डी.डी. ठाकुर पूर्व राज्यपाल असम तथा उच्चतम न्यायालय में अधिवक्ता, दिल्ली, धार्मिक व प्रबुद्ध जनता जम्मू द्वारा न्यायालयों में सबूत पेश किए गए हैं।

16. पुनर्वास विधेयक अर्थात् लाखों पाकिस्तानियों को जम्मू-कश्मीर (हिंदुस्तान) में पुनः बसाने का काला कानून। अधिकतम स्वायत्तता के कानून द्वारा जम्मू-कश्मीर को भारत के शेष प्रांतों से भिन्न रख अधिक अधिकार व सुविधाएँ देना। सन् 1953 के पूर्व की स्थिति अर्थात् जम्मू-कश्मीर में अलग राष्ट्रपति, प्रधानमंत्री, अलग ध्वज, अलग संविधान की

मान्यता देना, भारत तथा जम्मू-कश्मीर के बीच परमिट सिस्टम लागू करना। धारा 370 द्वारा जम्मू-कश्मीर को भारत से अलग करना। इन सबको कानून बनने से रोकने के लिए कांग्रेस चुप क्यों है ? क्या इसीलिए कि विश्व की बड़ी ताकतों का दबाव है ? अथवा तुष्टीकरण की वोट राजनीति कांग्रेस की मजबूरी है ?

17. सन् 1989 से जम्मू-कश्मीर में चल रहे आतंकवाद तथा सन् 1980 से 93 तक पंजाब में चल रहे आतंकवाद के खिलाफ लड़ाई में संघ स्वयंसेवकों ने सरकार व सेना की मदद की। लाखों उजड़े लोगों में करोड़ों रुपयों की राशि वितरित की जा चुकी है। जम्मू-कश्मीर में 'जम्मू-कश्मीर सहायता समिति' के नाम पर सहायता कार्य हो रहा है। पंजाब में 'पंजाब पीड़ित सहायता समिति' के नाम से कार्य चल रहा है।

18. जम्मू-कश्मीर के आतंकवादियों को पहचानने, उनके ठिकाने ढूँढ़ने तथा उनकी गतिविधियों को पकड़ने हेतु मदद चाहिए थी। सैकड़ों नवयुवक स्वयंसेवक आगे बढ़े और सेना की मदद करने लगे। अनेक स्वयंसेवक अपनी शहादत दे चुके हैं और अनेक पर मुकदमे चल रहे हैं। पंजाब, पूर्वांचल में भी स्वयंसेवक भारतमाता की आराधना में इसी प्रकार संलग्न हैं। यह सब कार्य 'सेना सहयोग संगठन' व 'पूर्व सैनिक सेवा परिषद्' के नाम पर चल रहा है।

□

जम्मू-कश्मीर का भारत में विलय तथा संघ स्वयंसेवकों की भूमिका का एक सत्य पृष्ठ

आज संपूर्ण देश स्वतंत्रता की स्वर्ण जयंती मना रहा है। सन् 1997 जहाँ स्वतंत्रता की स्वर्ण जयंती का सूचक है, वहाँ यह वर्ष स्वतंत्र रियासत जम्मू-कश्मीर के भारत में विलय का भी स्मरण करवाता है।

जम्मू-कश्मीर रियासत के महाराजा अंग्रेजों की आँख में सदैव खटकते थे। सन् 1930 की लंदन के गोलमेज कॉन्फ्रेंस में महाराजा ने अंग्रेजों से कहा था कि आप कृपा कर हिंदुस्तान छोड़ दें, क्योंकि हम हिंदुस्तानी राज चलाना जानते हैं। अंग्रेज इस अपमान का बदला लेने के लिए महाराजा को सबक सिखाने के लिए सतत षड्यंत्र रचते रहे। दुर्भाग्य से इसी समय पं. जवाहरलाल नेहरू के अति करीबी मित्र व संबंधी मो. शेख अब्दुल्ला अलीगढ़ से एम.एस-सी. पास कर कश्मीर लौटे थे। शेख अब्दुल्ला ने मुसलिम कॉन्फ्रेंस बनाकर महाराजा के खिलाफ जेहाद छेड़ दिया। अंग्रेज व पंडित नेहरू ने शेख साहब को पूरी-पूरी हवा दी। महाराजा ने फौज की मदद से इस बगावत को कुचल दिया। परंतु शेख ने मन में एक सपना सँजोया कि जम्मू-कश्मीर को हिंदुस्तान से अलग कराना है, काटना है। उसकी षड्यंत्रकारी हरकतों के कारण महाराजा ने शेख को जेल में डाल दिया।

15 अगस्त, 1947 को देश का दुर्भाग्यपूर्ण विभाजन हुआ, परंतु वर्षों पश्चात् हमें अपनी सबसे प्रिय व अमूल्य स्वतंत्रता प्राप्त हुई। अंग्रेजों ने जाते-जाते कूटनीति का सहारा लेकर इसलामिक कट्टरवाद को खड़ा कर भारत का विभाजन कर दिया। ब्रिटिश शासित भारत का विभाजन होकर पाकिस्तान बना और 600 के लगभग रियासतों के राजा, महाराजा और नवाबों को हिंदुस्तान या पाकिस्तान किसी

के भी साथ रहने की अर्थात् विलय करने की उनको स्वतंत्रता प्रदान की गई। उपप्रधानमंत्री व गृहमंत्री लौह पुरुष सरदार पटेल ने नानाविध मार्ग से सभी रियासतों का विलय हिंदुस्तान में करवा लिया। परंतु पं. नेहरू ने जम्मू-कश्मीर मामले को गृह मंत्रालय से निकाल, इस मसले को हल करने का काम विदेश मंत्रालय के सुपुर्द कर दिया। विदेश मंत्रालय उस समय पं. नेहरू स्वयं सँभालते थे। पं. नेहरू की गलत व कमजोर नीतियों के कारण स्वतंत्रता के पचास वर्ष के पश्चात् भी कश्मीर नासूर बना हुआ है।

पाकिस्तान को यह संकेत मिला कि महाराजा विलय के प्रश्न पर दुविधा में हैं तथा पं. नेहरू चाहते हैं कि जम्मू-कश्मीर की सत्ता से महाराजा को बेदखल कर मो. शेख अब्दुल्ला को सत्ता सौंप दी जाए। इस विभाजित मानसिकता व परिस्थिति का लाभ उठा, पाकिस्तान, जिसका जन्म हुए केवल मात्र दो मास ही बीते थे, ने भारत पर कबाइलियों द्वारा आक्रमण करवा दिया। महाराजा बेखबर थे और कबाइली श्रीनगर तक पहुँच गए हैं—सर्वप्रथम इसकी सूचना महाराजा को स्थानीय संघ स्वयंसेवकों ने ही दी तथा यह भी संकेत दिए कि सीमा पर तैनात दोनों फौजी कंपनियों के मुसलिम बगावत कर पाक फौज के साथ मिल जाएँगे।

इससे पूर्व महाराजा विलय के संबंध में दुविधाग्रस्त थे। उस समय राष्ट्रीय स्वयंसेवक संघ के द्वितीय सरसंघचालक, जो अपनी संत प्रवृत्ति व अटूट देशभक्ति के लिए प्रसिद्ध थे, सरदार पटेल की योजना से विशेष विमान द्वारा महाराजा से भेंट हेतु 17 अक्तूबर, 1947 को श्रीनगर पहुँचे। साथ में थे जस्टिस मेहरचंद महाजन, जिनको सरदार पटेल ने अनेक मास पूर्व महाराजा का प्रधानमंत्री नियुक्त करवाया था। इस अतिमहत्त्वपूर्ण वार्त्ता के समय चोटग्रस्त युवराज कर्णसिंह भी महल में उपस्थित थे। श्री माधव गोलवलकर (तत्कालीन सरसंघचालक) तथा महाराजा के बीच लंबी व भविष्य के संबंध में वार्त्ता में महाराजा ने यह तो माना कि वे पाकिस्तान के साथ नहीं जाएँगे। वे भारत में ही अपनी रियासत का विलय करेंगे। परंतु उस समय तक रियासत की हिफाजत के लिए तथा दुश्मनों से लड़ने के लिए दस हजार हिंदू युवा सैनिकों की मदद भी माँगी। अनेक पहलुओं से यह वार्त्ता अत्यंत लाभकारी सिद्ध हुई। पू. गुरुजी आश्वस्त थे कि जम्मू-कश्मीर का विलय हिंदुस्तान में ही होगा।

इस संकट की घड़ी में अलगाववादी जनता को शांत रखने हेतु महाराजा ने मो. शेख अब्दुल्ला को बिना शर्त मुक्त कर दिया और शेख साहब श्रीनगर से सीधे दिल्ली चले गए। फौज की बगावत, शहर में फैलती अफरातफरी व कबाइली हमले

के बढ़ते कदम के कारण महाराजा संकट में फँस गए। मेहरचंद महाजन दिल्ली गए तथा जम्मू-कश्मीर के भारत में विलय की बात करते हुए पं. नेहरू व पटेल से कश्मीर बचाने हेतु मदद माँगी। नेहरू गुस्से में थे। उन्होंने इनकार ही नहीं किया, बल्कि मेहरचंद महाजन को बाहर निकल जाने को कहा। इस पर महाजन ने धमकी दी कि वे पाकिस्तान में जिन्ना के पास चले जाएँगे। सरदार पटेल ने उस संकट में बात को सँभाला, नेहरू शांत हुए—विलय के कागजात तैयार करने को कहा गया। अंततोगत्वा 26 अक्तूबर, 1947 को महाराजा ने अपनी ओर से प्रदेश का भारत में पूर्ण विलय कर दिया। भावना Accession की नहीं Complete Integration की थी। 27 अक्तूबर को भारतीय फौजों ने जम्मू, पुंछ व श्रीनगर के हवाई अड्डों के लिए उड़ानें भरीं। परंतु कबाइली हमले में ये पट्टियाँ टूट-फूट गई थीं। सेनाधिकारियों ने संघ कार्यालय से संबंध स्थापित किए और सैकड़ों स्वयंसेवक अपनी-अपनी रोटी का पैकेट साथ ले, गुड़-चने जेब में डाल देश की रक्षा हेतु मौत से जूझते हुए इन हवाईपट्टियों की मरम्मत हेतु सेना की मदद करने में जुट गए।

लार्ड माउंटबेटन ने पूरा प्रयत्न किया कि महाराजा और पं. नेहरू में दूरी बनी रहे, ताकि जम्मू-कश्मीर हिंदुस्तान से अलग रहे और इस लड़ाई-झगड़े में जम्मू-कश्मीर को यूरोपियन कॉलोनी बनाया जा सके। भारतीय सेना की शीघ्र काररवाई ने पाकिस्तानी फौज के पाँव उखाड़ दिए। सहायता समिति (Relief Committee) बना संघ स्वयंसेवक एक ओर पलायनकर्ताओं को सँभलने में मदद करने लगे तो दूसरी ओर सैनिकों को भी हरसंभव मदद देने में जुट गए। मातृभूमि की रक्षा, सेना को मदद तथा पलायनकर्ताओं को सँभालना—तीनों मोर्चों पर स्वयंसेवकों ने महत्त्वपूर्ण भूमिका निभाई। परंतु राजनीति के शिखर पर बैठे लोगों के खेल निराले थे। अकस्मात् 30 दिसंबर, 1947 को विश्व नेता बनने के मोह में पं. नेहरू कश्मीर के मसले को लेकर यू.एन.ओ. में चले गए तथा फौज के प्रमुख अफसरों की राय को ठुकराते हुए इकतरफा युद्धविराम घोषित कर दिया। जिसका परिणाम निकला जम्मू-कश्मीर प्रदेश का 78 हजार 114 वर्ग कि.मी. भूभाग कटकर पाक अधिकृत कश्मीर अर्थात् गुलाम कश्मीर बन गया। यह भूभाग पूरे प्रदेश का 2/5वाँ हिस्सा था।

इतिहास यहीं ठहरता नहीं है। सन् 1962 में हिंदी-चीनी भाई-भाई के नारे की पीठ में छुरा घोंप, पंचशील के सिद्धांत की धज्जियाँ उड़ाते हुए चीन ने भारत पर आक्रमण कर बहुत बड़ा भूभाग छीन लिया। लद्दाख अर्थात् जम्मू-कश्मीर का यह भूभाग 37 हजार, 555 वर्ग कि.मी. बनता है। सन् 65 व 71 में पाकिस्तान ने पुन: आक्रमण कर छंब सेक्टर हड़प लिया। इस प्रकार से 2 लाख, 22 हजार वर्ग कि.मी.

का जम्मू-कश्मीर टूटते-छीनते कुल मिलाकर एक लाख, एक हजार वर्ग कि.मी. हमारे पास बचा है। पाकिस्तान ने सन् 1947 में नारा लगाया था—'हँसकर लिया है पाकिस्तान, लड़कर लेंगे हिंदुस्तान।' सन् 1990 में पाक ने नारा लगाया 'कश्मीर के बिना पाकिस्तान अधूरा है'। ये नारे दुश्मन के उद्‌देश्यों को साफ प्रकट करते हैं।

देशभर में फैले सांप्रदायिक दंगों की आग जम्मू-कश्मीर प्रदेश में भी भड़क उठी। सौभाग्य से सन् 1939 में संघ शाखा जम्मू-कश्मीर प्रदेश में प्रारंभ होकर सन् 1947 तक प्रदेश के प्रत्येक छोटे-बड़े कस्बे तथा सैकड़ों ग्रामों तक पहुँच चुकी थी। मजहबी कट्टरवादियों ने जगह-जगह हिंदुओं को कत्ल करना, माँ-बहन की इज्जत लूटना शुरू कर दिया था। ऐसे समय चाहे राजौरी हो या रियासी, डोडा हो या सांबा, कश्मीर हो या जम्मू संघ स्वयंसेवक हिंदू रक्षक बन दंगाइयों पर टूट पड़े। इसकी कहानियाँ गाँव-गाँव में आज भी सुनने को मिलती हैं। सन् 1947 की दीपावली की वह रात्रि कितनी क्रूर और भयावह थी, जब बलवाइयों एवं पाक फौजियों ने राजौरी कस्बे के 22 हजार हिंदुओं का, जिसमें दुधमुँहे बच्चे, माताएँ, बहन और वृद्ध भी थे, कत्ल कर उन्हें मौत के घाट उतार दिया। राजौरी कस्बे में बना 'बलिदान भवन' आज भी उस दर्दनाक शहादत को बता रहा है। मीरपुर व कोटली में पाक व मजहबी फौजी घेरे के खिलाफ संघ कार्यकर्ताओं के नेतृत्व में हिंदुओं ने मोर्चा लगा अपने जान व माल की रक्षा हेतु संघर्ष करना प्रारंभ कर दिया। भारतीय सेना मदद के लिए नहीं पहुँची, कारण साफ था, शेख अब्दुल्ला ने नेहरू, गांधी को गलत जानकारी दी और कहा कि वे इलाके तो बर्फ से ढके रहते हैं। लाखों लोग बेघर हुए, हजारों मारे गए, सैकड़ों माताओं-बहनों की इज्जत लूटी गई और ये इलाके पाकिस्तान में चले गए। अगर संघ स्वयंसेवक के नेतृत्व में जनता ने हिम्मत कर कट्टरवादियों की हिंसा का मुँहतोड़ जवाब नहीं दिया होता तो संभवतया सर्वसाधारण हिंदू का एवं एक भी देशभक्त मुसलमान का जम्मू-कश्मीर में नामोनिशान नहीं मिलता।

जम्मू-कश्मीर भारत का अटूट अंग तो बना, परंतु प्रदेश की सत्ता पं. नेहरू ने महाराजा से छीनकर शेख अब्दुल्ला को दे दी। शेख अब्दुल्ला प्रदेश के वजीरे आजम अर्थात् प्रधानमंत्री नियुक्त हुए। महाराजा की बेदखली का डोगरा में भयानक रोष था, उसको शांत करने के लिए युवराज कर्णसिंह को सदरे रियासत अर्थात् राष्ट्रपति बना दिया गया। महाराजा ने कर्णसिंह को कहा, यह पद अस्वीकार कर दो, परंतु कर्णसिंह के यह न मानने पर महाराजा इतने क्षुब्ध हुए कि उन्होंने अपने अंतिम

इच्छा-पत्र में लिखा कि मृत्युपरांत कर्णसिंह मुझे अग्नि नहीं देगा। संघ स्वयंसेवकों ने प्रजा परिषद् का गठन किया। 'एक देश में दो प्रधान, दो विधान, दो निशान नहीं चलेंगे, नहीं चलेंगे' का उद्घोष लेकर आंदोलन प्रारंभ हो गया। 18 लोगों की शहादतें, 4 हजार से अधिक लोगों को जेलों में घोर यातनाएँ दी गईं। डॉ. श्यामप्रसाद मुखर्जी को श्रीनगर जेल में मरवा दिया गया। डॉ. मुखर्जी का बलिदान एवं पं. प्रेमनाथ डोगरा के नेतृत्व में चला आंदोलन रंग लाया और 9 अगस्त, 1953 को शेख अब्दुल्ला को कैद कर जेल में डाल दिया गया। परमिट सिस्टम समाप्त हुआ। स्वयंसेवक विजयी होकर निकला, परंतु इसकी भारी कीमत चुकानी पड़ी। जम्मू-कश्मीर भारत का अभिन्न अंग है, इस पर पक्की मोहर लगा गया यह आंदोलन। धारा 370 के बावजूद आज भारतीय संविधान के अनेक कानून जम्मू-कश्मीर पर लागू हुए हैं। अगर धारा 370 हटा दी जाए तो विलय के बावजूद जो भी अलगाववाद व आतंकवाद की बू जम्मू-कश्मीर से आ रही है, वह भी समाप्त हो जाएगी।

आवश्यकता है भीष्म प्रतिज्ञा करने की, जब तक एक-एक इंच भूमि वापस नहीं ले लेते, तब तक चैन से नहीं बैठेंगे। ऐसी सरकारें जो देश की एकता व अखंडता की रक्षा नहीं कर पाईं, उन नपुंसक सरकारों को बदल डालना समय की माँग है। समय साक्षी है--कोई भी विपत्ति हो—संघ स्वयंसेवक प्राण की बाजी लगा समाज की सेवा व देश की रक्षा करने में सदैव अग्रणी रहे हैं।

□□□

* 9 7 8 9 3 5 1 8 6 9 8 9 4 *
MAN - #0685 - 230726 - C0 - 216/140/10 - PB - 9789351869894 - Matt Lamination